Sophie Tammen ist das Pseudonym einer Bestsellerautorin, deren Erfolgsromane oft an der deutschen Küste spielen. Auch in ihren Wohlfühlkrimis mit Frau Scholle spürt man die frische Meeresbrise und den Sand unter den Füßen. Wann immer die Autorin eine Auszeit braucht, reist sie nach Amrum. Dort hat sie längere Zeit gewohnt. Dabei hat sie Insel und Menschen ins Herz geschlossen.

SOPHIE TAMMEN

HARPUNENTOD

Frau Scholles Gespür für Mord

Ein Amrum-Krimi

Rowohlt Taschenbuch Verlag

Originalausgabe
Veröffentlicht im Rowohlt Taschenbuch Verlag,
Hamburg, April 2024
Copyright © 2024 by Rowohlt Verlag GmbH, Hamburg
Die Nutzung unserer Werke für Text- und Data-Mining
im Sinne von § 44b UrhG behalten wir uns explizit vor.
Covergestaltung bürosüd, München
Coverabbildung PPAM Picture/Getty Images
Satz aus der Crimson Pro
Gesamtherstellung CPI books GmbH, Leck
ISBN 978-3-499-00402-5

MIX
Papier | Fördert
gute Waldnutzung
FSC
www.fsc.org
FSC® C083411

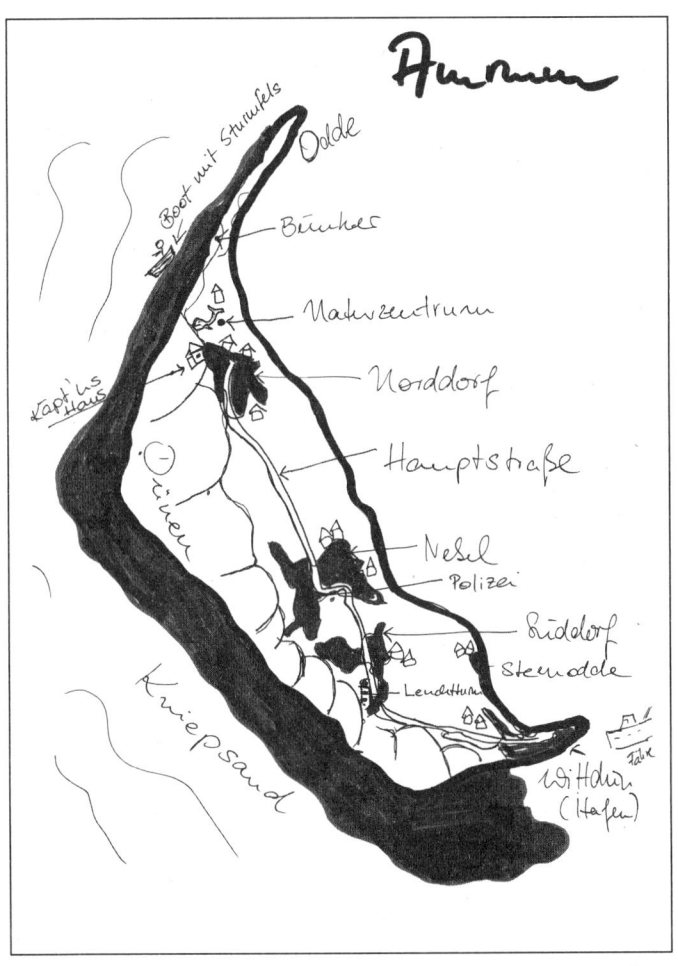

Karte von Amrum aus dem Notizbuch von Gaby Scholle

KAPITEL 1

So hatte ich mir meinen Urlaub nicht vorgestellt. Mein Mann tourte mit unserem Wohnmobil durch Bayern, und ich stand an Deck einer Fähre. Zwischen Rolf und mir lagen gut tausend Kilometer, die Berge und, wenn ich angekommen war, auch die Nordsee. Ich sah es positiv: Endlich würde ich mal für mich sein! Nur Dolores begleitete mich.

In den letzten Wochen hatte es viel geregnet, aber pünktlich zu unserer Abfahrt war das Wetter besser geworden. Ich hielt mein Gesicht in die wärmende Morgensonne und sah zu der Insel hinüber, auf die wir zusteuerten. Amrum erwartete uns.

«Wir lassen es uns richtig gut gehen.» Ich beugte mich hinunter und strich über Dolores' lockigen Kopf.

Sie wedelte mit dem Schwanz und sah mich mit ihren schönen braunen Augen unternehmungslustig an.

Zuerst hatte ich es für keine gute Idee gehalten, dass unser Sohn sich einen Hund anschaffte – einen, den er zum Trüffelsuchen ausbilden wollte. Typisch Max! Er hatte große Pläne mit Dolores gehabt. Doch am Ende hatte sich meine Befürchtung bestätigt. Dolores war in Bausch und Bogen durch die Trüffelsuch-Prüfung gefallen.

Kurz darauf trennte mein Sohn sich von seiner Freundin, und er hatte plötzlich keine Zeit und keinen Platz mehr für einen Hund. Die feinen Pilze blieben unter der Erde, Dolores bei mir.

Eine unerwartete Freude, wie ich feststellte. Die regelmäßigen Spaziergänge mit ihr taten mir gut. Außerdem half sie mir bei der Arbeit. Außerhalb des Kommissariats durfte ich mit niemandem über die Entwicklungen der Kriminalfälle sprechen, die ich als Polizeisekretärin bearbeitete. Es brachte aber meine Gedanken in Ordnung, wenn ich sie laut aussprach. Dolores entpuppte sich als gute Zuhörerin.

Wir waren uns ähnlich. Auch ich hatte Locken, war mal blond gewesen und ebenfalls durch eine wichtige Prüfung gerasselt. Es war nun schon über vierzig Jahre her, und trotzdem sah ich die Bilder immer noch deutlich vor Augen: die Stangen, um die ich rennen, und den Turnkasten, über den ich bei der Aufnahmeprüfung an der Polizeischule springen sollte. Warum ich plötzlich einen inneren Widerstand verspürte und einfach davor stehen geblieben war, weiß ich bis heute nicht. An mangelnder Kondition lag es nicht. Genau genommen war ich nicht durchgefallen, ich wollte nur einfach nicht mehr. So wie Dolores, als sie beim Trüffelsuchen störrisch geworden war und sich geweigert hatte weiterzugehen.

«Wir sind das perfekte Paar, Dolores», sagte ich, «wir werden die Zeit am Meer genießen. Jeden einzelnen Tag.»

Die Frau neben mir schaute zu uns herüber. Wahrscheinlich hatte sie mir zugehört und hielt mich für eine schräge alte Schachtel, weil ich mit meiner Hündin sprach.

Aber ich irrte mich, denn sie sagte: «Dolores ist ein schöner Name. Meine Hündin hieß Judy, sie ist leider vor zwei Jahren gestorben.» Ihr Blick wurde traurig. Die Erinnerung schien ihr immer noch wehzutun.

«Oh, das tut mir leid.»

«Sie war perfekt, eine wunderhübsche Border-Collie-Dame mit Charme, Witz und Verstand. Wir haben viel zusammen erlebt.»

Das klang für mich eher wie die Beschreibung der besten Freundin. Wahrscheinlich gehörte diese Frau zu denen, die ihre Vierbeiner wie Menschen behandelten. Ich blickte zu Dolores hinunter. Sie fraß gern, schlief viel und liebte Gassigehen. Sie brachte gerne Bälle oder Stöckchen zurück, wenn ich sie warf. Dolores war eine stinknormale Hündin, keine Freundin.

«Darf ich sie streicheln?», fragte die Frau.

«Gerne. Sie ist lammfromm.»

Das war sie wirklich. Sie würde selbst einen Einbrecher schwanzwedelnd begrüßen, wenn er nur freundlich genug mit ihr sprach. Aber sie war mir lieber als eines von diesen kläffenden und zähnefletschenden Tieren, denen wir manchmal im Park beim Spazierengehen begegneten. Mit der Wasserpistole, in die ich auch einen Schuss Wodka füllte, hielt ich uns diese Tölen vom Leib. Wobei ich mich oft zurückhalten musste, nicht «aus Versehen» Herrchen oder Frauchen abzuschießen.

«Hallo, du Liebe.» Die Frau ging vor Dolores in die Hocke. «Eine hübsche Labradoodle-Lady bist du.» Sie sah zu mir auf. «Und ein sanftes Wesen hat sie auch. Kommt der Pudel in ihr durch? Sie sollen sehr schlau sein.»

«Das ist sie», antwortete ich. «Mein Sohn wollte ursprünglich mit ihr Trüffel finden und reich werden. Aber sie hat nicht mitgemacht. Wozu etwas Essbares suchen, wenn sie es dann nicht auffressen darf?»

Wie auf Kommando schlich Dolores los und schnüffelte zwischen den Stuhlreihen. Wohl in der Hoffnung, noch etwas von dem Brötchen samt Matjes zu finden, das die Möwen einer Passagierin gemopst und direkt an Bord zerteilt hatten.

Als ich Dolores rief, kam sie sofort zurück. Sie hörte – meistens – aufs Wort, zumindest bei den wichtigsten Befehlen hatte Max alles richtig gemacht.

In ihrem Maul transportierte Dolores ein dunkles Tuch, das sie uns schwanzwedelnd präsentierte.

«Das gibt es doch nicht», rief meine Zufallsbekanntschaft überrascht. «Das gehört mir. Ich habe gar nicht gemerkt, dass ich es verloren habe.» Sie streckte die Hand aus, und ich staunte nicht schlecht, als Dolores, ohne zu zögern, ihre Beute herausrückte. «Vielleicht hätte Ihr Sohn sie zum Polizeihund ausbilden sollen. Wenn sie unaufgefordert nach Sachen sucht ...»

Der Gedanke gefiel mir. «Mit ihr hätten meine Kolleginnen und Kollegen sicher ihren Spaß. Sie würde das Kommissariat ordentlich aufmischen.»

«Sie sind Kommissarin?»

«Sekretärin beim K11 in Wiesbaden. Mordkommission.»

«Wie aufregend!»

Das war es, auch wenn ich keine Ermittlerin geworden war, wovon ich als junges Mädchen immer geträumt hatte. Doch der Blackout vor dem Turnkasten hatte auch sein Gutes gehabt. Im Innendienst bekam ich alles mit, ohne mich selbst in Gefahr zu bringen. Auch wenn es mir manchmal in den Fingern juckte, nicht nur auf dem Papier nach Verbrechern zu fahnden, war ich rundum zufrieden mit meiner Berufswahl.

Ich musterte die Frau und überlegte, in welchem Business sie wohl tätig war. Oft lag ich richtig, denn ich hatte ein Gespür für Menschen. Ihre Aussprache hatte einen norddeutschen Einschlag mit einer schnodderigen Intonation. Vermutlich Friesisch. Ob sie von Amrum kam? Insulanern sagte man jedoch eine gewisse Wortkargheit nach. Diese Frau war gesprächig und offen, ihr Lächeln echt, ihre Stimme warm. Sicher konnte sie keiner Fliege etwas zuleide tun, sie gehörte zu den Guten, da war ich sicher. Beruflich hatte sie viel mit Menschen zu tun. Ich tippte auf den Gesundheitsbereich oder irgendeine Dienstleistung, und mit meinen Vermutungen lag ich selten falsch.

«Ich bin Friseurin. Mein Geschäft ist in Wittdün», sagte sie da, als hätte sie meine Gedanken erraten. Bei diesen Worten betrachtete sie prüfend meine Haare. Ihre waren rotblond, sie trug sie zu einem hohen Pferdeschwanz zusammengebunden. «Kommen Sie doch mal vorbei, wenn Sie eine Veränderung wünschen oder Lust auf ein Verwöhnprogramm haben. Ich biete auch Kosmetikbehandlungen an.»

Meinte sie damit meine Frisur, mich oder beides? Seit meinem sechzigsten Geburtstag vor zwei Jahren hatte ich meine Haare nicht mehr gefärbt. Ich schaute zu Dolores hinunter. Ihr Fell glänzte in der Morgensonne, es sah aus wie flüssiger goldener Honig. Irgendwo hatte ich mal gelesen, dass Hunde und ihre Besitzer sich auf Dauer optisch annäherten. In dieser Hinsicht hatten wir beide keinen weiten Weg zurückzulegen, ich musste nur etwas an der Farbe meiner Haare ändern. Meine Alterssträhnen waren weiß, und ich stand dazu. Ich gefiel mir, eine Veränderung brauchte ich nicht. Aber ich wollte es mir gut gehen lassen.

«Das Verwöhnprogramm hört sich gut an. Wann kann ich vorbeikommen?», fragte ich spontan.

Die Frau kramte in ihrer Tasche und reichte mir eine Visitenkarte. «Rufen Sie einfach an. Ich bin Ine.»

«Gaby», sagte ich.

Wir schüttelten die Hände. Ine beugte sich zu Dolores hinunter, und als diese ihr eine Pfote entgegenstreckte, mussten wir lachen. «Es freut mich, auch dich kennenzulernen, Dolores.» Sie sah mich an. «Ein langer Name für einen Hund, rufst du sie immer so?»

«Wenn es brenzlig wird oder sie Mist baut, wird sie zu Dolly», erklärte ich.

Sie lachte, dann sah sie zur Insel, die beständig näher kam. Ich folgte ihrem Blick.

«Es ist immer wieder schön, nach Hause zu kommen. Auch wenn ich nur ein paar Tage weg war.»

Auf mein Bauchgefühl konnte ich mich schon immer verlassen. Sie war Insulanerin oder irgendwann auf die Insel gezogen, wenn sie nicht dort auf die Welt gekommen war, aber das machte keinen Unterschied: Ich hatte richtiggelegen.

«Warst du schon mal auf Amrum?», fragte sie.

Sie duzte mich wie selbstverständlich. Ich mochte ihre unkomplizierte Art.

«Nein, ich bin schon gespannt», antwortete ich.

«Gleich kommen wir steuerbord, also auf der rechten Seite, an den Halligen Gröde und Langeneß vorbei. Dahinter, auf der linken Seite, also Backbord, liegt die Hallig Hooge. Und dann ist auch schon die Silhouette von Amrum mit dem Leuchtturm zu erkennen, unser Wahrzeichen. Oder besser gesagt, eines davon. Es gibt viel zu entdecken auf der Insel. Wo bist du untergekommen?»

«In Norddorf.»

«Gute Wahl. Dann solltest du dir unbedingt ein Stück Friesentorte im Café Schult gönnen. Auch wenn du keinen Kuchen mögen solltest.»

«Wie kann man keinen Kuchen mögen?»

«Stimmt.» Ine kraulte Dolores hinter den Ohren. «Und vergiss nicht, sie immer an die Leine zu nehmen. Vor allem, wenn du in den Dünen spazieren gehst. Sie stehen unter Naturschutz. Jetzt im Frühling brüten die Vögel.»

Im Gegensatz zu manch anderen Hundebesitzern wusste ich, was sich gehört. Auch Kotbeutel hatte ich genügend dabei. «Das ist doch selbstverständlich», sagte ich. Da sah ich aus den Augenwinkeln einen Jungen, der in der Tür nach unten zum Bordrestaurant auftauchte. Ich schätzte ihn auf etwa sieben oder acht. Sein Haar war blond mit einem rötlichen Stich, wie das von Ine.

«Mama!», rief er. «Huar blafst dü?»

«Ich komme gleich», rief Ine zurück, und er trollte sich wieder nach unten. «Mein Sohn», erklärte sie. «Er will mich beim Kartenspielen schlagen. Das gehört zu unserem Ritual, auf der Fähre wird gezockt. Wer gewinnt, darf bestimmen, was es am Sonntag zu essen gibt.»

Ich schmunzelte. «Gemüseauflauf oder Pizza also.»

Sie runzelte die Stirn. «Da hast du recht. Aber wenn es Pizza gibt, habe ich gewonnen. Seit der neue Lehrer auf der Insel unsere Kinder nicht nur unterrichtet, sondern auch erzieht, weiß ich erst, wie ungesund ich mich all die Jahre ernährt habe. Fiete hält mir ständig Vorträge.»

«Dann wünsche ich dir ein gutes Blatt!»

«Danke. Dir eine schöne Zeit auf Amrum. Und vielleicht bis bald?»

«Auf jeden Fall. Aber sag mal, Ine ...» Die Sprache, in der die beiden gerade kommuniziert hatten, war mir im Ohr geblieben. «Hast du gerade Friesisch mit deinem Sohn gesprochen?»

«Öömrang», antwortete sie. «Das Amrumer Friesisch. Die Kinder lernen es hier in der Schule, so wie wir früher. Auf der Insel wirst du es häufiger hören. Die alten Amrumer sprechen es, wenn sie sich miteinander unterhalten. Und damit die Sprache nicht in Vergessenheit gerät, sprechen wir Kinder und Kindeskinder es auch.»

«Eine schöne Tradition», sagte ich und freute mich, dass ich richtiglag mit der Vermutung, dass Ine Insulanerin war.

Ine schüttelte den Kopf. «Es ist schlicht unsere Sprache. Und jetzt muss ich los. Man dring teewt, mein Sohn wartet.»

Mein Sohn war gerade in der Schweiz unterwegs, wo er demnächst arbeiten würde. Auch deswegen hatte er mir Dolores aufs Auge gedrückt. Sie passte einfach nicht mehr zu seinem Leben. Seit drei Monaten gehörte sie nun zu mir. Seitdem war ich mit vielen Menschen ins Gespräch gekommen. In diesem Punkt hatte Max recht, Hunde waren die perfekten Eisbrecher. Seine Freundin, die nun seine Ex war, hatte er beim täglichen Spaziergang entlang des Rheinufers kennengelernt. Er war mit Dolores unterwegs gewesen, sie mit ihrem Zwergpudel. Der kleine Kläffer war ungezogen und anstrengend. Da er seine Erziehung seinem Frauchen verdankte, schätzte ich sie charakterlich ähnlich ein. Deswegen hatte ich meinem Sohn davon abgeraten, so schnell mit ihr zusammenzuziehen. Aber er wollte ja nicht auf mich hören …

Ich sah auf die graue Nordsee, und dabei fiel Ine mir wieder ein. In Gedanken ging ich die Kleidung durch, die sie trug: einen schwarzen Wollmantel, darunter einen hellblauen Rollkragenpullover, dazu eine enge schwarze Stoffhose und ebenso schwarze Stiefeletten. Das Halstuch war grau gewesen, mit hellblauen Blümchen im Farbton des Rollis, wenn ich mich recht erinnerte. Der Junge trug eine olivgrüne Sweatshirt-Jacke zu einer schlabberigen Jeans. Weiße Sneaker zum Reinschlüpfen, die man nicht schnüren musste und die schon sehr ausgelatscht aussahen. Unwillkürlich schüttelte ich den Kopf. Vor ein paar Jahren hatte ich begonnen, meine Gehirnzellen zu trainieren, indem ich Personen aus meiner Erinnerung beschrieb, die ich zufällig traf. Was ich mir anfangs als Aufgabe vorgenommen hatte, hatte sich mit der Zeit verselbstständigt. Es passierte nun ganz von allein.

Es juckte mir in den Fingern, meine Beobachtungen sofort aufzuschreiben. Aber hatte ich mir nicht vorgenommen, mir vom Inselwind den Kopf frei pusten zu lassen? Die Notizhefte hatte ich bewusst zu Hause gelassen. Keine

Täterprofile im Urlaub! Schon gar nicht, wenn es sich nicht um Verdächtige handelte. Allerdings sah ich es wie Jean Baptiste Henri Lacordaire.

«Weißt du, Schatz», sagte ich. «In jedem von uns steckt ein Heiliger und ein Verbrecher.» Wer wusste schon, was tief versteckt in Ine schlummerte, auch wenn ich sie für eine Gute hielt? Ich hatte beide Anlagen in mir, wobei ich Verbrechen natürlich immer nur gedanklich verübte.

Dolores legte den Kopf schief und sah mich regungslos an. Sie war eine gute Zuhörerin, aber die Sache mit dem Verstehen mussten wir noch üben.

«Hast du vielleicht Hunger?»

Das Wort «Hunger» verstand sie sofort. Erwartungsvoll wedelte sie mit dem Schwanz.

Wir waren gestern um elf Uhr am Abend von Wiesbaden losgefahren, um pünktlich an der Fähre zu sein, die um kurz nach halb neun von Dagebüll abgelegt hatte. Das Fahren machte mir nichts aus, auch nicht in der Nacht. Im Gegenteil, es entspannte mich, solange ich mich nicht durch überfüllte Städte quälen musste. Zwischendurch hatten wir kurz vor Hamburg eine längere Schlafpause an einer Raststätte eingelegt und heute früh am Morgen noch mal eine, bei der ich meine Sandwiches mit Dolores geteilt hatte. Die große morgendliche Portion Trockenfutter, die sie pünktlich um sieben Uhr dreißig mit einem dezenten Stupser gegen mein Bein einforderte, hatte ich ihr verweigert, weil ich nicht wusste, wie sie mit vollem Magen auf den Seegang reagieren würde. Aber jetzt waren wir schon über eine knappe halbe Stunde unterwegs. Das Wasser war ruhig, Dolores hielt sich tapfer. Und ich mich auch:

Ich hatte heute noch kein einziges Mal auf mein Handy geschaut, um mich zu vergewissern, dass es meinen Kindern und Enkelkindern gut ging.

KAPITEL 2

Wie wäre es mit einer Camembert-Schnitte?», fragte ich. Den fordernden Blick von Dolores wertete ich als Zustimmung. Ich folgte dem Beispiel zweier Teenager und setzte mich im Schneidersitz auf den Boden. Meine jahrelange Yogapraxis zahlte sich aus. Ich konnte mich noch immer biegen wie eine Brezel.

Rolf hatte es sich um diese Zeit sicher schon auf seinem Klappstuhl vor dem Wohnmobil gemütlich gemacht, trank Pulverkaffee und las Nachrichten auf seinem Tablet. Meine Tochter hatte mir gestern erzählt, dass er am Nachmittag wohlbehalten in Berchtesgaden angekommen sei. In meinen Gedanken hatte ich meinen Mann schon einige Male zum Teufel gejagt. Als Polizeiobersekretärin mit Zugang zu den Verbrecherakten fielen mir durchaus kreative Methoden dafür ein. Aber letztlich war ich all die Jahre doch die Heilige geblieben, die ihm nur Gutes wünschte. Schließlich war er der Vater meiner Kinder. Und außerdem hatte er auch seine guten Seiten.

Ich holte den Proviant aus dem Rucksack, teilte die Schnitte in zwei Hälften, und eine davon hielt ich Dolores hin. «Guck mal, was die Oma hier Leckeres für dich hat», sagte ich und erschrak im nächsten Moment über mich selbst. Es war schon wieder passiert. Max hatte mit dem Unsinn angefangen, er redete mit Dolores, als wäre er ihr Vater, und er nannte sich auch so, wenn er mit ihr sprach. Als ich das erste Mal gehört hatte, wie mein Sohn «Komm zu Papa, Dolores» gesagt hat, hatte ich mir ernsthaft Gedanken über seinen Gemütszustand gemacht. Immerhin war er schon achtunddreißig, bisher nicht verheiratet, und Enkelkinder waren weit und breit auch keine in Sicht. Von wegen Trüffelsuche! Dolores sollte wohl als Kindersatz herhalten. In dieser unbestechlichen Logik war ich die Oma, und als ich das erste Mal mitbekommen hatte, dass er mich tatsächlich so nannte, wenn er mit seiner Hündin sprach, war ich entsetzt gewesen. Und jetzt rutschte es mir selbst immer öfter heraus. Meistens, so wie jetzt, konnte ich darüber lachen. «Ab morgen bist du wieder ein Hund. Es gibt Trockenfutter, gewogen.»

Ich trank den restlichen Kaffee aus der Thermoskanne, goss etwas Wasser für Dolores in den mitgebrachten Napf, streckte die Beine aus, lehnte mich gegen die Reling und schloss die Augen.

Die sonore Stimme des Kapitäns ließ mich aufschrecken. Er gab durch, dass wir in Kürze Amrum erreichen würden.

Ich streckte mich. Dolores lag neben mir, ein sanfter Wind glitt durch ihr lockiges Fell. Auch sie hatte ein Nickerchen gehalten.

«He, aufwachen», sagte ich und streichelte sie. Sie hob den Kopf. Ich rappelte mich hoch und sah der Insel entgegen. Den Leuchtturm hatte ich verpasst, wir fuhren bereits auf die Südspitze Amrums zu.

Da hörte ich die Titelmelodie von Magnum in meiner Hose. Wie sehr hatte ich die Serie in meinen Zwanzigern geliebt! Automatisch erschien Tom Selleck mit seiner ikonischen Rotzbremse unter der Nase vor meinem inneren Auge. Ein echter Mann mit ordentlichem Brusthaar und Charme.

Aber es war Susanne, die mich anrief, eine Kommissarin, mit der sich über die Jahre eine Freundschaft entwickelt hatte. Sie hatte mir über drei Ecken die Ferienwohnung auf Amrum besorgt, die kurzfristig frei geworden war. Bestimmt wollte sie wissen, ob wir gut angekommen sind.

«Die Fähre legt gleich an», sagte ich, «kann ich dich später zurückrufen?»

«Nur ganz kurz, okay? Hier ist das totale Chaos ausgebrochen!» Ich hörte es ihr an, sie war wieder einmal kurz davor, die Krise zu kriegen, was jeden Tag mehrmals vorkam. «Wo finde ich die Akte über den Rosenbusch-Fall?»

Ich musste nicht lange überlegen. «Der Blennemann hat sie. Ich habe sie ihm gegeben, als ich das letzte Mal im Büro war.»

«Das dachte ich mir.» Sie schwieg einen Moment, dann sagte sie leise: «Georg fehlt mir. Als Chef und auch menschlich. Was haben wir für einen Spaß gehabt, auch wenn wir viel gearbeitet haben. Oder gerade dann.»

«Er fehlt mir auch.» Vor anderthalb Jahren war er in den Ruhestand gegangen. Vor drei Monaten war er überraschend gestorben. Sein Herz hatte einfach so aufgehört zu schlagen. Mit Blennemann, dem neuen Chef, war ich noch nicht warm geworden. Und ich war mir sicher, dass sich das so schnell nicht ändern würde.

«Wir sind ohne dich echt aufgeschmissen, Gaby. Weißt du das?», sagte Susanne da.

Natürlich wusste ich das. Ein Umstand, der mir gefiel. Nur schade, dass es der neue Chef noch nicht bemerkt hatte.

Eigentlich hatte ich vor, mir während des Urlaubs keine Gedanken über die Arbeit zu machen. Eine Herausforderung für mich, da mich die Mordfälle oft noch tagelang beschäftigten, auch wenn sie schon aufgeklärt waren. Schlimmer noch waren allerdings die aktuellen Fälle. Da konnte ich schlecht abschalten und ging in Gedanken immer wieder mögliche Täter oder Motive durch, die nicht immer auf den ersten Blick ersichtlich waren. Aber meine Auszeit hatte streng genommen noch nicht begonnen, das hier war noch der Anreisetag. Ich konnte einfach nicht anders. «Gibt es denn was Neues?», fragte ich.

«Ich wollte dich im Urlaub nicht damit stören, aber wenn du es unbedingt wissen willst …», antwortete sie, und ich konnte förmlich das schelmische Funkeln in ihren Augen sehen. Susanne wusste, wie ich tickte und wie schwer es mir fallen würde, mich rauszuhalten. Deswegen hatte ich sie sehr nachdrücklich darum gebeten, mir nichts über irgendwelche Fälle zu erzählen. «Wir wissen jetzt, wer der Täter ist.» In ihrer Stimme klang trotz ihrer Professionalität und Erfahrung ein Hauch von Sensationslust mit. Ein Fremder hätte das überhört, aber ich kannte sie schon lang. Sie hatte wohl etwas zu berichten. «So absurd es klingt, aber es war tatsächlich der Gärtner. Du hattest mal wieder recht.»

«Ha!», rief ich.

«Er hat sich mit seinem Alibi widersprochen. So haben wir ihn überführt.»

«Treffer!»

«Absolut. Bitte überleg dir das gut mit dem Vorruhestand, du würdest mir echt fehlen, Gaby. Den anderen auch. Und lass uns später unbedingt noch mal telefonieren.»

«Machen wir, jetzt muss ich erst mal von der Fähre. Ich melde mich. Bis später.»

Eigentlich hatte ich mich schon längst dagegen entschieden, als Rolf den Vorschlag gemacht hatte, dass ich ein paar Jährchen früher in Rente gehen sollte. Ich wollte noch nicht aufhören zu arbeiten, denn es machte mir Spaß. Nur weil mein Mann vier Jahre vor mir pensioniert worden war und sich seitdem langweilte, hieß das nicht, dass ich meinen Job für ihn aufgeben würde. Aber dann war Blennemann als neuer Chef gekommen, ein Unsympath, der mich mit Arbeit überhäufte. Natürlich gehörte es auch zu meinen Aufgaben, Büromaterial zu bestellen. Auch die Datenpflege lag in meinem Zuständigkeitsbereich. Ich verfasste auch gern seine Berichte, die er mir in kurzen Stichpunkten auf den Schreibtisch legte. Aber dass er mir die Pflege des von ihm neu angeschafften Kaffeevollautomaten aufs Auge gedrückt hatte, empfand ich schon fast als Beleidigung. Der Mann trank gefühlt jede Stunde einen Latte macchiato. Den Kaffeetrester entsorgte er hin und wieder, aber sauber machen durfte ich das Ding. Wahrscheinlich würde ich mich daran nicht stören und die Arbeit mit derselben Selbstverständlichkeit erledigen wie meine anderen Aufgaben. Aber er hatte so eine Art von oben herab, die mir missfiel. Ich mochte ihn nicht. Und er mich auch nicht, denn Widerworte war er wohl nicht gewohnt.

Seit er da war, schien mir der Vorruhestand auf jeden Fall wieder verlockender zu sein. Ich hätte nur Susanne nicht von meinen Überlegungen erzählen dürfen. Während mein Mann mir in den Ohren lag, in Rente zu gehen, bearbeitete sie mich seitdem zu bleiben.

Ich atmete tief durch. In den nächsten Wochen wollte ich eine Entscheidung treffen.

Es rumpelte, die Fähre legte an. Obwohl noch niemand von Bord gehen durfte, drängten die Fahrgäste um mich herum zu den Ausgängen. Ein Mann stolperte über meine Füße und ging kopfschüttelnd weiter, ohne etwas zu sagen.

«Entschuldigung!», rief ich ihm hinterher, stand auf und nahm Dolores an die Leine.

«Dann wollen wir mal, Schatz», sagte ich, als das Feld an Deck sich etwas gelichtet hatte. Ich ging in Richtung Ausgang, holte Rucksack und Reisetasche, die ich in der Gepäckaufbewahrung abgestellt hatte, und seufzte. Das letzte Mal, dass ich mit Gepäck auf dem Rücken unterwegs war, war in Schottland, kurz nach dem Abitur. Die volle Reisetasche gehörte Dolores. Ich transportierte darin Trockenfutter, einen Sack Leckerlis, die Hundenäpfe, eine Kuscheldecke, zwei Handtücher zum Abrubbeln und ihren Lieblingsball.

Was machte man nicht alles, wenn man plötzlich Hundeoma war und eine Hand für die Leine frei haben musste!

Der Rucksack war verdammt schwer. Das Auto hatte ich

auf dem Parkplatz in Dagebüll stehen lassen, damit ich gar nicht erst in Versuchung kam, es zu benutzen. Ich wollte die Insel zu Fuß erkunden und mir vielleicht ein Rad ausleihen.

Voll bepackt taumelte ich mit Dolores über die Landungsbrücke ans Festland.

~~~~~~~~~

Sternzeichen Steinbock und Aszendent Jungfrau – ich überließ ungern Dinge dem Zufall. Ich wusste, dass ein paar Meter die Straße hinauf der Bus auf die Fahrgäste wartet. Natürlich hatte ich mich vorher auch online informiert, dass es nur eine Linie gibt, und zwar eine, die der Länge nach über die Insel fährt. Unsere Haltestelle war die letzte, wir mussten in Norddorf Mitte aussteigen.

Der Bus war brechend voll. Ich stand eingequetscht vorne im Mittelgang, in der einen Hand meinen Rucksack, den ich wegen der Enge vom Rücken genommen hatte, und in der anderen die Leine mit Dolores.

Wir fuhren die Hauptstraße durch Wittdün entlang, vorbei an kleinen Cafés, Restaurants und linker Hand einer Buchhandlung. Als wir das Dorf verließen, drückte die Busfahrerin auf der schmalen Straße ordentlich auf die Tube. Ich zuckte ein paar Mal zusammen, als uns Autos entgegenkamen und wir gefährlich nah am Straßenrand entlangbrausten.

Plötzlich musste die Fahrerin bremsen. Instinktiv griff ich an die Stange über meinem Kopf, um mich festzuhalten. Dabei machte sich mein Gepäck selbstständig und rutschte auf einen grauhaarigen Mann, der mit dem Rücken zu mir stand.

«Vorsicht!»

Ich sprang auf, ohne an Dolores zu denken, die zu meinen Füßen lag, und ich tat, was auch der Rucksack tat, ich stürzte auf den Mann.

«Hoppla!» Er drehte sich zu mir um und hielt mich fest. Für einen kurzen Moment war ich überrascht, als ich die verblüffende Ähnlichkeit zwischen ihm und meinem alten Chef bemerkte. Er hatte ein ebenso markant geschnittenes Gesicht, dunkle Augen und ein sympathisches Lächeln, bei dem die linke Mundpartie leicht nach unten kippte. Eben erst hatte ich mit Susanne über ihn gesprochen, und nun spukte er erneut in meinem Kopf rum.

Der Mann zog überrascht die buschigen Augenbrauen hoch. «Keine Sorge. So ein kleines Täschchen wirft mich nicht um», sagte er und unterstrich diese ironische Aussage mit einem Zwinkern. «Da braucht es schon stärkere Geschütze.»

Er sprach mit einem unverkennbaren Akzent, den ich nicht gleich zuzuordnen wusste. Er klang nach einer ungewöhnlichen Mischung aus Friesisch und amerikanischem Englisch, als hätte er eine heiße Kartoffel im Mund.

Ich rückte von ihm ab und fand meine Worte wieder. «Danke fürs Auffangen.»

«Gern geschehen.»

Der Bus hielt am Badeland. Ich beobachtete, wie eine Gruppe gut gelaunter Frauen ausstieg, sah ihnen nach und war sehr zufrieden damit, dass ich zwei Wochen ganz für mich allein hatte. Was für ein Luxus!

Einige Plätze waren frei geworden, aber der grauhaarige Mann blieb stehen, als wir weiterfuhren. Er schaute aus dem Fenster. Ich tat es ihm nach und sah die Dünen vorbeiziehen. Dahinter lag das Meer, auf das ich mich sehr freute.

«Nächste Haltestelle Blaue Maus», verkündete die Busfahrerin.

Ich sah auf, denn diese Kneipe stand auf meiner To-do-Liste. Sie war bekannt für die Auswahl guter Whiskys. Bei meiner Urlaubsplanung hatte ich bei der Onlinerecherche über Amrum einen Artikel über die Blaue Maus gefunden. Sie war im Jahr 2015 von der Fachzeitschrift «Der Whisky-Botschafter» als «beste Whiskybar Deutschlands» ausgezeichnet worden. Das hieß was! Neugierig blickte ich auf das große, rot geklinkerte Haus mit dem Reetdach, das etwas zurückgesetzt von der Straße lag. Auf dem weißen Schild über der Eingangstür stand in blauen Buchstaben der Name. Die Wein trinkende blaue Maus auf dem runden Schild an der Hauswand war das Markenzeichen. Mit ihrem weiß-rot karierten Pullover und dem Leuchtturm im Hintergrund erinnerte sie mich an Käpt'n Blaubär.

«Montags ist Maustag, schöne Frau», hörte ich plötzlich den Mann sagen, der mich aufgefangen hatte. Er meinte tatsächlich mich, was für ein Charmeur. «Wenn Sie vorhaben, mal vorbeizuschauen, würde ich morgen empfehlen. Da treffen sich die Insulaner, meistens so gegen neun, am Abend, versteht sich.» Er legte eine kleine bedeutungsvolle Pause ein. «Und ich bin auch da.»

War das eine Einladung? Der Gedanke gefiel mir, wie ich überrascht feststellte. «Neun Uhr», sagte ich, ohne weiter darüber nachzudenken. «Ist notiert!»

Da schoben sich zwei Frauen vor ihn und versperrten uns die Sicht.

«Ich hoffe, Sie sind trinkfest», hörte ich ihn sagen.

«Ich gebe mein Bestes.» Wein und Sekt vertrug ich nicht gut, aber bei den härteren Getränken konnte ich mithalten. Während der Schottlandreise mit dem Rucksack hatte ich mich nicht nur in Liam, ich hatte mich auch in Whisky verliebt, besonders in die rauchigen Sorten, die fast ein wenig torfig schmeckten. Die Liebe zum Whisky war geblieben.

«Gut, es wäre mir ein Vergnügen, Sie einzuladen», sagte er.

Der Bus fuhr weiter, und ich schaute wieder aus dem Fenster, lächelnd. Wir fuhren am Campingplatz und dem weiß-roten Leuchtturm vorbei, der majestätisch in den Dünen stand. Wir hielten in Süddorf sowie an mehreren Haltestellen in Nebel. Ich bewunderte die hübschen weiß getünchten Reetdachhäuser, die das Bild der Insel prägten, und freute mich auf einen beschaulichen Urlaub.

Als wir in Norddorf-Mitte ankamen, waren wir zwanzig Minuten unterwegs gewesen, es war kurz vor zwölf und der Bus beinahe leer. Auch mein Retter war inzwischen ausgestiegen. Er hatte den Bus bei der «Sturmmöwe» verlassen, ein hübscher Name für eine Haltestelle, wie ich fand. Er hatte mir zugewunken, bevor er auf der Straße nach Norden davongegangen war. Ob er die Verabredung einhalten würde?

Mit meinem Handy kam ich hier nicht ins Internet, sodass ich mir den Weg nicht auf dem Display anschauen konnte. Bei meiner Recherche war ich auf einige Rezensionen über die Insel gestoßen, in denen der schlechte Empfang Thema war. Und dass der eben dazugehörte, wenn man hier Urlaub machte. Ich war gut vorbereitet und holte die Karte aus der Tasche, die ich sicherheitshalber zu Hause ausgedruckt hatte. Bis zur Ferienwohnung war es nicht weit. Am Edeka-Markt vorbei und dann immer geradeaus.

Mit meinem schweren Rucksack und Dolores an der Leine kämpfte ich mich die ansteigende Straße hinauf. Sie führte direkt zu einem Haus, das am Rande der Dünenlandschaft stand. Dort angekommen, atmete ich tief durch. Endlich war ich am Ziel. Das große rote Backsteinhaus mit dem Reetdach gefiel mir auf Anhieb. Hier würde ich es zwei Wochen aushalten.

Als ich das Gartentor öffnete, schwang auch schon die Haustür auf. Vor mir stand ein Mann mit struppigen grauen Haaren, die unter einer schwarzen Schiffermütze hervorblitzten. Mit seinem Vollbart, dem schneeweißen Hemd, über dem er eine grobe schwarze Weste trug und dazu schwarze Cordhosen, erinnerte er mich an William Hurt in der Neuverfilmung von Moby Dick. Seine Rolle als Käpt'n Ahab hatte er meisterhaft gespielt. Der Mann vor mir wirkte allerdings etwas weniger bedrohlich und war glücklicherweise noch mit beiden Beinen ausgestattet.

«Moin», sagte er. «Kann ich Ihnen helfen?»

Er klang unfreundlich. Susanne hatte mir über ihre Freundin ausrichten lassen, dass mein Vermieter zwar immer etwas ruppig wirke, aber im Grunde ein guter Kerl sei, rau und typisch friesisch eben.

«Moin», sagte ich fröhlich. «Wir sind die Spontanmieterinnen für die nächsten zwei Wochen. Mein Name ist Gabriele Scholle.» Ich zeigte auf meine tierische Begleiterin. «Und das ist Dolores.»

Zunächst stand er wie versteinert da. Dann zog er an seiner Pfeife, blies den Rauch aus, brummte etwas Unverständliches und sagte mit einem Fingerzeig auf Dolores bestimmt: «Hunde sind hier nicht erlaubt. Sie müssen sich etwas anderes suchen.»

Letzteres war so gut wie unmöglich, die Insel war zwar nicht gänzlich ausgebucht, aber die Tatsache, dass ich mit Hund anreiste, hatte die Suche ohnehin schon erschwert. Alles, was infrage kam, kostete ein Vermögen oder hatte mir nicht gefallen. Deswegen war der Tipp von Susannes Freundin mir sehr gelegen gekommen. «Ich habe doch eine Buchungsbestätigung von Ihnen bekommen und auch schon bezahlt», sagte ich. «Mit Kreditkarte.»

Käpt'n Ahab zog sein Handy aus der Hosentasche und tippte etwas ein. «Hier steht es, zwei Personen: Gabriele Scholle und Dolores.» Er steckte das Handy wieder weg und blies mir erneut einen Rauchschwall entgegen. Mit seinem Blick hätte er Schiffe versenken können. «Ich dachte, Sie kämen mit einer Freundin, aber nicht mit einem Hund.» Er drehte sich um und ging zum Haus. «Das Geld werde ich Ihnen zurückerstatten.»

«He, bleiben Sie hier!», rief ich ihm hinterher.

Doch erfolglos, er ignorierte mich und zog mit einem Knall die Tür hinter sich zu. Dolores sah zu mir auf und blickte mich so ratlos an, wie ich mich fühlte.

«Und jetzt?», fragte ich und sah mich um. Was sollte ich nun tun?

Da hielt ein Kleinwagen auf dem Weg vor dem Haus,

und kurz darauf stieg niemand anderes als Ine aus. Als sie mich sah, winkte sie mir zu. «Gaby, das ist ja ein Ding! So schnell sieht man sich wieder.» Sie drückte das Tor auf und kam auf mich zu. «Was machst du denn hier?»

Ich zuckte mit den Schultern. «Eigentlich wollte ich die nächsten zwei Wochen hier wohnen, aber der Vermieter hat uns die Tür vor der Nase zugeschlagen. Er dachte, Dolores wäre meine Freundin – allerdings in Menschengestalt. Hunde mag er nicht.»

Ine lachte laut auf. «Der Vermieter ist mein Vater.» Sie ging in die Hocke und kraulte Dolores. «Was meinst du, du Racker, sollen wir dir ein Röckchen anziehen und es noch einmal versuchen?»

«Dein Vater? Was für ein Zufall! Aber das wird nichts ändern, befürchte ich. Seine Ansage war sehr deutlich eben.»

Sie sah zu mir auf. «Es ist nicht so, dass er keine Hunde mag. Es sind die Urlauber, die ihre Hunde nicht anleinen und durch die Dünen laufen lassen, obwohl überall Schilder stehen, dass es sich um ein Naturschutzgebiet handelt. Und er hasst Hundehaare in der Wohnung, weil sie schwer zu entfernen sind.»

«Aber Dolores ist ein Labradoodle, die haaren kaum. Außerdem würde ich nie auf die Idee kommen, sie hier ohne Leine laufen zu lassen, wenn es nicht erlaubt ist.»

«Ich weiß.» Ine stand auf. «Lass mich mal sehen, was ich machen kann. Gib mir fünf Minuten.»

«Ich glaube, da ist etwas mit der Kommunikation schiefgelaufen», lenkte ich ein. «Bitte sag deinem Vater, dass wir uns wirklich sehr freuen würden, wenn er eine Ausnahme macht.»

Es dauerte nicht lange, und Ine war zurück. Sie grinste über das ganze Gesicht. «Ich soll dir ausrichten, dass er Dolores das Fell über die Ohren zieht, wenn er sie auch nur ein einziges Mal in den Dünen erwischt. Und dass die Endreinigung achtzig Euro mehr kostet.» Sie klimperte mit einem Schlüssel. «Komm, wir gehen rein.»

«Da bin ich aber froh, dass wir bleiben dürfen.» Ich griff nach dem Rucksack. «Danke, Ine!»

«Den trage ich, du nimmst die Reisetasche. Papa hat bestimmt schon Tee gekocht. Das macht er immer, wenn Besuch kommt. Und die Wohnung wird dir gefallen!»

Die Wohnung war wirklich schön. Etwas altmodisch eingerichtet, aber der friesische Stil gefiel mir. Besonders die hübschen weiß-blauen Kacheln in der Küche und der runde Esstisch im Wohnzimmer hatten es mir angetan. Käpt'n Ahab war wohl doch netter als gedacht. Er hatte für zwei Personen gedeckt. In der Mitte stand eine große friesische Teekanne auf einem Stövchen, in dem eine Kerze brannte, daneben eine Schüssel mit Keksen. Auch an Kluntje hatte er gedacht.

«Die Friesenkekse backt Papa selbst», sagte Ine. «Die sind ein Gedicht.»

«Trinkst du einen Tee mit mir?», fragte ich spontan.

«Das ist lieb, nächstes Mal gerne, aber ich muss leider gleich wieder los.» Sie ging ins Nebenzimmer, und ich folgte ihr. «Hier ist das Schlafzimmer.»

Die Aussicht war traumhaft. Vom Fenster hatte man einen herrlichen Blick auf die mit Strandhafer und Heide bewachsene Dünenlandschaft, durch die sich ein weit verzweigter Holzbohlenweg schlängelte. Und dahinter lag die Nordsee. Durch das Tal zweier Dünen konnte ich bis zum Wasser sehen.

«Wunderschön», sagte ich. «Das habe ich dir zu verdanken, dafür werde ich mich auf jeden Fall erkenntlich zeigen.»

«Das kommt gar nicht infrage, das war doch selbstverständlich. Wie gesagt, ich hatte auch mal eine Hündin, die Papa übrigens sehr geliebt hat.» Sie streichelte Dolores noch einmal. «Und dich wird er auch mögen.»

«Keine Sorge, wir werden uns benehmen», sagte ich mit einem Zwinkern.

«Davon bin ich überzeugt.»

«Und ich melde mich bald wegen eines Termins bei dir.» Ine verabschiedete sich.

Hier würde ich mich tatsächlich wohlfühlen, dachte ich erleichtert und voller Vorfreude auf die kommenden Wochen. Ich öffnete das Fenster im Schlafzimmer und atmete tief ein und aus. Dann hielt ich inne. Es war weit weg, aber ich konnte es hören, das Rauschen der Wellen.

KAPITEL 3

ie Sonne schien vom blauen Himmel, als Dolores und ich zu unserem Spaziergang durch die Dünen aufbrachen. Der Nachmittag lag noch vor uns. Es war erst zwei Uhr, den Rucksack und die Reisetasche hatte ich ausgepackt, und wir hatten uns in der Wohnung eingerichtet. Nun wollte ich zum Wasser.

Der Holzbohlenweg knarrte leise unter unseren Schritten. Dolores zog ungeduldig an der Leine, als wüsste sie, was sie erwartete. Dabei war sie noch nie am Meer gewesen. Ich konnte sie kaum halten, lockerte die Leine ein wenig und ließ sie vorgehen. Der Weg zwischen den Dünen führte uns an einem Spielplatz und dem Naturzentrum vorbei, einer Art Naturkundemuseum, das ebenfalls auf meiner To-do-Liste stand. Dort angekommen, blieb ich stehen und sah zwischen den Spielgeräten zum Gebäude. Hinter einer großen Glasfront befand sich das Skelett, von dem ich auch online gelesen hatte. Ein Pottwal, der im Watt der Nordsee gestrandet und verendet war und nun hier ausgestellt wurde. Da ich mit Dolores nicht über den Spielplatz gehen wollte, auf dem jede Menge Kinder tobten, ging ich weiter und nahm mir vor, später an einer Führung durch die Pottwalausstellung teilzunehmen. Ich hatte mich schon immer für die Riesen der Meere interessiert und war neugierig, wie es der Wal, wenn auch nur als Skelett, bis nach Amrum geschafft hatte.

Vom Naturzentrum aus war es nicht mehr weit. Wir gingen den Weg hinunter zum Strand. Vor uns lag der helle, feine Kniepsand und dahinter das endlose Meer. Ich blickte hinaus auf das glitzernde Wasser, das sich bis zum Horizont erstreckte. Die Wellen rollten leise bis ans Ufer und wieder zurück. Es war fast windstill, die Sonne stand am wolkenlosen blauen Himmel. Ich hatte mir den perfekten Tag für unsere Ankunft ausgesucht. Einen Moment genoss ich den Anblick. Doch dann riss Dolores an der Leine. Sie lief so entschieden nach rechts, als wenn sie ein Ziel hätte. Woher wusste sie, dass wir tatsächlich dahin wollten? Dass dort der Hundestrand war, wo ich sie frei laufen lassen konnte?

Am Spülsaum entlang liefen wir in Richtung Norden. Als wir am richtigen Strandabschnitt angekommen waren, löste ich die Leine vom Geschirr, und Dolores sprintete los. Ihr nasses Fell glänzte in der Sonne. Jedoch nicht lange, denn da wälzte sie sich auch schon vergnügt im Sand. Danach bellte sie dem rauschenden Meer entgegen.

Es war eine Freude, Dolores so ausgelassen beim Herumtollen zu beobachten. Ich holte mein Handy aus der Tasche und filmte sie, damit auch Max das sehen konnte.

Plötzlich blieb Dolores abrupt stehen. Die Vorderpfote abgeknickt, die Schnauze in den Wind haltend, stand sie da wie in der Bewegung eingefroren. So erinnerte sie mich an Disneys Pluto, nur in lockig. Und dann preschte sie los – in Richtung Dünen.

«Dolly! Kehr um, Dolly!», brüllte ich. Normalerweise reagierte sie auf das einstudierte Abrufkommando sofort. Doch diesmal musste ich ein zweites und ein drittes Mal losbrüllen. Endlich kam sie zurück.

«Du musst gleich hören, Fräulein», schimpfte ich. «Sonst lass ich dich hier nicht mehr von der Leine! Wir wollen doch nicht, dass Ahab dir das Fell über die Ohren zieht.»

Da erst sah ich, dass sie eine Brille im Maul trug.

«Was hast du denn da?» Ich streckte meine Hand aus. «Zeig mal her.» Sofort rückte sie ihr Fundstück heraus, so wie sie es mit dem Tuch auf der Fähre gemacht hatte.

Die Gläser waren noch ganz. Und das schwarze Gestell auch, wie ich feststellte, als ich die Bügel testweise hin und her bewegte. War an Dolores nicht vielleicht doch ein Spürhund verloren gegangen? Die Trüffel waren nicht ihr Ding gewesen, aber sie schien ein Talent dafür zu besitzen, verlorene Kleidungsstücke oder Accessoires aufzuspüren.

«Die Dünen sind trotzdem tabu, Fräulein!», schimpfte ich noch einmal und leinte sie an, damit ich mich ein paar Minuten auf das mitgebrachte Handtuch in die Sonne legen konnte, ohne dass sie wieder stiften ging. «Jetzt wird ausgeruht.»

Dolores ließ sich neben mich fallen. Der April war fast vorbei, der Wetterbericht sagte für die nächsten zwei Wochen Temperaturen von annähernd zwanzig Grad voraus. In diesem Moment war alles in Ordnung. Mir ging es gut, uns ging es gut. Zum Glück war ich konsequent geblieben und hatte Rolf nicht auf seiner Reise durch Süddeutschland begleitet.

Ich legte meine Hand auf Dolores' feuchtes Fell. Sie bei mir zu haben, ließ mich ruhiger werden. Und weicher. Ich dachte an den Käpt'n und dass er davon ausgegangen war, ich würde mit einer Freundin anreisen. Er hatte in gewisser Weise doch recht, wie ich mir nun eingestand. Dolores war zu meiner Freundin geworden und ich immer mehr zu einer von denen, die ihre Hunde wie Menschen behandelten.

Nur kurze Zeit später hörte ich sie knurren. Träge öffnete ich die Augen und drehte mich zu ihr um. «Was ist los?»

Mit aufgestellten Ohren sah sie in Richtung der Dünen. Ich folgte ihrem Blick und sah einen Mann, der durch den Strandhafer lief, den Kopf gebeugt, als würde er etwas suchen. Er trug eine Schiffermütze, ein schneeweißes Hemd und darüber eine schwarze Weste.

«Ahab», flüsterte ich. Dann fiel mir die Brille in meiner Tasche ein. Zum Glück hatte der Käpt'n Dolores nicht in den Dünen erwischt. Das war also noch einmal gut gegangen.

«Ob das wohl seine Brille ist?», fragte ich.

Dolores sah mich an, drehte sich auf den Rücken und streckte alle Pfoten von sich. Ich lachte und strich ihr über den Bauch. Dabei schaute ich noch einmal zu den Dünen hinüber. Es war verboten, sie zu betreten. Ob das nicht auch für die Amrumer galt? Was hatte der Käpt'n dann in den Dünen zu suchen? Kontrollierte er, ob dort Hunde herumtollten?

Eine halbe Stunde später waren wir wieder zu Hause. Ich legte die Brille auf den Briefkasten rechts neben der Tür. Wenn es seine war, könnte er sie sich einfach nehmen. Ich wollte ihm nicht sagen, dass Dolores sie in den Dünen gefunden hatte. Und da ich eine schlechte Lügnerin war, konnte ich sie ihm nicht persönlich geben. Ich würde mich später noch mal bei ihm bedanken, dass er es sich anders überlegt hatte und wir bleiben durften.

Ahab bewohnte die Wohnung unten, so wie es aussah, allein. Frerk Behrendsen stand auf dem Namensschild, das über dem wuchtigen Türklopfer in Form eines Ankers befestigt war. An der Wand rechts daneben hing ein großer Kompass. Darunter stand eine alte Truhe.

«Es würde mich nicht wundern, wenn er an seinem Bett ein Steuerrad befestigt hätte», sagte ich zu Dolores, und in meinen Gedanken blitzte dazu ein gesetztes Segel auf. Unser Vermieter war ein Seemann durch und durch. Sogar auf seinen Pantoffeln, die er vor die Tür gestellt hatte, konnte man seinen früheren Beruf erkennen. «Ahoi!» stand in dicken schwarzen Buchstaben auf dem grauen Filzstoff.

Ich ging nach oben in unsere Ferienwohnung. Im Flur rubbelte ich Dolores trocken, füllte ihren Napf mit frischem Wasser und breitete ihre Decke neben dem Sofa aus. Dann sprang ich schnell unter die Dusche. Ich sah an mir hinunter. In den letzten Wochen hatte ich wegen des Stresses mit Rolf etwas abgenommen. Mehr Platz für die Friesentorte, sagte ich mir. Die Seeluft machte ohnehin hungrig. Die verlorenen Pfunde würde ich mir schon wieder drauffuttern. Ich stellte das Wasser kalt, prustete und nahm mir erneut vor, in der nächsten Zeit weniger an Rolf zu denken. Darüber, wie es nach dem Urlaub mit uns weitergehen würde, konnte ich mir später den Kopf zerbrechen. Erst einmal wollte ich eine berufliche Entscheidung treffen, und zwar unabhängig von Rolf. Da fiel mir Susanne ein, bei der ich mich noch melden sollte. Ich trocknete mich ab, zog mich an und rief auf dem Revier an.

Sie nahm sofort ab. «Endlich, ich dachte schon, du meldest dich nie.»

«Ich war gerade am Meer», sagte ich.

«Und, wie gefällt es dir?»

«Es ist wunderschön hier ...» Ich brachte Susanne kurz auf den neuesten Stand mit dem Hundemissverständnis. «Aber jetzt erzähl du mal! Der Gärtner?»

«Sie hatten eine Affäre, er und sie ...»

Ich hatte es geahnt. Aber Blennemann war sich ja sicher gewesen, dass zwischen dem Gärtner und dem weiblichen Opfer nichts gelaufen war – weil sie fast zwanzig Jahre älter war.

«Wenn es umgekehrt gewesen wäre und er der Ältere gewesen wäre, hätte Blennemann das nicht von vornherein ausgeschlossen», sagte ich.

Susanne lachte. «Da hast du wohl recht. Apropos, auch wenn es jetzt etwas unpassend rüberkommt: Was ist mit Rolf?»

Sie wusste, dass bei unserer Diskussion über den Vorruhestand die alten Wunden wieder aufgebrochen waren, ich unseren gemeinsamen Urlaub kurzerhand gestrichen und mich anstatt nach Süden in die entgegengesetzte Richtung aufgemacht hatte. «Er hat wohl schon den Grill in Bayern angeschmissen. Aber wechseln wir das Thema. Die Sonne scheint, ich fühle mich gut. Ich will gleich noch an einer Führung im Naturzentrum teilnehmen. Danach gehe ich essen.» Ich lachte. «Und stell dir vor, morgen habe ich eine Verabredung mit einem Mann, auf den ich im Bus gefallen bin.»

～～～～～

Dolores hatte gelernt, ein paar Stunden allein zu sein. Ich hoffte, das würde auch hier funktionieren.

«Benimm dich», sagte ich und streichelte ihr über den Kopf. «Ich bin ungefähr in einer Stunde zurück.»

Draußen sah ich, dass die Brille weg war. Ich ging durch die Dünen zum Naturzentrum und entdeckte, dass es unten eine Ausstellung über das Watt und die Tiere der Nordsee gab. Die wollte ich mir ein anderes Mal ansehen. Gut gelaunt folgte ich dem Pfeil, der auf den Pottwal zeigte, lief um das Gebäude herum und über den Spielplatz zum Anbau, in dem das Skelett ausgestellt wurde.

Es war kein ausgewachsener Bulle, das sah ich sofort, die waren um die zwanzig Meter lang. Diesen schätzte ich «nur» auf etwa zehn. Entweder war es ein Jungtier oder eine Kuh.

In einem unserer schönsten Urlaube in der Dominikanischen Republik hatten Rolf und ich bei einer Walbeobachtungstour echte, lebende Pottwale gesehen. Es waren Kühe mit ihren Jungen gewesen. Ich bedauerte, dass von diesem Exemplar hier nur noch Knochen übrig waren. Zugleich war ich gespannt, was ich nun erfahren würde. Mit mir kamen noch andere Besucher, darunter eine Frau mit zwei Kindern im Alter meiner Enkelinnen, die vier und sechs Jahre alt waren.

«Ein Dinosaurier!», sagte die Kleine.

Die Große schüttelte den Kopf. «Ein Wal», erklärte sie. «Wie in deinem Buch mit Jona.»

«Ach so. Sieht aber wie 'n Dino aus.»

Die Kleine hatte recht, denn das Skelett stand auf vier doppelten Metallstelzen, die wie Beine aussahen. Wie ich aber gelesen hatte, stammten Wale von an Land lebenden Huftieren ab, die sich durch die Jagd im Wasser schon gut an das Meer angepasst hatten. Gerade wollte ich zu einer Erklärung ansetzen, da ertönte ein lautes «Moin!».

Die tiefe Stimme des Mannes kam mir bekannt vor. Ich drehte mich um – und sah den Käpt'n! Er trug eine Brille mit schwarzem Gestell.

«Mein Name ist Frerk Behrendsen», sagte er. «Hartelk welkimen üüb Oomram, herzlich willkommen auf Amrum und zu unserer Pottwalausstellung. Wie Sie alle wissen, gehören Wale zu den Säugetieren. Unser Exemplar hier ist ein Männchen, zwölf Meter lang und dreizehn Jahre alt. Er war noch Junggeselle und mit dreißig seiner Kollegen auf dem Heimweg vom Eismeer zum ...»

Wir hörten alle gebannt zu, erfuhren, dass die Gruppe junger Pottwalbullen vom Nordatlantik aus Versehen in die Norwegische Rinne abgebogen und in der Nordsee gelandet war, wo einer nach dem anderen an der Küste strandete. Allesamt Junggesellen, wie der Käpt'n erklärte.

Wäre der Pottwal etwa dreißig Jahre alt geworden, hätte er um die fünfzig Tonnen gewogen, hätte sich fortgepflanzt und würde bis zu seinem Tod als Einzelgänger durch den

Pazifik bis zum Eismeer ziehen, wo es besonders große Tintenfische gab, die er mit Vorliebe fraß. Die Kühe hingegen blieben ihr Leben lang in einer Gruppe in wärmeren Gewässern und kümmerten sich um die Jungen. Dass Wale ungefähr so alt werden können wie wir, erstaunte mich. Überhaupt hätten sie viel mit den Menschen gemeinsam, erzählte Ahab. Nicht nur, dass sie Säugetiere waren, sondern auch die soziale Lebensweise, das Beschützen der Jungtiere, die Kommunikation in ihrem jeweils eigenen Dialekt, in dem sie sich durch Klicklaute verständigten ...

Wenn ich ein Wal wäre, wäre ich gern ein Bulle, so viel stand für mich fest. Mir gefiel die Vorstellung, im Alter allein und still durch die Tiefe der Ozeane zu ziehen.

«Es wird Sie sicher interessieren, warum wir den Wal hier ausstellen», fuhr der Käpt'n fort, obwohl die Art nicht zu den Bewohnern der Nordsee gehört. «Amrum hat eine lange Walfangtradition. Damals ...»

Ich bewunderte, wie spannend er die Geschichte erzählen konnte. So lebendig, dass ich vor meinem inneren Auge die Fischer auf ihren Booten sah, wie sie in See stachen. Aber ich sah auch die Frauen, die ohne ihre Männer, die auf dem gefährlichen Eismeer unterwegs waren, das Leben auf der Insel meisterten. Ich sah die Schiffe kentern und die Witwen zurückbleiben und die Halbwaisen, wenn die Männer nicht zurückkehrten.

«Die Frauen der Insel arbeiteten hart», sagte Ahab. «Sie erzogen und ernährten nicht nur die Kinder, sie reparierten das Dach, hüteten die Schweine, fischten, flochten Körbe aus Strandhafer. Amrumer waren Selbstversorger. Hätte man den Frauen damals etwas von Emanzipation erzählt, hätten sie gelacht und gefragt, was sie sonst noch tun sollen. Sie hielten das Zepter in der Hand, Amrums Frauen.» Er lachte und wirkte dabei sehr sympathisch. «Das ist auch heute noch so.»

Da fragte einer der Besucher völlig aus dem Zusammenhang gerissen: «Wie wurden die Wale eigentlich getötet?»

«Das kann ich Ihnen zeigen. Einen Moment, bitte.» Der Käpt'n verschwand und kam kurz darauf wieder zurück. «Damit!», sagte er. «Eine aus Eisen geschmiedete Harpune.» Sie reichte ihm bis über die Brust. Er tippte mit dem Zeigefinger auf den Widerhaken. «Es war natürlich gefährlich, das Ding in den Wal zu rammen. Die Männer mussten mit ihren Ruderbooten sehr nah ran ...»

Es machte ihm sichtlich Spaß, bis ins kleinste Detail zu erklären, wie die Wale getötet, an die Schiffe gezogen und verarbeitet wurden. Mir schien er ein wenig zu begeistert zu sein. Der Name Ahab passte zu ihm. Ich schielte zu dem kleinen Mädchen hinüber, das mit großen Augen seinem Bericht folgte.

«So wurde es damals gemacht», schloss er seinen Bericht. «Die Tiere wurden direkt geflenst, das bedeutet, dass die Speckschicht abgeschält und in Fässern gelagert wurde. Das heißt nicht, dass ich das gut finde. Ich bin froh, dass der Tierschutz heute so weit gekommen ist ...»

Eine Viertelstunde später verknotete er die Harpune mit der am Holzschaft befestigten Leine an einer der vorderen Stelzen. Dann verabschiedete er sich.

«Der arme Wal», sagte die Kleine zu ihrer Mutter. «Schade, dass er gestorben ist.»

Das fand ich auch. Ich steckte einen Schein in die Spendendose und ging zurück in die Wohnung, wo mich Dolores schon sehnsüchtig erwartete. Ihr ganzer Körper wackelte vor Freude, als sie mich begrüßte.

Um sieben Uhr ging ich mit ihr hinunter in die Ortschaft, entdeckte eine Pizzeria, bestellte eine Lasagne und ein Glas Rotwein und genoss beides in einträchtiger Stille mit Dolores unter dem Tisch.

Um halb neun war ich wieder zu Hause. Ich schickte ein paar Fotos an meine Kinder und an Susanne, kürzte das Video von Dolores am Strand an der Stelle, an der ich das Handy vor Schreck auf den Boden gehalten hatte, und schickte auch das ab.

Es geht uns gut hier an der Nordsee, teilte ich meinen Kindern mit. Liebe Grüße, Mama und Oma.

Beim letzten Wort musste ich grinsen. «Sollen wir auch einen Gruß von dir dazuschreiben?», fragte ich Dolores. Aber sie reagierte nicht. Sie lag erschöpft auf ihrer Decke und schlief. Ich kuschelte mich in den Sessel und las in dem Krimi, den ich zu Hause angefangen hatte. Wie meistens hatte die Geschichte rein gar nichts mit der Ermittlungsarbeit im echten Leben zu tun. Aber der Schreibstil gefiel mir, er war spannend, und auf Seite zweihundert wusste ich noch immer nicht, wer der Täter war. Ich blickte kurz auf die Uhr, es war gleich elf. Ich würde morgen weiterlesen. Es war Zeit für die letzte Hunderunde vor dem Schlafengehen.

KAPITEL 4

Die Nacht war klar. Der Himmel hing voller Sterne. Wir nahmen den gleichen Weg, den wir am Mittag schon gegangen waren, den Holzbohlenweg durch die Dünen. Ich hatte eine Taschenlampe eingesteckt, die ich allerdings nicht benötigte. Meine Augen gewöhnten sich schnell an die Dunkelheit. Dolores beobachtete aufmerksam, wie links und rechts von uns etliche Kaninchen durch das Dünengras hoppelten. Ein paar Grillen zirpten, und irgendwo schrie ein Fasan. Sonst war es still bis auf das beständige Rauschen des Meeres.

Am Strand angekommen, blieb ich einen Augenblick stehen. Außer uns war niemand um diese späte Uhrzeit unterwegs, wir waren allein am Meer. Eine leichte Brise wehte uns entgegen, die Wellen rollten im immer gleichen Klang auf das Ufer zu und wieder zurück. Schon am Tag war ich begeistert gewesen von der Weite des Kniepsandes, in der Nacht kam er mir schier unendlich vor.

«Wie schön!», sagte ich laut.

Dolores verstand es als Aufforderung. Sie zog an der Leine in Richtung Wasser.

«Ja, wir gehen ja», sagte ich.

Nach ein paar Minuten blieb Dolores stehen, nahm wieder die Plutohaltung ein und bellte zweimal kurz hintereinander. Ich sah Richtung Norden. Etwas weiter entfernt lag ein Boot, halb im Wasser, halb an Land. Es schaukelte in den Wellen hin und her. Es sah aus, als würde jemand darin fischen.

«Alles in Ordnung, Dolores», sagte ich und ging weiter.

Aber so war es nicht, wie ich merkte, als ich näher kam. In gebückter Haltung, den Kopf auf die Brust gesenkt, hockte ein Mann in dem kleinen blauen Ruderboot. Es hätte tatsächlich nach einem nächtlichen Angelausflug aussehen können, hätte da nicht dieses etwa einen Meter fünfzig lange Ding aus ihm herausgeragt. In seiner Brust steckte eine Harpune! Ich wusste sofort, dass es eine war, denn ich hatte mir erst am Nachmittag eine vorführen lassen. Es war ein ebenso altes Modell, aus Eisen geschmiedet mit einem Holzschaft. Der Widerhaken an der Spitze steckte komplett im Körper, da musste jemand mit Wucht zugestoßen haben. Mein Herz machte einen Satz, als sich das Boot in einer Welle bewegte und sich der Kopf des Mannes nach oben neigte, sodass es für einen Moment schien, als würde er mich ansehen. Und nun erkannte ich ihn: Es war mein grauhaariger Retter aus dem Bus. Hier im Boot saß der Mann, der mich vor ein paar Stunden auf einen Drink in die Blaue Maus eingeladen hatte! Ein beklemmendes Gefühl, das ich so noch nie erlebt hatte, machte sich in meiner Brust breit. Ich rang nach Atem und versuchte klar zu denken.

Mord, das war eindeutig. Dass sich jemand mit einer Harpune selbst, wenn auch nur aus Versehen, umbringen würde, war schon rein physisch nahezu unmöglich. Von einem solchen Fall hatte ich auch noch nie gehört – und in den gut vierzig Jahren bei der Polizei ist mir einiges untergekommen. Ich griff zum Telefon und wählte die 110.

«Gabriele Scholle hier», sagte ich. «Ich möchte einen Mord melden. Ich befinde mich im Moment auf Amrum, kurz vor dem Hundestrand in Norddorf. Beim Opfer handelt es sich um einen etwa Mitte bis Ende sechzigjährigen Mann. Er sitzt in einem Boot. In seiner Brust steckt ...» Ich kam nicht dazu, den Satz zu beenden. «Verdammt!» Eine Welle schwappte auf das Ufer zu, und als sie sich ins Meer zurückzog, nahm sie das Boot mit. Ich steckte das Handy in die Hosentasche, ließ die Leine los, rannte ins Wasser und zog das Boot etwas zurück, angefeuert von Dolores' Bellen.

«In seiner Brust steckt eine Harpune», sagte ich etwas atemlos, als ich wieder aus dem Wasser war. «Bitte beeilen sie sich, die Flut kommt. Das Boot ist zu schwer, ich habe es nur halb herausziehen können.»

Nachdem ich das Gespräch beendet hatte, merkte ich, dass meine Beine zitterten. Schnell setzte ich mich in den Sand, bevor ich am Ende noch umkippte.

Man sagt, dass sich Minuten wie Stunden anfühlen, wenn man ungeduldig auf etwas oder jemanden wartet. Ich habe diesen Satz auch oft in Augenzeugenberichten gelesen. Trotzdem habe ich ihn immer für eine abgedroschene Phrase gehalten. Denn wie sollen aus Minuten Stunden werden?

Aber als ich da im Dunkeln mit hochgekrempelten Hosenbeinen und barfuß im Sand hockte – ich wollte mir nicht gleich am ersten Tag meines Urlaubs eine Erkältung einfangen, weswegen ich die durchnässten Schuhe ausgezogen hatte – und auf die Polizei wartete, kam es mir genauso vor. Als wäre ein schelmischer Einstein höchstpersönlich am Werk gewesen und hätte die Zeit verlängert. Ich hörte die Wellen rauschen und gegen das Boot schlagen, sah, wie der baumelnde Kopf des Toten mit jeder Welle sanft auf und ab wippte, wie er mir jedes Mal quasi zunickte. Aber alles schien viel langsamer zu gehen. Hatte der Schock mein Zeitgefühl so aus dem Lot gebracht?

Ich schaute zu Dolores, die neben mir lag und schlief. Sie zuckte, wahrscheinlich träumte sie. Ich ließ sie mit ihrem Traum allein und schaute auf das Boot.

In meiner Laufbahn beim Polizeipräsidium waren die Akten einiger Tötungsdelikte über meinen Schreibtisch gewandert: «Der Gummientenmörder», der seine Opfer in der eigenen Badewanne ertränkte, in der immer ein riesiger Schwarm Gummienten schwamm. Oder das «Krümelmonster», wie ich den Mann getauft hatte, der seine Opfer mit einem Keks vergiftete. Ganz oben auf der Liste der Absurditäten stand die «Fimo-Mörderin», die den Tatort mit Knetfiguren nachgestellt hatte. Aber ein Mord mit einer Harpune war noch nicht dabei gewesen. Ich hatte schon viele Tote gesehen. Erwürgt, erstochen, erschossen, erstickt – in meinen Dienstjahren hatte sich ohne Frage eine Gewöhnung eingeschlichen. Allerdings waren die Toten immer nur auf den Fotos tot gewesen, nicht in echt, so wie jetzt. Und bisher hatte ich keines der Opfer persönlich gekannt.

Als ich endlich Motorengeräusche hörte, drehte ich mich um und sah einen Geländewagen mit Rundumkennleuchte auf dem Dach auf mich zukommen. Warum sie hier am menschenleeren Strand Blaulicht brauchten, verstand ich nicht, aber Hauptsache, sie waren da. Erleichtert stand ich auf und klopfte mir den Sand ab. Wenige Meter vor mir hielt der Wagen an. Zwei Männer stiegen aus, auf der Fahrerseite ein sportlicher Jüngerer, etwa Anfang dreißig, auf dem Beifahrersitz ein korpulenter Älterer. Die Uniformen sahen aus wie in Hessen, blau in blau. Was für ein optischer Fortschritt gegenüber der früheren braun-grünen Dienstkleidung!

«Moin», sagten beide gleichzeitig.

Der Jüngere baute sich vor mir auf und stemmte die Fäuste in die Hüften. So konnte ich sein Namensschild lesen: F. Petersen. Dem einzelnen silbernen Stern auf seinen Schulterklappen entnahm ich, dass er Polizeikommissar war. Ein Studiosus, denn in den gehobenen Dienst gelangte man nur mit einem Studium. «Sie haben uns gerufen?»

«Ja, das war ich», antwortete ich. Wer sonst kam infrage? Aber das musste er wohl fragen. Ich deutete auf das Boot. «Da ist es.»

Petersen legte eine Hand an die Stirn und blickte mit verkniffenem Gesicht in die Richtung, in die ich zeigte. «Oha!», entfuhr es ihm. «Sie haben uns wohl doch kein Seemannsgarn erzählt.»

Ich ärgerte mich kurz, schluckte es aber herunter. Was bildete dieser Jungspund sich ein?

«Ganz und gar nicht», antwortete ich und malte mit der Hand einen großen Kreis in die Luft. «Sie sollten so schnell wie möglich alles absperren und nicht kreuz und quer hier rumrennen. Sonst sieht es spätestens morgen früh aus, als wäre eine Herde Gnus durch den Sand gelaufen.»

Zwischen seinen Augenbrauen bildete sich eine steile Falte. «Sagt wer?»

«Gabriele Scholle, wie ich dem Kollegen beim Notruf schon mitgeteilt habe. Ich arbeite beim K11 in Wiesbaden.» Es war nicht gelogen und doch nicht die ganze Wahrheit. Aber wenn ich ihm gesagt hätte, dass ich Sekretärin bin, hätte er mich wahrscheinlich nicht so ehrfurchtsvoll angesehen, wie er es jetzt tat.

Gerade als Petersen zu einer Erwiderung ansetzen wollte, griff sein älterer Kollege ein, H. Jensen, wie ich auf dem Abzeichen an seiner Brusttasche las. Er trug drei silberne Sterne auf den Schultern und war demnach Hauptkommissar. Ich vermutete, dass es nicht viel mehr Beamte auf der Insel gab und die Liste der Beförderungsaspiranten somit überschaubar war.

«Soso, eine Kollegin vom Festland.» Er nickte. «Ich nehme an, Sie haben nichts angerührt.»

«Nur das Boot, als ich es aus dem Wasser gezogen habe», sagte ich. An seiner Stelle wäre ich schon längst die fünf Meter bis zur Leiche gegangen, um zu überprüfen, ob es sich tatsächlich um eine handelte. Was, wenn ich mich geirrt hatte und noch Leben in dem Mann war?

«Sieh du dir das bitte an», sagte Petersen da. «Ich befrage unsere Zeugin.» Entgegen der dienstlichen Rangordnung schien er – als der Jüngere der beiden – den Hut aufzuhaben. «Geht klar», sagte Jensen und marschierte endlich strammen Schrittes zum Boot.

Ich war mir sicher, dass meine Kollegen in Wiesbaden zu zweit zum Tatort gegangen wären, aber auch das sollte nicht mein Problem sein.

Petersen griff in seine Brusttasche und holte Block und Kugelschreiber raus. Die Digitalisierung musste auf dem Weg nach Amrum irgendwo im Wattenmeer stecken geblieben sein. Sympathisch, fand ich, denn schließlich schrieb auch ich meine Notizen immer noch eisern mit der Hand. In manchen Dingen nicht mit der Zeit zu gehen, war also keine Frage des Alters.

«Wann und wie haben Sie den Toten entdeckt, Frau …?»

«Scholle. Gabriele Scholle, wie ich Ihnen eben schon gesagt habe, aus Wiesbaden. Es ist etwa zwanzig Minuten her, da bin …» Ich erzählte ihm von unserem Spaziergang und wie Dolores plötzlich das Boot angebellt hatte.

«Ist Ihnen hier am Strand etwas Ungewöhnliches aufgefallen?», setzte Petersen seine Befragung fort. «Zum Beispiel eine oder mehrere Personen? Ein Fahrzeug, irgendetwas?»

Sollte ich ihm sagen, dass ich gesehen hatte, wie der Käpt'n am Nachmittag mit einer Harpune rumhantiert hatte?

«Nein, nichts Ungewöhnliches», antwortete ich. Ich log nicht, die Vorführung hatte schließlich im Naturzentrum stattgefunden, und auch andere hatten Zugang zu dem Skelett, sollte es tatsächlich dieselbe Waffe sein. Und mein Instinkt sagte mir, dass Ahab nichts mit dem Mord zu tun hatte. Um meinem Gegenüber bei dieser doch etwas ausweichenden Antwort nicht in die Augen sehen zu müssen, wandte ich mich dem Tatort zu.

Unbeholfen tapste Jensen um das Boot herum und machte dabei eine ausgesprochen ungelenke Figur. Dann fasste er sich ein Herz und versuchte, es ganz an Land zu ziehen. Dabei rutschte er ab und landete um ein Haar rücklings im seichten Wasser.

Ich sah zu Petersen hinüber. «Wollen Sie ihm nicht helfen?»

Jetzt erst fiel mir auf, dass er sehr blass war. Und da dämmerte es mir. Er hatte hier nicht das Sagen, ihm war einfach nur schlecht.

«Haben Sie schon einmal einen Toten gesehen?», fragte ich ohne Umschweife.

Er schluckte und nestelte an seinem Hemdkragen. «Das ist meine erste Leiche.»

Da hatten wir etwas gemeinsam. «Kein schöner Anblick, sie werden aber mit der Zeit besser damit klarkommen, auch wenn es immer wieder traurig ist.» Natürlich wusste ich das nicht aus eigener Erfahrung, aber so hatte Susanne es mir erzählt. «Ich bin dem Mann schon im Bus nach Norddorf begegnet», sagte ich, um ihn abzulenken. «Wir haben uns kurz unterhalten.»

Dann sah ich gedankenverloren auf Jensens Schuhspuren im Sand, die zum Boot führten. Und auf meine. Nachdenklich tippte ich mir mit dem Finger auf die Nase.

«Sagen Sie, Kommissar Petersen, finden Sie es nicht ungewöhnlich, dass hier nirgendwo Schuhspuren zum Wasser führen? Außer meinen und denen Ihres Kollegen.»

Er runzelte die Stirn. «Worauf wollen Sie hinaus?»

«Nun, der Täter oder die Täterin hat keine hinterlassen.»

«Die Flut», sagte Petersen. «Sie könnte sie weggespült haben.»

Ich wiegte den Kopf. «So weit ist sie noch nicht. Wir haben auflaufendes Wasser. Realistischer scheint mir, dass der Täter mit einem eigenen Boot über das Meer gekommen ist. Oder der Mord hat woanders stattgefunden, und das Boot wurde hier an Land gespült.»

«Finn!», rief Jensen plötzlich und ruderte aufgeregt mit den Armen. «Den Mann kenne ich, das ist Helmut Sturmfels!»

«Verdammt!», fluchte Petersen und ging zum Boot.

Ich ließ Dolores Platz machen und folgte ihm. Als ich den Toten nun wieder da sitzen saß, halb zur Seite gekippt, und mir die Tatwaffe näher anschaute, wurde mir klar, dass darauf wahrscheinlich die Fingerabdrücke des Käpt'ns zu finden waren. Am Holzschaft flatterte ein kleines weißes Etikett im Wind. Dasselbe wie an der Harpune, mit der er am Nachmittag eindrucksvoll demonstriert hatte, wie man einen Wal tötet.

~~~~~~~

Warum führte eine Sandspur bis zu den Schuhen des Käpt'ns, die vor seiner Haustür standen?

Es war diese eine Frage, die mir im Kopf herumspukte und mich nicht einschlafen ließ, nachdem ich zwei Stunden später endlich im Bett lag. Ich seufzte und richtete mich auf. Schlaflos auf Amrum. Das klang wie der Titel einer dieser öffentlich-rechtlichen Krimiproduktionen aus der Mediathek, die Rolf sich hin und wieder ansah.

In Gedanken ging ich wieder die Treppe hinunter, auf dem Weg zu unserem nächtlichen Spaziergang, schaute nach links zu Ahabs Tür – und war mir nun sicher, dass dort um elf auf dem Fußabtreter noch seine Pantoffeln gestanden hatten. Als wir zurückkamen, standen seine sandigen Schuhe dort. Also musste mein bärbeißiger Vermieter außer Haus gewesen sein, aber vor mir zurückgekehrt sein. Das machte ihn noch nicht per se verdächtig.

«Nein!», sagte ich laut. Die Harpune machte ihn verdächtig. Aber mein Gefühl und auch mein Verstand sagten mir, dass er nicht der Täter war. Er wäre klug genug gewesen, die Mordwaffe wieder mitzunehmen oder irgendwo weit draußen im Meer zu versenken. Er wusste, dass die Harpune ihn mit dem Mord in Verbindung bringen würde, auch wenn man keine Fingerabdrücke darauf finden sollte. Ich war nicht die Einzige, die die Vorführung gesehen hatte. Außerdem wusste wahrscheinlich ganz Amrum, dass er diese Vorführungen machte und Zugang zum Naturzentrum gehabt hatte. Aber wie sicher konnte ich sein? Bisher war ich noch nie in einen echten Fall verwickelt gewesen. Konnte ich mich auch hier auf mein Bauchgefühl verlassen, das bei den Fällen in unserem Kommissariat bisher noch nie versagt hatte?

Als ich Dolores schnarchen hörte, beugte ich mich zu ihr und streichelte sie. «Pass fein auf!», sagte ich leise.

Sofort war sie wach, hob den Kopf, spitzte die Ohren.

Ahab hatte bestimmt einen Ersatzschlüssel. Ich war kein Feigling, aber jetzt wurde mir doch etwas mulmig, zumal sich das Bild des Toten immer wieder in meine Gedanken schlich.

«Da werde ich einmal auf einen Drink eingeladen, und dann das!», sagte ich laut. Es tat mir sehr leid, dass der Mann nun tot war, aber manche Dinge ertrugen sich nun mal besser mit etwas Galgenhumor.

Ich stand auf, zog die Vorhänge beiseite, öffnete das Fenster und setzte mich in den Sessel, der davorstand. Schon tagsüber war die Aussicht fantastisch, aber in der Dunkelheit fand ich sie noch spektakulärer: Unter dem funkelnden Sternenteppich ruhten die Dünen, die sich bis in den Garten erstreckten. Das ferne Rauschen der Wellen beruhigte meine Sinne. Doch dann strich eine Böe über die Kämme und ließ die Gräser wiegen, und plötzlich zog eine leichte Gänsehaut über meinen Körper. Tagsüber waren die Dünen voller Leben gewesen, doch nun kamen sie mir vor wie eine geheimnisvolle Welt voller Schattenspiele und Geheimnisse. Ein kleines Licht blitzte im Garten auf, die Flamme eines Feuerzeugs. Sie erhellte für einen kurzen Moment das Gesicht eines vollbärtigen Mannes, der auf der Gartenbank neben dem knorrigen alten Lorbeerbusch saß. Der Kapitän. Dolores hob kurz den Kopf und ließ ihn wieder sinken. Sie musste schon vor mir mitbekommen haben, dass er da war, fand jedoch nichts Bedrohliches dabei. Und ich auch nicht mehr, wie ich gerade erstaunt feststellte.

Er zog an seiner Pfeife, blies kleine Wölkchen in die nächtliche Schwärze und blickte zu mir empor. Es war vollkommen abwegig, aber in diesem Moment hatte ich das Gefühl, als würden wir uns schon lange kennen, als wären wir alte Bekannte, die sich lange nicht gesehen und sich nun wiedergetroffen hatten. So etwas hatte ich noch nie empfunden. «Das ist doch verrückt», sagte ich leise. «Oder, was denkst du, Dolores?»

Sie sah mich aufmerksam an. Ich blieb sitzen und überlegte, ob ich ihm von dem Mord erzählen sollte. Immerhin steckte die Harpune, die er vorgeführt hatte, in der Brust des Toten.

«Gute Nacht.» Der Käpt'n stand auf und ging zum Haus. Er hatte mich also auch gesehen

«Gute Nacht», sagte ich in die Dunkelheit. Ich würde morgen mit ihm sprechen.

KAPITEL 5

Magnum weckte mich.

Ich drehte mich auf die Seite und tastete auf dem Nachttisch nach meinem Handy. Eine unbekannte Nummer mit Amrumer Vorwahl.

«Gabriele Scholle?»

«Moin, Frau Scholle», meldete sich eine Frauenstimme. Sie klang lebhaft und energiegeladen. «Entschuldigen Sie die Störung. Mein Name ist Finnja Krüger, ich bin Hauptkommissarin aus Flensburg.»

«Einen Moment bitte.» Ich richtete mich auf, rieb mir die Augen und schaute mit verklebtem Blick auf den Wecker: Es war schon Viertel nach zehn, so lange hatte ich schon ewig nicht mehr geschlafen. «Sie wollen mit mir über den Toten im Boot sprechen, nehme ich an.»

«Richtig. Wir sind noch gestern Nacht mit dem Hubschrauber aus Flensburg angeflogen, nachdem Sie den Mann gefunden haben. Herr Petersen hat mir erzählt, dass Sie eine Kollegin sind. Sie arbeiten beim K11 in Wiesbaden?»

«Ja.» Als Sekretärin hatte ich im Laufe der Jahre unzählige Vernehmungen protokolliert und dabei die Strategien der Verdächtigen studiert. Am besten kamen diejenigen weg, die die Fragen der Ermittler wörtlich nahmen. Wie zum Beispiel die Fimo-Mörderin, die auf die Frage, ob sie die Knete aus dem Lager entwendet habe, mit einem entschiedenen Nein geantwortet hatte – was der Wahrheit entsprach, denn wie sich herausstellte, hatte sie die Knete mitgenommen, aber vorher ordnungsgemäß bezahlt. Ich schüttelte den Gedanken ab, denn es handelte sich hier um einen Mordfall, in dem ich nicht verdächtigt, sondern als Zeugin befragt werden sollte.

«Wie wir erfahren haben, sind Sie nicht mit dem Pkw auf der Insel. Wir würden Sie in einer Viertelstunde abholen», sprach Krüger weiter. «Das geht am schnellsten. Ich würde mich gerne hier auf der Dienststelle mit Ihnen unterhalten.»

«In Ordnung. Aber ich brauche noch zwanzig Minuten. Und wäre es in Ordnung, wenn ich Dolores mitbringe?»

Stille in der Leitung. Ich war davon ausgegangen, dass die Kommissarin Petersens Notizen über Dolores gelesen hatte, aber sie schien mir nicht folgen zu können.

«Eine Freundin von Ihnen?», fragte sie irritiert. «War sie auch dabei?»

«Genau genommen hat sie das Boot zuerst bemerkt», antwortete ich. «Aber Sie werden von ihr leider keine Aussage bekommen. Dolores ist ein Labradoodle.»

Sie lachte. «Das ist kein Problem, bringen Sie sie gern mit, ich mag Hunde.»

Ich ging für eine Katzenwäsche ins Bad, zog mich an und griff zur Leine. «Schnelle Pipirunde, Schatz, danach müssen wir zur Polizei.»

Auf dem Weg nach unten sah ich die Pantoffeln vor der Haustür stehen. Der Käpt'n war also auch unterwegs. Ob er schon mitbekommen hatte, dass es auf der Insel einen Mord gegeben hatte und dass seine Harpune vermutlich die Tatwaffe war?

~~~~~~~~

Petersen kam mit einem Dienstwagen, der Geländewagen war wohl nur für Einsätze am Strand gedacht.

«Moin!», sagte ich und hatte das Gefühl, dass mir dieser norddeutsche Gruß schon erfreulich selbstverständlich über die Lippen kam.

«Moin!» Er sah verschlafen aus, mit dunklen Ringen unter den Augen. Wahrscheinlich hatte er eine lange Nacht gehabt, wenn er nicht sogar die ganze Nacht am Strand verbracht hatte, um den Tatort zu bewachen.

«Soll ich fahren?», fragte ich.

Er schüttelte den Kopf.

Bei Tageslicht fiel mir auf, dass er ein attraktiver Mann war, mit vollem blondem Haar, ungewöhnlich strahlend blauen Augen und süßen Grübchen.

«Wie sieht es denn aus, wenn mich die Kollegin vom Festland im Streifenwagen über die Insel kutschiert?» Er öffnete die hintere Tür. «Ich habe mir gedacht, Löckchen fährt hinten mit, und habe eine Decke auf die Bank gelegt.» Er grinste. «Ich meine den Hund, sie dürfen natürlich vorne sitzen.»

Er hatte Humor. Aber ich wusste nicht, wie sich Dolores in einem fremden Wagen benahm. «Komm, Schatz, wir setzen uns nach hinten», sagte ich und stieg ein. «So behalte ich sie besser im Blick», erklärte ich Petersen.

Er fuhr los. «Waren Sie schon mal auf Amrum?»

«Es ist mein erstes Mal.»

«Na, da haben Sie ja gleich einen guten Eindruck bekommen.» Er seufzte. «Aber gut, dass *Sie* den Toten gefunden haben», sagte er, kaum dass wir die Abfahrt hinunter waren. «Und nicht jemand von den Urlaubern. Das steckt niemand so schnell weg.»

Ich war zwar auch im Urlaub und hatte mir den Abend anders vorgestellt, aber er hatte natürlich recht. Tote gehörten zu meiner täglichen Arbeit. «Es war trotzdem kein schöner Anblick», sagte ich.

«Ja, das finde ich auch.» Er bog auf die Hauptverkehrsstraße ab, und wir fuhren rechter Hand an dem kleinen Wäldchen vorbei. Auf dem Weg daneben waren jede Menge Menschen unterwegs. Sie fuhren mit fröhlichen Gesichtern auf ihren Rädern oder gingen zu Fuß. Es waren erstaunlich viele kleine Kinder darunter.

«Es gibt ein Mutter-Kind-Kurheim auf Amrum und auch eine Klinik», erklärte Petersen, als hätte er meine Gedanken erraten. «Die sind außerhalb der Ferien sehr beliebt für Erziehende mit noch kleinen Kindern. Die älteren kommen häufig in den Schulferien. Aber dann ist die Insel sowieso überfüllt. Sie haben sich die beste Zeit für Ihren Urlaub ausgesucht. Anfang Mai ist das Wetter in der Regel schon sehr gut. Mitte September ist auch eine gute Reisezeit. Da sind die Sommerferien vorüber, aber es ist immer noch warm genug. Es wird ruhiger, auch für uns auf dem Revier.»

«Mit welchen Delikten haben Sie es hier auf der Insel hauptsächlich zu tun?», fragte ich.

«Ach, das Übliche, Diebstahl, Drogendelikte, Prügeleien, mal verschwindet jemand, taucht aber in der Regel wieder auf ... Mordfälle gibt es allerdings so gut wie gar nicht. Vor ein paar Jahren hatten wir mal einen, aber da war ich noch nicht auf der Insel.» Er blickte in den Rückspiegel zu mir. «Ich komme eigentlich aus Hamburg.»

«Eine schöne Stadt. Was hat Sie auf die Insel verschlagen?»

«Die Liebe. Aber wechseln wir lieber das Thema.»

Ich hatte volles Verständnis dafür und hakte nicht weiter nach. «Wo kann man hier gut essen?»

Er überlegte einen Moment, zählte ein paar Restaurants auf, und dann waren wir auch schon da und parkten in der Auffahrt. Die Polizeistation lag versteckt und umgeben von vielen Bäumen etwas abgelegen der Straße. Das rot geklinkerte Haus sah auf den ersten Blick wie ein Ferienhaus aus.

«Die Kommissare warten schon», sagte Petersen. «Oder besser gesagt die Kommissarin und der Kommissar. Einfach mir nach.»

Seit vierzig Jahren betrat ich fünf Tage die Woche jeden Morgen um kurz vor acht Uhr ein Polizeipräsidium – als Mitarbeiterin. Nun wurde ich das erste Mal als Zeugin befragt. Es war ein eigenartiges Gefühl, ich war neugierig und auch ein wenig aufgeregt. Wenigstens war ich keine Verdächtige, dachte ich, als ich hinter Petersen herging. Doch schon im nächsten Moment wurde mir klar, dass ich mir da gar nicht so sicher sein konnte. Immerhin war ich am Tatort gewesen. Meine Schuhspuren befanden sich im Sand. Ich hatte die Ausstellung besucht und mitbekommen, wie Ahab die Harpune an der Stelze befestigt hatte und dann gegangen war. Man konnte ohne Zweifel auf die Idee kommen, dass ich es war, der sie entwendet hatte.

«Moin, Frau Scholle», riss mich die Stimme der Kommissarin aus meinen Gedanken.

Finnja Krüger hatte ich mir gänzlich anders vorgestellt. Zwar passte ihre kompakte Größe zu ihrer lebhaften Stimme, und auch ihre funkelnden grünen Augen unterstrichen den Tatendrang, den sie während unseres Gesprächs versprüht hatte. Aber wäre sie mit ihrem schrillen Outfit im Wiesbadener K11 aufgeschlagen, wäre sie aufgefallen wie ein Mammut in einer Horde Kapuzineraffen. Es gab keine Kleiderordnung bei uns. Und trotzdem fanden wir uns alle mit einigermaßen gewöhnlichem Äußeren im Büro ein. Ich bevorzugte bequeme Hosen, die beim langen Sitzen nicht einschnitten, und trug dazu gern ein schlichtes Shirt und in den kälteren Monaten eine Strickjacke darüber – meine klassische Arbeitskleidung. Susanne mochte es etwas ausgefallener, sie trug auch mal enge Lederhosen und liebte Motivshirts, aber alles im Rahmen und in gedeckten Farben. Kommissarin Krüger hingegen kam mir in eine grellgrüne Tunika gekleidet entgegen. Als sähe sie damit nicht bunt genug aus, trug sie dazu einen Rock mit auffälligem Blumenmuster und darunter eine leuchtend orangefarbene Strumpfhose.

Sie reichte mir ihre Hand und ging in die Hocke. «Das ist dann wohl Dolores.» Sie wuschelte durch ihr Fell. «Braucht sie Wasser?»

«Das wäre gut», antwortete ich.

«Und Sie Kaffee, Tee?»

«Kaffee!», antwortete ich. Ich hatte noch keinen gehabt

und brauchte morgens einen, denn ohne die gewohnte Dosis Koffein lief mein Hirn in etwa so rund wie ein Würfel. «Mit Milch bitte.»

«Könnten Sie, Petersen ...?»

Er nickte und ging davon. «Danke, auch fürs Abholen, Herr Petersen», rief ich ihm nach.

«Und vielen Dank, dass Sie gekommen sind, Frau Scholle», begrüßte mich nun auch Krügers Kollege. «Mein Name ist Konrad Thomsen. Ich bin der Leiter des Teams, das diesen Fall bearbeiten wird.»

Der Kontrast zwischen den beiden hätte nicht größer sein können. Während Krügers Motto «Schriller ist besser» hieß, setzte Thomsen auf Eleganz. Er trug einen schnieken schwarzen Anzug, darunter ein frisch gebügeltes Hemd und eine schmale Krawatte. So erschien nicht einmal Blennemann bei uns im Büro, obwohl auch er einen Hang zum Schicken hatte. Ein interessantes Ermittlerpaar!

Thomsen war groß, hatte breite Schultern und eine aufrechte Haltung, die er sogar im Sitzen beibehielt. Die Mundwinkel seiner schmalen Lippen zeigten nach unten, weshalb ich annahm, dass ein verkniffener, humorloser Charakter in ihm wohnte. Die kurz geschnittenen, akkurat frisierten Haare untermalten diesen Eindruck.

«Wenn Sie uns bitte schildern würden, was genau Sie gesehen haben», sagte Thomsen. «Wie ich hörte, arbeiten Sie beim K11 in Wiesbaden. Dann wissen Sie ja, worauf es uns ankommt.»

Ich kam seiner Bitte nach und erzählte alles von Anfang an. Thomsen schrieb stichpunktartig mit und schaute dabei hin und wieder zu mir. Als ich fertig war, legte er den Stift beiseite und seine verschränkten Hände auf dem Tisch ab. «Ich habe vernommen, dass Sie den Kollegen Petersen und Jensen die Anweisung erteilt haben, den Fundort großflächig abzusperren?»

Worauf wollte er hinaus?

Als hätte er draußen gelauscht und auf seinen Einsatz gewartet, kam nun Jensen durch die Tür. «Moin», grüßte er in die Runde und legte zwei Finger an die Schläfe. Er ging zielstrebig durch zur Toilette. Was er wohl draußen gemacht hatte?

Ich wandte mich Thomsen zu. «Zurück zu Ihrer Frage: Das entspricht so nicht der Wahrheit. Ich habe die beiden lediglich darauf *hingewiesen*, dass sie etwas unternehmen sollten.»

«Das war natürlich richtig», erwiderte er. «Aber jetzt sind wir verantwortlich.» Er wollte mir also nachdrücklich klarmachen, dass ich mich in Zukunft nicht mehr einmischen sollte.

«Ich mache hier Urlaub», sagte ich, wollte seine indirekte Kritik aber nicht so stehen lassen. Als ich an die Schuhspuren von gestern Abend dachte, kam mir das kriminalistische Grundlagenbuch «Phänomenologie einer Strafsache» in den Sinn. Ich hatte es mir aus der überschaubaren Sammlung unserer Dienststelle – sagen wir – *geliehen* und kannte es in weiten Teilen auswendig. «Die gefährlichsten Spuren sind die selbst gelegten», zitierte ich nun.

Krüger entlockte dieser Satz ein Schmunzeln, doch an Thomsen perlte er ab wie Wasser an einem Friesennerz, den er aber wahrscheinlich niemals tragen würde. Er blieb bei seinem friesisch herben Mienenspiel und bemühte keinen Muskel im Gesicht. Darin war ich jedoch auch gut, nicht dass es nun schon nötig war.

«Bei dem Opfer handelt es sich um Helmut Sturmfels», erklärte er. «Laut den Kollegen ein bekannter Mann auf Amrum.»

«Eher berüchtigt», warf Petersen ein, der gerade mit einer Schüssel Wasser zurückkam. Ich horchte überrascht auf, fragte aber nicht nach, um Petersen nicht bloßzustellen. Die Bemerkung hätte er nicht machen dürfen, immerhin war ich hier als Zeugin und nicht als Ermittlerin, auch wenn er davon ausging, dass ich eine war.

«Sie haben den Mann also auf der Busfahrt kennengelernt, und wie Sie sagten, hat er Sie auf einen Drink eingeladen.» Thomsen musterte mich. «Was meinen Sie, warum er das gemacht hat?»

Weil ich noch immer eine verdammt attraktive Frau war? Thomsens Frage implizierte jedoch, dass Helmut Sturmfels andere Gründe dafür gehabt haben konnte.

Ich setzte zu einer Antwort an, wurde jedoch kurz abgelenkt. Aus dem Augenwinkel sah ich, dass Jensen zurückkam.

«Erklären Sie es mir», sagte ich.

Nun wurde Krüger aktiv. Sie zog ein dünnes Dossier, das neben ihr lag, zu sich heran und entnahm ihm ein vollgeschriebenes Blatt. «Helmut Sturmfels, achtundsechzig Jahre alt, wohnhaft in Chicago, USA. Geboren und aufgewachsen auf Amrum, dann Umzug in die Vereinigten Staaten. Hat dort die Firma STORMROCK REALTY aufgebaut, ein erfolgreiches Immobilienunternehmen der USA mit Außenstellen auch in Deutschland.»

Ich pfiff leise durch die Zähne. Das hörte sich nach einer guten Partie an. «Warum ist er nach Amrum gekommen? Hat er noch Familie oder Freunde hier, die er besuchen wollte?»

«Ich kenne ihn noch von früher», warf Jensen ein. «Freunde hat er keine, zumindest nicht, dass ich wüsste. Familie auch nicht. Aber er ist hier aufgewachsen, und irgendwann zieht es alle Amrumer zurück, die die Insel verlassen haben.»

Diese Information hatte Krüger wohl nicht zum ersten Mal gehört. Er ging nicht darauf ein und referierte weiter. «Auf Nachfrage bei der Firmenleitung in den USA haben wir erfahren, dass Sturmfels dieses Mal wegen eines Besichtigungstermins auf Amrum war. Er wollte ein Reetdachhaus auf der Insel erwerben.»

Ob der Mord damit zusammenhing? Es war durchaus möglich.

«Welche weiteren Maßnahmen haben Sie ergriffen?», fragte ich

«Wir lassen gerade die Fingerabdrücke mit der Datenbank abgleichen», erklärte Krüger bereitwillig. Sie sah es wohl nicht so eng mit der Zuständigkeit wie ihr Kollege. Ich haderte mit mir. Jetzt wäre der richtige Zeitpunkt, darauf hinzuweisen, dass Ahab das Ding in der Hand gehabt hatte.

«Vielleicht haben wir Glück, und es gibt einen Treffer.» Diesmal zog sie einen Stapel Fotos aus dem Dossier. Sie legte eines zwischen uns auf den Tisch und tippte darauf. Es zeigte das sitzende Opfer von der Seite mit grotesk aus der Brust ragender Harpune.

«Frau Scholle, uns interessiert, welche Gedanken Sie hierzu haben.»

War das eine Fangfrage? Eben noch hatte er mir verboten, mich mit dem Fall zu befassen, jetzt bezog er mich ein.

Ich beugte mich ein Stück über den Tisch und betrachtete die Aufnahme eine Weile. «Sie meinen die Tötungsart?»

Sie nickte. «Nun, die Harpune wird nicht aus heiterem Himmel in der Brust gelandet sein.»

In der Tat hatte ich mir diese Frage bereits am Strand gestellt. Während der Führung hatte der Käpt'n uns gezeigt, wie nah die Fänger mit ihren Ruderbooten an die Wale heranfahren mussten, um ihre Harpunen durch die Haut und die dicke Fettschicht der Tiere zu rammen. Eine solche Kraftanstrengung war zum Töten eines Menschen zwar nicht erforderlich, aber so tief, wie sie in der Brust des Toten steckte, musste sie trotzdem aus nächster Nähe hineingestoßen worden sein. Diese Annahme ließ für mich nur eine logische Folgerung zu.

«Für mich sieht es nach einer Beziehungstat aus», antwortete ich. Weil Krüger und Thomsen mich weiter erwartungsvoll ansahen, beschloss ich, meine These auszuschmücken. «Jemanden aus dieser kurzen Distanz zu töten und noch dazu mit einer solchen Kraft, deutet für mich auf eine emotionale Tat hin. Der Täter muss das Opfer gekannt und großen Hass für diesen Mann empfunden haben.»

Kurzes Schweigen.

«Wir teilen diese Einschätzung, Frau Scholle», sagte Thomsen nun. «Allerdings haben wir noch keine Hinweise, die uns auf eine mögliche Spur führen würden. Wir tappen im Dunkeln.»

«Wissen Sie schon etwas aus der Rechtsmedizin?»

Er zog das Dossier zu sich heran und schlug es auf. «Den Livores sowie dem Rigor mortis zufolge ist der Tod zwischen zweiundzwanzig Uhr dreißig und dreiundzwanzig Uhr eingetreten. Also etwa eine halbe Stunde, bevor Sie auf die Leiche gestoßen sind.»

Totenflecke und Leichenstarre, wie oft hatte ich die Worte in den Akten über die Jahre hinweg schon gelesen? Jetzt bekamen sie eine neue Bedeutung für mich. Ehrlich gesagt war ich froh, dass ich die Leiche nur aus der Entfernung und auch nicht unbekleidet gesehen hatte. Meine ermittelnden Kolleginnen und Kollegen beim K11 hatten schon einen fordernden Job. Aber was sagten mir die Infos, die Thomsen mir gerade gegeben hatte? Ich verschränkte die Arme. Was konnte ich daraus ableiten?

«Was geht Ihnen durch den Kopf?», fragte Krüger.

«Geben Sie mir bitte einen Moment», erwiderte ich.

Mein Blick wanderte durch den Raum, das half mir beim Nachdenken. Er blieb an Thomsens Handgelenk hängen, seiner Uhr, einem kostspieligen Exemplar mit schickem Lederarmband. Zuzusehen, wie die Zeiger auf dem weißen Ziffernblatt beständig tickten, brachte mich auf eine zündende Idee. Warum war mir das nicht schon heute Nacht gekommen?

Ich schnippte in die Luft und drehte mich zu Petersen herum. «Wann hat am Tattag die letzte Fähre die Insel verlassen?», fragte ich ihn. Er lebte auf der Insel, sicher hatte er den Fährplan auf dem Schirm.

Sichtlich irritiert und mit auf dem Rücken verschränkten Armen blinzelte er mich an. «Wohin?»

«Egal, Hauptsache, weg von hier.»

«Es ist der Frühjahrsplan, also ...» Er machte es wie ich und schaute zum Nachdenken an die Decke. «Siebzehn Uhr fünfundzwanzig. Entweder nach Föhr oder nach Dagebüll.»

«Dann konnte er nachts also nicht mehr runter von der Insel. Es sei denn, er hat ein eigenes Boot. Wann fährt morgens die erste?»

«Um sechs. Die zweite um sieben Uhr zehn und dann erst wieder zwei Stunden später.»

Ich wandte mich den Kommissaren zu.

«Bevor Sie auf die Idee kommen, uns zu sagen, wie wir unsere Arbeit zu machen haben, Frau Scholle», sagte Thomsen mit einem leicht ironischen Unterton in der Stimme. «Wir haben natürlich bereits vor unserer Abfahrt hierher veranlasst, dass ab sofort von allen Personen, die Amrum mit der Fähre verlassen wollen, die Personalien festgehalten werden», erklärte er. «Für die Kontrollen sind Kräfte von der Bereitschaftspolizei im Einsatz. Sobald wir den Namen eines Verdächtigen haben, können wir nachverfolgen, ob und wann er die Insel verlassen hat.»

«Es sei denn, er ist über das Watt weg», warf Petersen in den Raum.

«Das könnte natürlich sein. Aber wir sollten uns nicht darauf versteifen, dass der Mörder vom Festland kommt. Ausschließen können wir es allerdings nicht.» Krüger sah nachdenklich aus dem Fenster. «Mein Gefühl sagt mir, dass wir uns die Amrumer genauer anschauen sollten.»

Da hatten wir was gemeinsam, Kommissarin Krüger und ich. Auch ich verließ mich gern auf mein Bauchgefühl.

Das sagte mir, dass zumindest ein Insulaner, den ich kannte, nicht der Mörder war. Aber trotzdem durfte ich die Information nicht für mich behalten. «Die Tatwaffe habe ich einige Stunden zuvor schon einmal gesehen», sagte ich. «Bei einer Vorführung durch die Pottwalausstellung ...» Ich erzählte in knappen Worten, was sich dort zugetragen hatte, und beendete meine Ausführungen mit einem Hinweis, der mir wichtig erschien: «Herr Behrendsen hat die Harpune an der Stelze befestigt und das Naturzentrum daraufhin verlassen. Theoretisch hätte sie jeder dort entwenden können. Über die dort anwesend gewesenen Personen kann ich Ihnen leider keine Auskunft geben, ich kannte niemanden davon. Die Vorführung fand auch leider ohne vorherige Anmeldung statt, sodass Sie keine Namensliste bekommen werden. Aber ich kann Ihnen die Personen sehr gern beschreiben, ich habe ein sehr gutes Gedächtnis, was solche Dinge betrifft.»

«Danke, Frau Scholle.» Thomsen nickte mir zu. Er lächelte. Zum ersten Mal wirkte es echt. «Vielleicht könnten Sie die Personen gleich bei einer Tasse Kaffee beschreiben?» Er sah zu Petersen, der sofort aufsprang.

«Tut mir leid, den habe ich in der Aufregung total vergessen.»

«Danke!» Ich sah zu Thomsen. «Sie haben mir noch nicht gesagt, warum der Mann mich auf einen Drink eingeladen hat.»

«Das werden wir wohl nie erfahren», antwortete er mit ernster Miene.

«Eine Mutter mit zwei Kindern, ich vermute, dass sie in einer der Kurkliniken untergebracht sind, weil das ältere Mädchen wahrscheinlich schon schulpflichtig ist und momentan keine Ferien sind. Ein älterer Herr ...»

Zwanzig Minuten später hatte ich alle Personen beschrieben.

«Sehr gut! Man merkt Ihnen die jahrelange Berufserfahrung an, Frau Scholle», sagte Thomsen. Das kleine Lächeln um seine Lippen ließ ihn gleich sympathischer wirken.

«Ständiges Training», antwortete ich.

«Nochmals vielen Dank, Petersen fährt Sie zurück», sagte er, nun wieder ganz friesisch-herb.

«Das ist nicht nötig, ich gehe zu Fuß.» Der Spaziergang würde mir guttun und Dolores auch. Ich wandte mich an Petersen. «Aber es wäre nett, wenn Sie mir draußen kurz zeigen könnten, in welche Richtung ich gehen muss, wenn ich zum Café Schult will.»

Das war in Norddorf, natürlich hätte ich den Weg allein gefunden, immer am Wasser oder auf der anderen Seite am Watt entlang. Ich wollte ihn jedoch unbedingt noch etwas unter vier Augen fragen. «Wofür war Sturmfels berüchtigt?»

«Frauen», sagte er und grinste frech. Das reichte mir, ein Klassiker. Dann zeigte er hinter sich. «Da geht's zum Wasser. Immer geradeaus und dann einmal quer durch Norddorf. Schult liegt auf der Wattseite.»

«Danke. Sie sind ein guter Polizist, ich bin mir sicher, dass sie noch Karriere machen werden.»

Seine Wangen färbten sich rot. Es freute mich, dass er sich freute. Ich wusste, dass ich mich mit meiner Prognose nicht irrte, ich hatte es einfach im Gespür. Er brauchte noch etwas Zeit, aber er würde seinen Weg gehen. Als er zurück ins Haus ging, winkte er mir noch einmal zu.

Da fiel mir Sturmfels wieder ein. «Soso, ein Frauenheld», sagte ich leise zu Dolores. «Ich würde sagen, wir sehen das als Kompliment.»

KAPITEL 6

Wir gingen immer am Wasser entlang. Die Sonne schien und ließ die Nordsee glitzern. Leichter Wind wehte. Ich nahm mir vor, abzuschalten und den Spaziergang zu genießen. Aber das war erwartungsgemäß schwer bis unmöglich, denn Tausende Gedanken gingen mir durch den Kopf. Und immer wieder blitzte Sturmfels vor meinem inneren Auge auf. Ich sah ihn im Bus stehen, mit mir flirten und kurz darauf tot im Boot sitzen. So hatte ich mir meinen Urlaub natürlich nicht vorgestellt. Aber es war nun mal, wie es war. Das Leben war kein Wunschkonzert. Ein Spruch, den ich von meiner Mutter nicht nur einmal zu hören bekommen und mir zu eigen gemacht hatte. Meistens formulierte ich den Sachverhalt aber deutlich positiver: Das Leben gibt dir Zitronen, mach Limonade draus. Ein Mann war ermordet worden. Konnte es da ein Zufall sein, dass ausgerechnet ich ihn gefunden hatte? Eine Polizeisekretärin, der zwischen Leben und Tod nicht sehr viele Dinge fremd waren? Ich war nicht der Meinung, dass im Leben alles einen Sinn hatte, aber einen Grund, was einen feinen Unterschied ausmachte. Aber wie ich es auch sah, kam ich immer wieder zum gleichen Ergebnis. Selbst wenn ich hier keine Limonade zustande brächte, selbst wenn die

Polizei ihre Ermittlungen sachgerecht anstellte, wovon ich ausging: Ich konnte nicht einfach die Augen verschließen und so tun, als wäre nichts geschehen. Alles hing irgendwie zusammen. Warum sonst hatte Sturmfels mich auf einen Drink eingeladen? Warum wohnte ich bei Käpt'n Behrendsen, obwohl Hunde dort eigentlich nicht erlaubt waren? Warum war ich gleich am ersten Tag zur Pottwalführung gegangen? Und hier schloss sich der Kreis wieder: Warum hatte ich den Toten gefunden?

So wie das für mich aussah, sollte ich regelrecht mit in den Fall hineingezogen werden. Es stand für mich außer Frage, dass ich hier mit allem helfen konnte, was meine Kollegen – von dem neuen Chef abgesehen – an mir schätzten. Ich hatte einfach ein verdammt gutes Gespür für Menschen, und zwar nicht nur für die guten. Ich erkannte sofort, wenn jemand auf der anderen Seite des Lichts stand. Und immer dann wurde aus dem Gespür für Menschen ein Gespür für Mord.

Wir waren zweieinhalb Stunden unterwegs. Ich nahm mir Zeit, machte ab und zu eine Pause, saß mit Dolores im Sand, und wir ließen uns den Wind um die Nasen wehen. Hin und wieder ließ ich eine besonders hübsche Muschel in meiner Tasche verschwinden. Es juckte mir in den Fingern, Dolores ohne Leine toben zu lassen, aber Ines Worte hallten in mir nach. In diesem Strandabschnitt gab es keinen Hundestrand. Und Dolores hatte auch so ihren Spaß.

Als wir in der Ferienwohnung ankamen, waren wir beide hundemüde. Ein schöner Ausdruck, der für mich in diesem Moment sehr viel Sinn machte. Nachdem ich Dolores abgerubbelt hatte, fraß sie, um kurz darauf in einen komatösen Schlaf zu fallen. Den Besuch im Café verschob ich auf ein anderes Mal. Ich machte es wie Dolores, legte mich ins Bett und schlief sofort ein.

Als ich kurz vor sechzehn Uhr wieder aufwachte, fiel mir plötzlich ein, dass Montag war und ich heute Abend mit Sturmfels in der Blauen Maus gesessen hätte. Heute würden die Insulaner dort sein, wie er gesagt hatte. Ich wusste, was ich am Abend unternehmen würde.

«Schön brav sein!», sagte ich zu Dolores und ging ohne sie in den Ort, um mir ein Rad zu besorgen. Ich entschied mich gegen das E-Bike, das mir der Verleiher aufschwatzen wollte, und wählte einen guten alten Drahtesel. Damit fuhr ich eine kleine Runde durch Norddorf, ein Stück am Watt entlang und wieder zurück. Bei Edeka hielt ich kurz an, um ein paar Lebensmittel für die nächsten Tage zu besorgen. Als ich im Gang vor der Kasse stand und wartete, bis ich mit dem Bezahlen dran war, sah ich ein Regal, in dem Schreibwaren ausgelegt waren. Ich hatte es mir felsenfest vorgenommen. Ich wollte keine Steckbriefe mehr schreiben, ich wollte Abstand von alldem gewinnen. Aber als ich die Kladde mit dem hübschen blauen Einband sah, konnte ich einfach nicht anders. Ich legte sie in den Wagen.

Meine Einkäufe verstaute ich in dem Körbchen vorne am Lenkrad, dann radelte ich zur Ferienwohnung. Der Käpt'n war nicht da. Seine Pantoffeln standen vor der Tür, das hieß, dass er unterwegs war, so auch schon heute Morgen, als Petersen mich abgeholt hatte. Wo sich mein Vermieter wohl rumtrieb? Ich hätte ihm gern von dem Toten erzählt und dass seine Harpune in ihm gesteckt hatte. Wie er darauf wohl reagiert hätte? Die Mimik von Tätern sprach Bände. Aber ich ging ja sowieso nicht davon aus, dass er es war. Und vermutlich wusste er schon alles haarklein, es heißt ja, dass sich solche Dinge herumsprechen. Trotzdem war ich gespannt auf das Gespräch mit ihm.

Ich ging noch eine lange Runde mit Dolores, diesmal zum Hundestrand, wo ich sie toben ließ, immer darauf achtend, dass sie nicht einen Abstecher in die Dünen unternahm.

Es war schon vier Uhr, als wir wieder zurückkamen, und der Käpt'n war noch immer nicht da. Ich schmökerte im Krimi, und um halb sieben schmierte ich mir ein Schinkenbrot. Ich hatte im Internet gelesen, dass man in der Maus auch gut essen kann, aber da ich erst gegen neun da sein wollte und ich Hunger hatte, entschied ich, eine Kleinigkeit zu mir zu nehmen. So hatte ich auch gleich eine Grundlage, falls ich mir doch den einen oder anderen Whisky genehmigen würde. Dolores sah mich mit großen Augen an.

«Ich habe dir auf der Fähre gesagt, dass du ab jetzt wieder Hund bist», sagte ich. «Außerdem ist der Schinken zu salzig für dich.» Ich gab ihr ein paar Stückchen Käse. «Heute Abend lass ich dich allein, Schatz. Ich muss arbeiten», sagte ich und lachte über mich selbst. Eine schöne Arbeit war das. Ich machte es wie die Ermittler in Fernsehkrimis, die am Abend durch Kneipen zogen, um Zeugen zu befragen. Der Unterschied war nur, dass ich keine Dienstmarke hatte und außerdem meine Kollegen im echten Leben, wenn möglich, tagsüber ermittelten, zumindest hatte ich noch nicht mitbekommen, dass Susanne spät am Abend aus beruflichen Gründen was trinken ging. Und wenn, würde sie sicher nicht mit dem Rad fahren, so wie ich das vorhatte.

Auf meiner mitgebrachten Karte hatte ich gesehen, dass es bis dorthin ungefähr fünf Kilometer waren. Länger als eine halbe Stunde würde ich also voraussichtlich nicht benötigen, je nachdem, wie der Wind wehte.

Um halb neun ging ich runter. Der Käpt'n war noch immer nicht zu Hause. Ich legte ihm einen Zettel mit einer Nachricht, die ich oben geschrieben hatte, auf die Pantoffeln:

Moin! Bin in der Blauen Maus. Könnten Sie mich bitte anrufen, falls Dolores unruhig wird und bellt? In der Regel kann sie gut allein bleiben. Aber es ist doch noch alles fremd für sie.
Vielen Dank und herzliche Grüße
Gaby Scholle

Das Wetter hatte sich gehalten. Außerdem musste ich fast immer nur geradeaus fahren, und der Radweg war auch gut ausgebaut, wie ich vorhin schon ausgetestet hatte. Das Licht funktionierte ebenfalls. Vorsichtshalber steckte ich trotzdem die kleine Taschenlampe ein, die ich immer dabeihatte, wenn ich abends unterwegs war. Ich war also gut ausgestattet. Und wenn es mir nachher doch zu dunkel wurde oder ich zu viel getrunken hatte, konnte ich notfalls das Rad stehen lassen und mir ein Taxi rufen. Denn eins war klar: Wenn ich die Insulaner knacken wollte, würde ich mit ihnen trinken müssen. Sie gingen ganz bestimmt nicht zum Stricken in die Maus.

Gut gelaunt fuhr ich in Richtung Süden, am Watt über den Deich entlang. Ich hätte auch den Weg auf der anderen Seite durch den Wald nehmen können, aber der glitzernde nasse Sand hatte es mir angetan. Außerdem war die Strecke hier entlang heller und überschaubarer.

Eine Gruppe Radfahrer kam mir entgegen und winkte mir fröhlich zu. Ich hielt kurz am Wegrand an, um sie vorbeizulassen, und schaute ihnen nach. Amrum war eine gute Wahl gewesen. Landschaftlich war die Insel schön, die Menschen, die mir begegneten, waren bisher alle freundlich. Nun ja, der Käpt'n recht wechselhaft, so wie das Amrumer Wetter manchmal auch. Aber immerhin hatte er Kekse gebacken.

Als ich wieder aufs Rad steigen wollte, spürte ich mein Handy hinten in der Hosentasche vibrieren. Es war Susanne.

«Ich wollte dir nur viel Spaß heute Abend wünschen», sagte sie.

«Danke, ich bin gerade auf dem Weg.» Ich hatte ihr von der Einladung erzählt, aber bisher noch nicht, dass der Mann, mit dem ich verabredet war, nicht mehr lebte. Doch jetzt war nicht der richtige Zeitpunkt, das würde zu lang dauern.

«Du musst mir unbedingt erzählen, wie es gewesen ist.»

«Mach ich.»

«Und genieß es!»

Sie hatte damals mitbekommen, wie schlecht es mir ging, als Rolf mich betrogen hatte. Es war nun schon über zehn Jahre her. Schnee von gestern, der aber immer mal wieder frisch fiel und dann mein Gemüt für kurze Zeit bedeckte, sodass ich ihn wegschaufeln musste. Doch im Schaufeln hatte ich Erfahrung.

Gleiches mit Gleichem vergelten wollte ich allerdings nicht. Ich brauchte keine Bestätigung durch eine Liebschaft, der Grund, warum Rolf sich auf die andere Frau eingelassen hatte, wie sich herausgestellt hatte. Ich war zufrieden mit mir, und das Letzte, was ich wollte, war, mir noch einen Mann aufzuhalsen. Aber die Überlegungen waren sowieso hinfällig. Sturmfels würde heute Abend nicht anwesend sein, und genau deshalb war ich nun unterwegs.

«Montags treffen sich die Insulaner in der Maus, das wird bestimmt ein unterhaltsamer Abend», sagte ich ausweichend. «Ich muss mal unter Leute.» Auch das war nicht ganz gelogen.

«Genau, mach das! Aber sei nicht zu brav! Dir geht es gut, das hört man. Echt, ich freue mich für dich. Also denk nicht immer so viel nach, flirte wenigstens ein bisschen – und hab vor allen Dingen eine Menge Spaß! Du hast es so was von verdient … Und, Gaby?»

«Ja?»

«Schick mir ein Foto von ihm.» Sie lachte und legte auf.

Bei dem Wort fragte ich mich, warum ich keine Aufnahme vom Tatort gemacht hatte, verwarf den Gedanken aber schnell wieder. Ich war keine echte Ermittlerin, und es wäre mir in dem Moment auch pietätlos vorgekommen.

Zum Glück hatte ich Rückenwind. Es dauerte nur fünfundzwanzig Minuten, da stand ich auch schon vor dem großen geklinkerten Reetdachhaus, in dem sich die Whiskybar befindet.

Ich sperrte das Speichenschloss ab und warf einen Blick

auf meine Uhr. Wir hatten fünf nach neun, meine Zeitplanung hatte also gut hingehauen.

«Na dann», sagte ich, atmete einmal tief ein und aus, ging die zwei Treppenstufen hoch und drückte die schwere Tür auf. Musik, Stimmengewirr und Gelächter schlugen mir entgegen. Überrascht blieb ich im Eingang stehen und ließ den Raum, der in dämmriges gelbes Licht getaucht war, auf mich wirken. Von der Decke hing allerlei Krempel, Plastikautos, Nummernschilder, Schiffsutensilien, Bierkrüge, Gläser, sogar Schuhe und Stühle konnte ich ausmachen. Der Tresen war rappelvoll mit Menschen, genauso voll wie das Regal dahinter, in dem unzählige Whiskyflaschen standen. Alle Tische waren besetzt, die Bar war wirklich gut besucht. Ich war weiß Gott nicht schüchtern, aber nun wünschte ich mir doch, ich würde ein mir bekanntes Gesicht entdecken. Unschlüssig blieb ich stehen.

Da winkte mir ein weißhaariger Mann in dunkelblauem Troyer von einem voll besetzten Tisch. Ich kniff die Augen zusammen, wusste aber nicht, wie ich ihn einordnen sollte.

«Das Herrchen von Sprotte!», rief er.

Da dämmerte es mir. Ich hatte ihn am Hundestrand kennengelernt und mich kurz mit ihm unterhalten, während Dolores mit seinem Golden Retriever tollte.

«Suchst du einen Platz?» Er deutete auf einen freien Stuhl am Tisch. «Setz dich zu uns.»

Die Einladung nahm ich dankbar an. «Moin», sagte ich in die Runde, als ich bei ihnen ankam. «Ich bin Gaby.»

Da er mich geduzt hatte, blieb ich dabei. Es schien so üblich auf der Insel zu sein.

«Hier, setz dich.» Er deutete auf den freien Stuhl neben sich. «Ich bin Ocke.» Er stellte mir kurz die anderen Gäste am Tisch vor. Ich lernte seine Frau Ische kennen, ihr Name entlockte mir ein Schmunzeln, denn bei uns in Südhessen war dies eine saloppe Bezeichnung für die Partnerin. Ische war mir auf Anhieb sympathisch. Ihr Blick war weich, und sie strahlte Ruhe aus, wennschon der Schalk um ihre Augenpartie herum darauf hindeutete, dass sie auch sehr lustig sein konnte. Sie hat graues, halblanges Haar und ein rundliches Gesicht, obwohl sie sehr schlank war.

Mit am Tisch saßen außerdem Enno und Keno, zwei Insulaner, die etwa im gleichen Alter wie Ocke sein durften. Beide trugen Fischerhemden und erinnerten mich mit den Seemannsmützen auf dem Kopf an den Käpt'n.

«Ische, Ocke, Enno und Keno ... Eure friesischen Namen gefallen mir», sagte ich. «Sie klingen wie die frische Brise, die einem hier auf der Insel um die Nase weht.»

«Darauf trinken wir!», rief Ocke. «Eine Runde Strandhafer!»

«Ist Strandhafer etwa ein Getränk aus dem Gras, das in den Dünen wächst?», frage ich eine Spur ungläubig.

«Lass dich überraschen.» Ocke grinste mich an. «Wo steckt Dolly?»

«In der Ferienwohnung.»

«Stellt euch vor, Gaby hat es geschafft, Frerks Herz zu erweichen, und durfte mit Hund bei ihm einziehen», erklärte er den anderen Anwesenden.

Es wunderte mich nicht, dass er und Behrendsen sich augenscheinlich kannten. Sie schienen alle im gleichen Alter wie der Käpt'n zu sein. So ist das auf einer Insel.

«Du wohnst bei Frerk?», fragte Enno. Er schnalzte mit der Zunge. «Dann pass mal auf, dass er deiner Dolly nicht das Fell über die Ohren zieht.»

«Keine Sorge, Dolores benimmt sich», sagte ich.

«Oha, die Dame ist von Adel. Dolores ...» Keno schüttelte den Kopf. «Wie kommt man denn auf so einen Namen?»

«Den hat mein Sohn sich einfallen lassen», erklärte ich. «Er hatte Großes vor mit seiner Hündin ...» Mit der Geschichte von Dolores gescheiterter Trüffelausbildung und wie sie letztlich bei mir gelandet war, hatte ich die Lacher auf meiner Seite.

Und da stand auch schon ein kleines Schnapsgläschen vor mir. Mein Plan ging auf. Ich war zu einer Ermittlerin geworden – wie im Fernsehen.

«Na dann!»

Fast gleichzeitig hoben wir unsere Gläser. Die Männer und Ische schauten mich erwartungsvoll an.

«Inseltaufe», sagte Ocke. «Auf ex!»

Ich setzte an, kippte das Zeug in einem Rutsch in meinen Rachen – und befürchtete im nächsten Moment, meine Kehle würde anfangen zu brennen.

«Was zum Teufel ...», krächzte ich. Tränen schossen mir ins Gesicht, ich rang nach Luft.

Ische, die mir gegenübersaß, hielt mir ihr Bier hin. «Hier, trink schnell nach, dann wird es besser.»

Ich leerte das halbe Glas, dann atmete ich tief durch. Alle Blicke waren auf mich gerichtet.

«Das war ein Kurzer mit Chili», sagte Keno und lächelte schelmisch. «Willkommen auf der Insel, liebe Gaby. Du hast die Inseltaufe bestanden. Noch einen?»

Zum Glück ließ das Brennen im Hals schon wieder nach. Ich schüttelte schnell den Kopf. So etwas Scharfes hatte ich noch nie getrunken.

«Jetzt ist dein Bier alle», sagte ich zu Ische und wischte mir die Tränen aus den Augen.

Sie nickte verständnisvoll. «Macht nichts, ich wusste, dass du es brauchst. Denn mir ging es beim ersten Mal genauso. Das Zeug brennt wie Feuer, aber man gewöhnt sich dran.»

«Daran kann man sich gewöhnen?», fragte ich. «Verdammt! Ich bin ja einiges gewohnt. Aber das ist ein echtes Teufelszeug!»

«Eine Saison hier bei uns, dann bist du immun!» Ocke klopfte mir auf die Schulter. «Du hast dich gut gehalten. Andere sind dabei auch schon mal kollabiert.»

«Huh!» Ich atmete tief durch. «Der hilft bestimmt auch bei Halsweh.»

«Du hast es erkannt!» Ocke hob sein leeres Glas. «Willst du noch einen, der zweite brennt weniger.»

«Gib mir einen kleinen Moment Verschnaufpause», bat ich. Wenn ich nicht aufpasste, würde ich am Ende keinen klaren Gedanken mehr fassen können. Dann war es vorbei mit meiner Ermittlungstaktik.

«Ich bestelle mir ein Mäusebier, trinkst du eins mit, Gaby?» Ische legte die Hand kurz auf meine. «Keine Sorge, das ist ganz normales Bier, das Hausbier der Kneipe.»

Nach dem Schnaps schien mir etwas Erfrischendes gerade recht. «Ja, gerne.»

Während die Männer in ein Gespräch über einen neu installierten festen Blitzer vertieft waren, unterhielt ich mich mit Ische. Ich erfuhr, dass sie aus Kiel stammte, eigentlich Elisabeth hieß und der Liebe wegen auf Amrum gestrandet war.

«Die Insel hat mich überzeugt – und Ocke», sagte sie und sah mit glänzenden Augen zu ihm hinüber. Ich vermutete, dass die beiden noch nicht allzu lang ein Paar waren. So sah man sich in der Regel nur an, wenn man frisch verliebt war und noch die rosarote Brille trug.

«Seit wann bist du hier?», fragte ich.

«Seit zwei Jahren», antwortete sie. «Ocke und ich, wir haben uns auf Amrum kennengelernt. Ich hatte hier Urlaub gemacht und war mit dem Fahrrad unterwegs, als mir plötzlich ein Hund in die Pedale lief.»

«Sam hat eben Geschmack», sagte Ocke. Dass er mit einem Ohr hier, mit dem anderen dort zuhören konnte, glaubte ich nicht. Die gesellige Runde war schon vor mir eingetroffen. Auf dem Tisch standen vier leere Schnapsgläschen, und jeder hatte ein fast leeres Bier vor sich stehen, als ich mich zu ihnen gesetzt hatte. Ocke hatte ordentlich Alkohol im Blut. Außerdem war er ein Mann, und die hatten generell Probleme damit, sich auf zwei Dinge gleichzeitig zu konzentrieren. Insbesondere in seinem Alter, ich schätzte ihn auf mindestens Mitte sechzig, wenn ich freundlich sein wollte. Da ließ das Hörvermögen ohnehin nach, zumindest war das bei Rolf so. Er hatte also unser Gespräch verfolgt und nur so getan, als würde er der Unterhaltung von Enno und Keno lauschen. Aber warum?

«Er ist abgehauen, als ich einen Moment nicht aufgepasst habe, und hat einen Fasan gejagt», erzählte er nun.

«Der Vogel war zu schnell, dafür hat Sam Ische erwischt. Vom Rad geholt.»

Wie bei meinem Sohn Max war mit dem Hund also die Liebe gekommen. «Das klingt romantisch.»

«Und schmerzhaft!», sagte Ische. «Als ich nämlich ...» Während Ische die Geschichte zu Ende erzählte, bekam ich am Rande mit, wie die Männer nun am Tisch lautstark über einen Seenotrettungskreuzer und dessen Namensgebung diskutierten. Im Gegensatz zu Ocke war ich noch dazu in der Lage, mich auf zwei Gespräche gleichzeitig zu konzentrieren. Die Schnäpse machten mir nichts aus, und außerdem übte ich das Zuhören jeden Tag während meiner Arbeitszeit, wenn die Kommissare und Kommissarinnen sich unterhielten. Das Lauschtraining hatte sich schon häufiger bezahlt gemacht. Insbesondere auch in meiner Ehe. So schnell machte mir Rolf nichts vor. Umso blöder war es gewesen, dass er tatsächlich dachte, ich bekäme von seiner Affäre nichts mit.

Plötzlich stand der Kellner wieder an unserem Tisch, diesmal mit einem Tablett voller Schnapsgläser, die er nacheinander vor uns abstellte und anzündete. Ich hatte gar nicht mitbekommen, wer die Runde bestellt hatte.

«Was kommt nach der Taufe?», fragte ich. «Die Kommunion?»

«Die Freiheit!», antwortete Enno.

Dann erhoben alle ihre Gläser, und ich tat es ihnen gleich.

«Wie Irrlicht im Moor flackert's empor. Lösch aus – trink aus, genieße leise, auf echte Friesenweise. Dem Friesen zur Ehr – vom Friesengeist mehr», sagte Ocke mit theatralischer Stimme.

Wir tranken den süßen, nach Kräutern und Anis schmeckenden Schnaps auf ex.

«Friesengeist ist nicht so mein Ding, da trinke ich lieber einen ordentlichen Köm», sagte Enno.

«Köm?», frage ich, aber das hätte ich mir besser verkneifen sollen, denn keine zehn Minuten später stand wieder ein Gläschen vor mir.

«Köm ist ein Aquavit, der sich hervorragend für Teepunsch eignet. Schmeckt aber auch kalt sehr gut.» Enno prostete mir zu.

Wir tranken, und als wir die Gläser wieder abstellten, sagte Keno: «Jetzt erzähl doch mal, wie es war, als du den Sturmfels tot im Boot gefunden hast, Gaby.»

Das hatte ja super funktioniert. Ich war zu derjenigen geworden, die ausgehorcht wurde. Aber obwohl ich einen Strandhafer, einen Friesengeist, einen Köm und eineinhalb Bier getrunken hatte, das mit dem Denken ging noch erstaunlich gut. Ich hätte nie gedacht, dass ich so viel Alkohol durcheinander vernichten kann, ohne benebelt zu werden. Und nun waren wir genau bei dem Thema, bei dem ich landen wollte, nur eben andersrum. Das musste ich wieder drehen!

«Gebt es zu, ihr habt mich abgefüllt, um mich gesprächig zu machen!», flachste ich. «Aber jetzt mal im Ernst. Natürlich war es kein schöner Anblick, als ich da bei Mondschein das Boot in den Wellen schaukeln sah. Mit einem Toten darin.»

«Das Boot war im Wasser, als du es gefunden hast?», fragte Enno und rieb sich das Kinn. «War es nicht so, dass es erst im Sand lag? Und als eine Welle es mitnehmen wollte, hat Jensen es rausgezogen und wäre dabei selbst fast im Wasser gelandet.»

«Du weißt aber genau Bescheid, Enno», sagte ich.

«Du bist auf einer Insel, Gaby», sagte Ische. «Auch ich musste mich erst daran gewöhnen. Hier weiß jeder alles über jeden.» – «Das stimmt so nicht», erwiderte Keno. «Das gilt nur für die Insulaner, nicht für die, die vom Festland kommen.»

«Wobei er das Festland meint und Deutschland sozusagen das Ausland ist, weil Amrum damals zu Dänemark gehörte, was einige Insulaner immer noch so sehen», erklärte mir Ische.

«Oh, das wusste ich nicht», sagte ich.

«Du gehörst mittlerweile zu uns, du zählst zu den Insulanern, Ische.» Keno grinste sie verschmitzt an. «Das heißt, wir wissen alles über dich.»

Sie winkte ab. «Große Klappen habt ihr. Und sonst keine Ahnung.»

Die Männer lachten alle. Die Truppe gefiel mir. Ich hatte schon lange nicht mehr so viel Spaß mit Leuten, die ich gerade erst kennengelernt hatte.

«Also», sagte ich. «Die Buschtrommel auf Amrum funktioniert ja recht gut. Es ist allerdings so, dass *ich* das Boot rausgezogen hab, als ich noch allein war. Und später haben Jensen, Petersen und ich das zusammen noch mal gemacht, weil die Flut kam.» Ich sah in die Runde: «Aber wenn hier wirklich jeder über jeden alles weiß, dann verratet mir doch bitte Folgendes.», Ich entschied mich spontan, sehr offensiv vorzugehen, und war auf die Reaktionen gespannt. «Wer hat Uwe Sturmfels umgebracht?»

Einen Moment war es totenstill am Tisch. Da sagte Enno: «Wer immer es auch war, Uwe Sturmfels hat endlich bekommen, was er verdient hat. Ich habe mich immer gewundert, warum ihm nicht schon früher jemand das Licht ausgepustet hat.»

«Na, weißt du, Enno!», schimpfte Ische.

Ocke wischte mit der Hand durch die Luft. «Wo Enno recht hat, hat er recht.»

Nachdenklich drehte ich das leere Schnapsglas in Händen. Meine Strategie war aufgegangen. Offenheit war die beste Methode, um mehr über den Toten zu erfahren, der sich bei den Amrumern keiner großen Beliebtheit erfreute.

«Eigentlich hatte ich heute eine Verabredung mit ihm. Er hat mich auf einen Drink hierher eingeladen. Ihr könnt euch sicher vorstellen, wie überrascht ich war, als ich ihn auf einmal tot im Boot sitzen sehen habe – mit einer Harpune in der Brust, wie ihr ja sicherlich alle wisst.»

Es war wieder einen Moment mucksmäuschenstill am Tisch. Es war Keno, der diesmal zuerst seine Sprache wiederfand. «Dann hattest du wohl Glück, würde ich behaupten. Denn sonst wärst du sicher bald einige Euro ärmer.» Er sah auf meine Hand. «Und wenn das ein Ehering ist, hätte dein Mann vielleicht bald keine Frau mehr gehabt. Sturmfels war ein Weiberheld. Ein äußerst überzeugender, der die Frauen dazu noch ausgenommen hat wie Weihnachtsgänse.»

«Ach was!», entfuhr es mir. «Hat er denn die Frauen auch um ihr Vermögen erleichtert?»

Ocke zuckte mit den Schultern. «Soll wohl vorgekommen sein.»

Die anderen nickten grimmig. Jetzt wollte ich nicht zu direkt sein, denn ich hatte das Gefühl, dass hier am Tisch eventuell der eine oder andere Betroffene saß. Ich entschied mich für eine andere Vorgehensweise.

«Da werde ich einmal von einem gut aussehenden Kerl eingeladen, und dann stellt sich raus, dass er ein Schwerenöter war.» Ich runzelte die Stirn. «Na, immerhin war ich nicht die Einzige.»

«Gut aussehend? Der?» Ocke schüttelte den Kopf. «Verstehe einer die Weiber ...»

«Na ja, ich finde schon, dass er ...», begann Ische, wurde aber von Ocke unterbrochen.

«Sag jetzt bloß nichts Falsches!», blaffte er.

Sie sah mich schulterzuckend an. «Ich habe ihn nur einmal gesehen. Das war im Februar beim Biikebrennen am Strand.»

«Biikebrennen?», fragte ich.

«Mehrere große Feuer, das die Frauen früher entlang des Strandes am Petritag anzündeten, um den fahrenden Männern sicheres Geleit zu geben, wenn sie zum Walfang raus sind», erklärte Ocke. «Die Sylter behaupten ja, dass das Feuer der Legende nach auch als Signal für die dänischen Männer auf dem Festland galt. Damit sie wussten, dass die Inselfrauen nun wieder allein auf dem Hof waren und Hilfe bei der Arbeit und ‹anderen Dingen› benötigten. Aber das ist nicht zweifelsfrei belegt. Und ist auch eine ziemliche Unterstellung.» Ocke trank einen Schluck Bier. «Wie dem auch sei, der Beginn der jährlichen Walfangsaison am 22. Februar hing mit einem Beschluss der Hansestädte aus dem Jahr 1403 zusammen, nach dem zwischen

Martini am 11. November und Petri Stuhlfeier die Schiff-fahrt ruhen sollte. Der Petritag am 22. Februar war also ein wichtiges Datum für die mittelalterliche Schifffahrt, das Ende der Winterpause. Ab da ging es wieder los. Heute gibt es zwar keinen Walfang mehr, die Amrumer verjagen aber immer noch den Winter, wenn sie die Feuer entlang des Strandes abbrennen.» Ocke sah mich mit zusammen-gezogenen Augenbrauen an. Ich hatte geduldig seinem Bericht gelauscht und geahnt, dass ich am Ende etwas Wichtiges erfahren würde. «Sturmfels ist beim letzten Bii-kebrennen aufgetaucht. Jahrelang hat er sich nicht blicken lassen, plötzlich stand er da. Ein Amrumer, ich erinnere mich nicht, wer, es könnte jeder von uns gewesen sein, hat ihm gesagt, er soll seine Siebensachen packen. Das Feuer sei nicht für ihn entfacht worden. Amrum sei nicht Sylt und er kein Däne.»

«Ein guter Vergleich!», sagte ich und nickte anerken-nend.

«Ihr wisst nicht zufällig, wer das war?»

Sie schwiegen alle. Doch Enno ließ sich schließlich doch zu einem Kommentar hinreißen. «Frag doch mal Frerk», sagte er. «Der war auch auf See, und zwar zu der Zeit, in der Sturmfels noch auf der Insel gelebt hat. Da war Frerks Frau auch oft allein.»

«Enno!» Ocke schlug mit der flachen Hand auf den Tisch.

«Sturmfels wiar rocht so 'n saarepshole!», schimpfte Enno.

Er war in seiner Rage ins Öömrang übergegangen. «Was immer es bedeutet, es hört sich nicht gut an.»

«Er war ein Dorfbulle», erklärte Keno. «So einer wurde früher von den Bauern reihum gehalten. Er stand bereit, um alle Kühe des Dorfes zu decken.»

«Wobei er hier auf der Insel nicht gehalten wurde, sondern seinen Samen ohne Erlaubnis notorisch an die Frauen verteilt hat. Bei manchen hat es dann gefruchtet», schimpfte Enno.

«Ist gut jetzt!», sagte Ocke streng.

Doch der Alkohol hatte wohl Ennos Zunge gelöst. «Ist doch wahr, guckt euch doch mal Ine an ... Sie hat viel Ähnlichkeit mit Sturmfels. Es wird doch schon seit ihrer Geburt darüber gemunkelt. »

Mir rutschte das Herz in die Hose. Wenn das stimmte, hätte der Käpt'n ein verdammt gutes Motiv. Aber es war so eine Sache mit Gerüchten. Ich dachte an Susanne, sie sagte immer, dass ihr ein Augenzeuge lieber sei als zehntausend Gerüchte. Die Walfänger von damals hätten es wahrscheinlich anders ausgedrückt: «Gerüchte sind Lügen mit Widerhaken.»

«Wenn Frerk ihm keine gehauen hätte, hätte es ein anderer getan», sagte Ocke laut. «Ich zum Beispiel. Sturmfels war ein Verbrecher. Mehr sag ich dazu nicht mehr. Wenn davon ausgegangen wird, dass einer der gehörnten Ehemänner ihm die Harpune in die Brust gerammt hat, ist die Liste lang.»

Alles deutete auf den Käpt'n. Das sah nicht gut aus für ihn. Aber in mir war dieses Gefühl, dass er es nicht war. Dass nicht er die Harpune in den Mann gerammt hatte. Und dass ich ihm helfen musste, aus der Nummer rauszukommen, damit nicht ein Unschuldiger am Ende im Gefängnis landete. So wie damals. Da hatte ich es auch gewusst, nur hatte dummerweise niemand auf mich gehört. Das sollte nicht noch einmal geschehen.

«Zweiundneunzig Prozent aller Mordfälle werden aufgeklärt. Ich bin sicher, dass dieser dazugehört», sagte ich.

«Du arbeitest bei der Mordkommission, habe ich gehört», sagte Ische.

«Woher weißt du ...» Das hätte ich mal besser für mich behalten, dann könnte ich in aller Ruhe undercover ermitteln. Auf der anderen Seite machte es mir genau so verdammt viel Spaß. «Stimmt, Amrum ist eine Insel.»

«Erzähl uns von deiner Arbeit, Gaby», sagte Ocke. «Was war der spektakulärste Fall?»

«Der Gummientenmörder ...»

Ich hatte gerade zu Ende erzählt, da bestellte Keno die nächste Runde. «Fünf Pharisäer!», orderte er.

«Die zahle ich. Das ist mein Einstand», sagte ich.

Als ich zur Toilette musste und vom Tisch aufstehen wollte, merkte ich, dass ich wackelig auf den Beinen war wie eine frisch geborene Giraffe. Ich ließ mich zurück auf den Stuhl fallen. «Das Rad kann ich wohl vergessen, wenn ich es noch nicht mal bis zum Klo schaffe.» Ich rappelte mich auf und wankte los.

«Ich komme mit», sagte Ische und folgte mir durch die proppenvolle Bar.

«Ab jetzt kommt mir nur noch Alkoholfreies ins Glas», sagte ich zu ihr, als wir uns nebeneinander die Hände wuschen.

«Ist vielleicht auch besser.» Sie sah mich eigenartig an.

Ihr Blick war fast fürsorglich. Oder ängstlich? Da steckte eindeutig mehr dahinter.

«Wieso, wie meinst du das?», fragte ich.

«Ich würde mich an deiner Stelle aus den Ermittlungen raushalten», sagte sie. «Du machst doch hier Urlaub. Genieß die Zeit und lass deine Kollegen die Arbeit übernehmen.»

Ich trocknete mir die Hände ab und dachte kurz darüber nach, was Ische mir da gerade gesagt hat. War das etwa eine Warnung gewesen oder tatsächlich reine Fürsorge? Der Alkohol, den ich intus hatte, machte es mir allerdings nicht gerade einfach, die Zusammenhänge zu verstehen. «Ich ermittle nicht», wiegelte ich ab, «dafür sind doch die Kommissare aus Flensburg da. Genau genommen bin ich hier auf der Insel, um endlich mal Abstand von allem zu bekommen.» Das war nicht gelogen, und ich wollte nicht, dass es Thomsen und Krüger zu Ohren kam, dass ich in ihrem Revier rumschnüffelte.

«Ach, letztlich ist das deine Sache», lenkte Ische ein. «Ich habe nur gerade gedacht, dass es ganz schön viel Unruhe auf der Insel geben wird, wenn unter den Insulanern herumgefragt wird, mit welchen Frauen Sturmfels was hatte.»

Steckte Ocke da etwa mit drin? Oder warum wollte Ische nicht, dass darüber geredet wurde?

Auf einmal war mir schwindelig. Ich steckte mitten in einer Ermittlung, in der ich eigentlich nichts zu suchen hatte. Wenn ich jetzt etwas Falsches sagte, konnte das unschön ausgehen. Ich konnte doch nicht einfach jeden hier auf der Insel zum Verdächtigen machen! Und klar denken konnte ich auch nicht mehr. Ich spritzte mir Wasser ins Gesicht, hielt mich am Waschbecken fest und schüttelte den Kopf. Nein, Ocke war einer von den Guten, das wusste ich einfach trotz des Alkohols, der durch meine Adern floss.

«Alles in Ordnung?», fragte Ische. Sie klang besorgt. Auch sie war keine von den Bösen, im Gegenteil, sie war garantiert eine von denen, die Schnecken und Regenwürmer von der Straße aufhoben und ins Gras setzten.

«Ich glaube, in den letzten Strandhafer hat mir jemand Alkohol gemischt», scherzte ich. «Das mit dem Fahrrad kann ich vergessen. Damit würde ich nie unbeschadet in Norddorf ankommen.»

Ich hatte die Situation wieder aufgelockert. Ische nahm meinen Arm, und ich hakte mich bei ihr unter. «Alkohol und Chili. Wir rufen dir ein Taxi.»

KAPITEL 7

E s war stockdunkel, als ich um kurz nach halb elf die Blaue Maus verließ und in das Taxi stieg. Von einem stabilen Gang konnte zwar immer noch keine Rede sein, aber immerhin fühlte ich mich schon etwas sicherer auf den Beinen. Die Fish and Chips, die jemand am Tisch für alle geordert hatte, hatten etwas geholfen. Den Whisky, den Ocke spendieren wollte, hatte ich abgelehnt. Irgendwann würde ich einfach nur zum Genießen wieder in die Maus kommen.

«Einmal Norddorf bitte», sagte ich. «Strunwai.»

Der Fahrer fuhr los, ohne ein Wort zu sagen. Erst als wir am Haus ankamen, brachte er ein Wort über die Lippen.

«Oha!», sagte er.

Der Streifenwagen stand in der Auffahrt. In Ahabs Wohnung brannte Licht. Sicher sprachen Krüger und Thomsen mit Ahab über die Harpune. Aber um diese Uhrzeit?

Ich bezahlte, stieg aus und atmete tief durch, um den leichten Schwindel zu vertreiben. Aber es half nicht. Ich hätte nicht so viel durcheinander trinken sollen.

Im Flur blieb ich kurz am Treppenabsatz stehen, um mich zu sammeln. Da schwang Ahabs Haustür auf, und Krügers Kopf lugte um die Ecke.

«Moin, Frau Scholle», sagte sie. «Na, wie gefällt Ihnen die Maus?» Sie wusste also, wo ich gewesen war, der Käpt'n musste es ihr erzählt haben.

«Eine wundervolle Kneipe», sagte ich. «Ganz wundervoll.»

Sie grinste, als wäre ich ein Teenager und sie die Mutter, die mich dabei erwischte, wie ich zu spät nach Hause kam. Genauso hatte ich damals meine pubertierenden Kinder angesehen, mit einer Mischung aus Belustigung, Verständnis und gespielter Ernsthaftigkeit. Und so wie meine Kinder fühlte ich mich erstaunlicherweise gerade: ertappt.

«Wir befragen gerade Herrn Behrendsen. Es wäre nett, wenn Sie dazukommen würden. Sind Sie dazu in der Lage?»

«Ich denke schon», sagte ich. «Ich möchte nur vorher kurz nach Dolores schauen.»

«Die ist bei uns.»

«Ach was!»

«Kommen Sie direkt mit.»

Thomsen und der Käpt'n saßen an einem Tisch im Wohnzimmer, der Käpt'n vor Kopf, als stünde er auf stürmischer See auf einem Schiff hinterm Steuerrad. In seinem Mundwinkel baumelte eine Pfeife.

«Moin», sagte ich.

«Moin, Frau Scholle», sagte Thomsen. Er richtete seine Krawatte und zeigte auf einen freien Stuhl an der Tischseite. «Bitte, leisten Sie uns Gesellschaft.»

«Wo ist Dolores?», fragte ich.

Der Käpt'n zeigte unter den Tisch. «Sie hat die ganze Zeit gebellt. Ich bin mit ihr raus, jetzt ist sie müde.»

Ich schaute nach unten. Dolores lag zu seinen Füßen, als wollte sie mit ihm kuscheln, und ratzte vor sich hin. So seelenruhig, dass sie weder zuckte noch schnarchte. Die Inselluft schien sie schläfriger zu machen, als sie ohnehin war.

Er stand auf, stellte eine Teetasse auf meinen Platz und schenkte ein.

«Danke, auch für das Kümmern um Dolores.» Er war also ungefragt in meine Wohnung gegangen, was ich ihm aber nicht verübeln konnte. Im Gegenteil, es war mir unangenehm, dass Dolores so gebellt hatte, wo sie der Käpt'n ohnehin nur duldete. Ich nippte an der Tasse, nippte noch einmal und sah dann fragend zu ihm hinüber. War es dem Friesengeist in der Maus geschuldet, dass ich ein Zucken in seinen Mundwinkeln als Vorbote eines verschmitzten Lächelns zu erkennen glaubte? Garantiert nicht, sondern etwas anderem. Diese Friesen, dachte ich, denen saß der Schalk im Nacken. Schütteten die in alle Getränke Alkohol hinein?

«Köm», sagte er.

Alkohol hatte ich nun wirklich genug getrunken. Also setzte ich die Tasse ab und sah zu Thomsen. «Warum sind Sie hier? Und vor allem so spät?»

«Wir haben die Fingerabdrücke auf der Harpune mit unserem System abgeglichen», antwortete er. «Es hat uns einen Treffer ausgespuckt: Es sind jene von Herrn Behrendsen.»

Ich lehnte mich zurück. Das hatte vermutlich auch die Polizei nicht überrascht, denn schließlich hatte der Käpt'n die Harpune während der Führung in die Hand genommen. Steckte also mehr dahinter, dass die beiden Kommissare nun hier waren? Hatten sie noch mehr Indizien gegen meinen Vermieter auf Lager?

Thomsen wandte sich an den Käpt'n. «Wenn Sie uns partout nicht verraten, Herr Behrendsen, wo Sie zur Tatzeit gewesen sind, nehmen wir Sie jetzt erst einmal mit.»

Aha, daher wehte der Wind. Ahab hatte kein Alibi.

«Er war bei mir», hielt ich dagegen, bevor ich überhaupt nachdenken konnte. «Oben in meiner Wohnung.»

Warum ich mich schützend vor den Käpt'n stellte, war mir ein völliges Rätsel. Oder eben: Bauchgefühl. Das Gespür.

Thomsen sah mich schweigend an.

«Das haben Sie bei Ihrer Aussage heute Morgen nicht erwähnt», sagte nun Krüger. Ihr Tonfall bestand zu zehn Prozent aus Feststellung und zu neunzig Prozent aus Anklage. Sie war sauer, was ich verstehen konnte. «Warum nicht?»

«Nun, Sie haben mich gefragt, wie ich auf die Leiche gestoßen bin, nicht, was ich vorher gemacht habe und mit wem», erwiderte ich und wunderte mich nicht nur über die Erinnerungsfähigkeit in meinem Zustand, sondern über die Gelassenheit, die ich zur Schau stellte.

Nun musste ich wirklich aufpassen, ich befand mich auf dünnem Eis. Streng dich an, Scholle, nimm dich zusammen! Meine Reaktion entschied darüber, ob sie mir glaubten oder nicht.

«Wie ich schon zu Protokoll gegeben habe, bin ich um kurz nach elf Uhr eine letzte Pipirunde mit Dolores gegangen, das war, nachdem Herr Behrendsen zurück in seine Wohnung gegangen ist.» Ich gab Thomsen und Krüger

Zeit, meine Aussage zu verdauen. Mit ihr hatte ich nicht nur dem Käpt'n ein Alibi verschafft, sondern auch die Hoffnung der Kommissare auf eine zeitnahe Verhaftung und somit auf die schnelle Aufklärung des Falls zerschlagen. Ich beschloss, den Deckel draufzumachen, und schob hinterher: «Hat die innere Leichenschau nicht ergeben, dass Sturmfels da bereits tot gewesen ist? Lag der Todeszeitpunkt nicht zwischen zehn und elf?»

Die beiden starrten sich eine Zeitlang wortlos an.

Dann drehte Krüger sich zu mir und nickte. Thomsen machte ein Gesicht, als hätte ich ihm einen wochenalten Fisch unter die Nase gehalten. Er lehnte sich zurück und bedachte den Käpt'n mit abschätzigen Blicken.

«Damit wäre das wohl geklärt», sagte ich. Am liebsten hätte ich nun das breiteste Lächeln aufgesetzt, das mir möglich war. Aber hätte es mich verdächtig aussehen lassen, wenn ich mir nun so einen Spaß daraus machte?

Ich entschied, es bei meinem Pokerface zu belassen.

Na ja, eher Pokerface mit Schlagseite.

Die beiden zogen ab. Ich hörte die Tür zufallen, dann sprang ein Motor an. Krüger und Thomsen fuhren davon. Der Käpt'n und ich blieben sitzen und musterten uns zunächst schweigend.

Dann: «Ich habe Sie nicht darum gebeten.» Mit einer minimalen Bewegung griff der Käpt'n nach einem Feuerzeug und zündete routiniert die Pfeife an, ohne seinen Blick von mir zu nehmen. Er zog ein paar Mal kräftig und blies den Rauch zur Seite aus. Der Geruch schwoll zu mir herüber. Es roch süßlich, wie eine Mischung verschiedener

Beeren. Entpuppte dieser grimmige, wortkarge Kerl sich etwa als Naschkatze?

«Sie sind es nicht gewesen», sagte ich.

Wieder ein paar Züge.

«Das können Sie nicht wissen, Frau Scholle.»

«Das stimmt.»

Er verschränkte die Arme vor dem Bauch. «Warum also?»

«Eine spontane Bauchentscheidung. Bisher habe ich mich noch nie getäuscht. Obwohl sie den Toten kannten und durchaus ein Motiv gehabt hätten.»

«Das da wäre?» Sah ich da eine Überraschung in seiner Miene?

«Ihre Ex-Frau.» Ich zögerte. «Und die Frage, wer Ines leiblicher Vater ist.»

Sein Gesicht fror ein, als hätte eine plötzliche Eiszeit die Insel überrascht. Ich hatte einen wunden Punkt getroffen. So sah kein Täter aus, der kalt mordete. Seine Miene sprach eher von der tiefen Verletzung, die er spürte.

«Meine Ex-Frau ist nach Föhr gezogen», antwortete der Käpt'n tonlos. «Diese Frage müssen Sie ihr stellen. Aber halten Sie Ine da raus!» Er nahm seine Pfeife aus dem Mund, legte sie ab und goss sich eine Tasse Tee ein. «Sie sollten Ihren austrinken, er mildert den Kater, den sie morgen bekommen werden.»

«Alkohol gegen Alkohol?»

«Köm ist Medizin, er hilft gegen alles.»

Der Tee war nur noch lauwarm.

«Wie sind Ihre Fingerabdrücke eigentlich in der Kartei gelandet?», fragte ich. «Haben Sie mal was im Pfeifengeschäft gemopst? Oder im Modellbauladen?» Ich nickte zu den Regalen. Sie waren vollgestellt mit Schiffsmodellen, als fände im Wohnzimmer rund um die Uhr eine Regatta statt.

Der Käpt'n schien imprägniert zu sein gegen meinen Humor. Er nahm einen Löffel und rührte klimpernd in der Tasse. «Wir haben alle unsere Jugendsünden begangen. Sie etwa nicht, Frau Scholle?»

Und ob ich die hatte, aber darum ging es jetzt nicht, denn mit der Polizei war ich nie in Berührung gekommen. Im Gegensatz zum Käpt'n.

«Nun machen Sie schon die Leinen los», sagte ich. «Erzählen Sie: Was hat es mit Ihren Fingerabdrücken auf sich?»

Er nippte an dem Tee. «Sie mögen Wortspiele, was?»

Ich nickte und lieferte ihm das nächste. «Wenn Sie hoffen, dass ich Sie von der Angel lasse, irren Sie sich. Und außerdem habe ich etwas gut bei Ihnen.»

«Also gut. Es ist Ewigkeiten her, wir waren in der Maus versackt. Es gab zu der Zeit hier nur ein Taxi, und das war irgendwo unterwegs, also habe ich mich als Fahrer gemeldet, obwohl ich mehr Schlagseite gehabt habe als ein havariertes Schiff. Wir hätten es fast geschafft», sagte der Käpt'n. «Bis uns auf einmal ein Fahrzeug mit Blaulicht verfolgt hat.»

«Oha», erwiderte ich. «Also hat die Polizei Sie wegen Trunkenheit am Steuer drangekriegt?»

«Nein. Die Jagd ging über die ganze Insel. Wir sind auf einen Feldweg gebrettert, der Streifenwagen war weit genug von uns weg, also habe ich mich nach einer Vollbremsung zu den anderen beiden auf die Rückbank gesetzt.» Er zog seine Mundwinkel zu einem friesisch-asketischen Lächeln nach oben. Spartanisch, aber immerhin. «Den Fahrer kannten wir nicht, haben wir den Polizisten gesagt. Es sei ein Urlauber, den wir noch nie zuvor auf der Insel gesehen hätten. Nachdem er angehalten hat, sei er in Richtung Wasser geflüchtet.»

«Wie haben die Polizisten reagiert?»

«Sie haben unsere Fingerabdrücke genommen.» Er nippte an seinem Tee. «Die Amrumer erzählen heute noch von den drei Männern in dem fahrerlosen Auto.»

Ich schmunzelte. Dann spürte ich etwas Kaltes und Feuchtes an meiner Hand, es war Dolores' Hundenase. Sie schaute mich aus ihren braunen Augen an. Ich kannte diesen Blick. «Musst du noch mal Gassi?»

«Ich gehe mit ihr», sagte der Käpt'n.

«Sicher?»

«Geben Sie mir die Leine, bevor ich es mir anders überlege.» Er drückte sich am Tisch hoch und streckte mir seine Hand entgegen. «Außerdem schulde ich Ihnen etwas, oder?»

«Das sehe ich auch so.» Ich griff nach seiner Hand und ließ mir von ihm hochhelfen. «Wer waren die anderen beiden Männer im Auto?»

«Ocke Boymann und Keno Janssen, zwei Freunde von mir.»

«Ach was!»

Während ich die Treppe nach oben ging, fragte ich mich, wo der Käpt'n wirklich zur Tatzeit gewesen war und warum er es Krüger und Thomsen nicht gesagt hatte. Eigentlich war ich mir sicher, dass Ahab nicht der Mörder war.

Aber was, wenn ich mich täuschte? Ich holte das Heft raus, das ich bei Edeka gekauft hatte, und schrieb den ersten Steckbrief im Fall «Harpunentod». Vorne ließ ich etwas Platz. Wenn ich wieder nüchtern war, würde ich noch ein paar Notizen zum Fall machen.

STECKBRIEF: Frerk Behrendsen

- Käpt'n-Ahab-Verschnitt, aber ohne Holzbein
- Vollbart, schwarze Schiffermütze, Hemd, grobe Weste, Cordhose
- harte Schale, weicher Kern? (wortkarg, mürrisch, trockener Humor)
- Hunde haben trotz vier Beinen einen schweren Stand bei ihm
- raucht Pfeife mit exotischem Früchtetabak
- bastelt an Modellbauschiffen
- gibt Führungen im Naturkundemuseum (fragwürdige pädagogische Methoden!)

Verdachtsmomente:
- Fingerabdrücke auf der Mordwaffe (Harpune)?
- senile Bettflucht (in der Mordnacht durch die Dünen geschlichen)?
- Motiv? War Sturmfels möglicherweise leiblicher Vater von Ine?

To-dos:
- Wo ist er in der Mordnacht gewesen?

KAPITEL 8

alb zehn, schon wieder hatte ich so lang geschlafen. Und im nächsten Moment wusste ich auch, warum. Mein Kopf brummte. Der Abend gestern in der Blauen Maus! Ich hatte einen Kater.

Mein Hund hingegen lag munter neben dem Bett, alle viere weit von sich gestreckt. Ich stöhnte und rieb mir die Schläfen. Da rief Susanne an.

Ich nahm ab.

«Moin, Gaby!», begrüßte meine Kollegin mich euphorisch. «Wie geht es dir? Wie war's gestern Abend?»

Ich stöhnte und hielt das Telefon etwas von mir weg. Susanne sprach immer sehr laut, was mich normalerweise nicht störte. Es war einfach ihre Art. Doch nun tat mir ihre helle Stimme in den Ohren weh.

«Was ist los?», fragte sie besorgt. «Bist du krank?»

«So ähnlich. Ich habe eindeutig zu viel getrunken», sagte ich und bemerkte selbst, wie wehleidig ich klang. «Aber die Strandtaufe habe ich bestanden.»

Susanne lachte. «Davon habe ich zwar noch nie gehört, aber es klingt, als wären da mehr Prozente im Spiel als beim Schlussverkauf.»

«Ja, könnte man so sagen.» Ich seufzte. «Die Insulaner

haben mich abgefüllt.» Ich neigte den Kopf vorsichtig nach links und dann nach rechts. «Was für ein Abend! Mir tut immer noch der Schädel ein wenig weh.»

«Du Arme! Aber ein bisschen habe ich das erwartet», sagte Susanne. «Man hört ja so einiges über die Trinkfestigkeit der Amrumer. Wenn es dein Kopf erlaubt, dann erzähl doch mal: Wie war es so? Oder soll ich lieber später noch mal anrufen?»

«Nun, ziemlich feuchtfröhlich, würde ich sagen.»

«Und der charmante Retter aus dem Bus, weißt du jetzt mehr über ihn? Wie alt er ist, was er so treibt?»

An Sturmfels hatte ich im ersten Moment gar nicht gedacht. Ich rief mir die Informationen ins Gedächtnis, die ich gestern auf der Wache bekommen hatte.

«Uwe Sturmfels, achtundsechzig Jahre alt, wohnhaft in Chicago, aber geboren auf Amrum. In den USA hat er ein erfolgreiches Immobilienunternehmen aufgebaut, das auch Außenstellen in Deutschland hat.»

«Oho, er ist also vermögend?»

«War.» Ich räusperte mich. «Eigentlich wollte ich dir das gestern schon erzählen, auf dem Weg in die Bar, aber ich dachte, ich spreche lieber in Ruhe mit dir darüber. Es ist nämlich so ...» Obwohl ich ihn nur sehr flüchtig kannte, fiel es mir schwer, es auszusprechen. Vielleicht wurde es leichter mit einem Witz. «Er hat mich in die Maus eingeladen. Und nun ist er ... mausetot.»

Susanne verschlug es einen Moment die Sprache, dann sagte sie: «Tot? Das gibt es doch nicht. Ich meine, das tut mir leid. Wann denn? Jetzt sag mir bitte nicht, es ist während eures Dates passiert. So wie damals bei Georg ...»

«Nein», erwiderte ich schnell. Unser vorletzter Chef, der vor Körner, war bei einem Abendessen mit den ehemaligen Kollegen gestorben, bei dem Susanne dabei gewesen war. Er hatte sich verschluckt, gehustet, und dann war es auch schon vorbei. Obwohl Susanne sofort Erste Hilfe geleistet hatte, konnte sie ihn nicht retten. Das hatte uns alle, insbesondere natürlich Susanne, wochenlang mitgenommen. Sie und ich hatten viel über den Vorfall geredet und uns so noch einmal auf eine ganz andere Art besser kennengelernt. Tragische Ereignisse konnten einen auseinandertreiben oder zusammenschweißen. Beim K11 hatte Körners Tod zu Letzterem geführt.

«Es war Mord», sagte ich. «Er saß mit einer Harpune in der Brust ...»

Während ich erzählte, hörte Susanne aufmerksam zu, sie stellte keine Zwischenfragen. Ich ließ nichts aus, auch nicht die kleine Berufsverwechslung am Strand, die ich nicht klargestellt hatte. Als ich meinen Bericht beendet hatte, fragte ich: «Was hältst du von der Sache?»

«Du hast nie behauptet, Kommissarin zu sein, und du gibst dich Fremden gegenüber nicht als eine aus. Das ist kein Amtsmissbrauch», antwortete sie. «Und sorry, aber wenn die Flensburger Kollegen so blöd sind und die Personalien nicht überprüfen, sind sie selbst daran schuld, wenn sie dich jetzt für eine Kommissarin halten.»

Ich musste lachen. «Da hast du auch wieder recht. Aber das, was sie denken, wer ich bin, das meinte ich gar nicht, nein, was hältst du von dem Fall?»

«Puh», sagte sie. «Was soll ich dazu sagen?» Ich hörte, wie sie mit den Fingern auf die Schreibtischplatte tippte.

Ein Zeichen dafür, dass sie nachdachte, das kannte ich von ihr. «Das Wichtigste hast du eigentlich schon herausgefunden. Der Mann war nicht beliebt, es gibt anscheinend einige Insulaner mit Motiven – auch deinen Käpt'n, den du für unschuldig hältst. Damit hattest du bisher immer recht – aber du weißt ja selbst, dass manchmal nichts so ist, wie es auf den ersten Blick scheint. Und dass plötzlich Motive um die Ecke kommen, mit denen niemand gerechnet hat.»

«Ja, das stimmt. Aber ich frage mich schon, wer ...»

«Fang bloß nicht an, auf eigene Faust zu ermitteln, Gaby. Lass die Kollegen aus Flensburg ihre Arbeit machen.»

«Ja, ja», sagte ich. Susanne seufzte. «Lass die Finger davon und sei vorsichtig. Und wenn irgendwas ist, ruf mich sofort an. Notfalls komme ich auf die Insel und hole dich da raus!» Sie gluckste. Das passierte ab und zu, wenn sie über sich selbst lachte, und es war ungemein ansteckend. «Dann sind also zwei Kommissarinnen aus Wiesbaden auf der Insel. Und was für welche!»

Jetzt lachte ich auch und griff mir an den Kopf. «Autsch. Ich glaube, ich brauche jetzt erst mal einen starken Kaffee. Und dann muss ich an die frische Luft.»

«Mach das ... Und Gaby, ich meine es ernst. Pass auf dich auf!»

~~~~~~~~~~

Draußen kitzelten die Strahlen der Morgensonne meine Nase, und ich wünschte, ich hätte bei meinem verkaterten Zustand eine Sonnenbrille mitgenommen, um meine lichtempfindlichen Augen zu schützen. Voller Vorfreude bellte

Dolores mich an und sprang an mir hoch. Obwohl wir noch ein Stück vom Meer entfernt waren, wehte frischer Wind von der Nordsee herüber. Ich blieb stehen und kühlte in der Brise meinen Kopf.

Dann gingen wir hinunter zum Strand. Nichts deutete darauf hin, was hier vor eineinhalb Tagen passiert war. Die Polizei hatte die Absperrung bereits entfernt, das Boot war verschwunden, auch wenn es in meinem Kopf noch auf den Wellen schaukelte. Ich zog meine Schuhe aus, nahm sie in die Hand und schlenderte mit Dolores an der Wasserlinie entlang. Was für eine trügerische Idylle. Hier war ein Mann brutal ermordet worden. Die Bilder würde ich so schnell nicht aus meinem Kopf kriegen. Von Zeit zu Zeit blieb ich stehen, atmete die salzige Seeluft ein und beobachtete die kreischenden Möwen über uns, die mir heute viel zu laut vorkamen. Ich schaute ihnen zu, wie sie sich vom Nordseewind tragen ließen. Mit flatternden Flügeln kämpften sie gegen ihn an, um dann im Sturzflug und Zickzackkurs wieder aufs Meer hinabzustürzen. Hatten sie den Mord mitbekommen? Wenn sie reden könnten!

~~~~~~~~~

Als ich die Haustür öffnete, schlug mir sofort der Duft der Pfeife entgegen, der im Flur hing. Der Käpt'n musste vor Kurzem hier entlanggegangen sein. Seine Schuhe standen vor der Tür, er schien zu Hause zu sein. Dann hörte ich eine Stimme aus dem Keller.

«Gaby?» Es war Ine. Sie kam mit einem Wäschekorb nach oben, stellte ihn ab und umarmte mich. «Meine Güte!

Mein Vater hat mir gerade alles erzählt. Wie furchtbar, dass du die Leiche gefunden hast!»

Ich zeigte auf Dolores. «Streng genommen hat sie den Mann gefunden», sagte ich. «Vielleicht wird ja am Ende doch noch eine Polizeihündin aus ihr.»

«Das Zeug dazu hätte sie.» Ine streichelte mir über die Schulter. «Mein Vater hat erzählt, dass die Polizei da war und du für ihn ausgesagt hast. Danke!»

Ob Ine wusste, wo ihr Vater zur Tatzeit war? Da ich mir nicht sicher war, ob er Ine die ganze Wahrheit gesagt hatte, ging ich nicht weiter darauf ein. «Das habe ich gern gemacht.»

Ine seufzte und machte ein trauriges Gesicht. «Wirklich tragisch, was mit Herrn Sturmfels passiert ist. Wer kann so etwas Schreckliches tun? Es war ja nicht so, dass er hier willkommen gewesen wäre, aber ihn deswegen umbringen?»

Sturmfels und die verbotenen Früchte aus Nachbars Garten. Der alte Charmeur hatte so manches Familienleben durcheinandergebracht, wenn Ocke und Konsorten recht hatten. Aber ich hatte nicht den Eindruck, dass Ine wusste, dass auch ihre Mutter eine Affäre mit ihm gehabt haben sollte. Ich betrachtete Ine unauffällig. Sie müsste dann doch dem Toten ähnlich sehen, aber ich konnte es nicht erkennen. Was erst mal nichts bewies.

«Uwe Sturmfels ist nach Amrum gekommen, um sich ein Haus anzusehen», sagte ich. «Weißt du vielleicht etwas darüber, Ine?»

Sie schüttelte den Kopf. «Da musst du meinen Vater fragen, der bekommt viel mit auf der Insel.» Sie deutete zur

Tür. «Willst du mit reinkommen? Viel Zeit habe ich aber nicht. Mein Sohn kommt gleich aus der Schule. Montags hat der Salon geschlossen, der Tag gehört uns beiden, es ist unser Mu-So-Tag. Und natürlich die Wochenenden.»

«Eine sehr schöne Idee. Apropos: Was stand am Sonntag eigentlich auf dem Speiseplan?»

Sie lachte. «Ofengemüse mit Rosmarinkartoffeln.»

«Also hat er das Kartenspiel gewonnen.»

«Ja, er spielt sehr gut. Fiete ist sehr ehrgeizig, selbst bei solchen Dingen», erklärte Ine. «Zu verlieren muss er allerdings noch üben. Das kann er nicht so gut.»

«Von wem hat er das wohl?» Ich hatte da so meine Vermutung. Ine war eine Macherin.

Sie lächelte verlegen. «Das hat er von mir. Was ist jetzt, willst du mit reinkommen?»

Der Käpt'n saß, wie gestern Abend, am Kopfende des Tisches, vor ihm ausgebreitet eine Tageszeitung. Dolores lief schwanzwedelnd auf ihn zu. Sie schmachtete ihn an, als sei er ein überdimensionierter Kauknochen mit Beerengeschmack.

«Sie müffelt», grummelte er.

Was er eigentlich sagen wollte, war, dass er meine Begleiterin mochte. So gut kannte ich den Käpt'n bereits. Die Tatsache, dass er überhaupt etwas sagte, sprach Bände.

«Tee, Gaby?», fragte Ine.

«Mit Köm?»

«Mit Sahne und Kandis.»

«Den nehme ich gern.»

Sie ging in die Küche und klimperte dort herum. Der Käpt'n kaute auf seiner Pfeife herum und schwieg.

Als Ine zurückkam, brachte sie auf einem Tablett eine Kanne Tee, zwei Tassen und einen Kastenkuchen mit. «Zitronenkuchen», sagte sie. «Mein Vater hat ihn gebacken.»

Ich gab etwas Kluntje in meine Tasse, lauschte dem leisen Knistern des Zuckers, als Ine den Tee einschenkte, und schüttete Sahne in die Tasse.

Ahab mochte es süß. Ich staunte über die beiden gehäuften Teelöffel Kluntje, mit denen er seinen Tee süßte. Danach schnitt er den Kuchen in dicke Scheiben und legte eine davon auf meinen Teller.

«Danke schön!» Ich brach ein Stückchen ab und kostete davon. «Sehr gut, Herr Behrendsen, schön saftig und mit der richtigen Menge Säure.» Die Vorstellung, wie er in der Küche den Rührbesen schwang, gefiel mir. Ich liebte Kuchen, hatte aber selbst kein Händchen fürs Backen. Dafür kochte ich gern – und wusste, wo es gute Bäckereien gab.

Ahab ignorierte mein Kompliment. Er nippte an seinem Tee, und mir fiel zum ersten Mal auf, wie groß und schwielig seine Hände waren. Er war Seemann gewesen, hatte hart gearbeitet. Man sah, dass er kein Schreibtischtäter gewesen war.

«Dann lass ich euch mal allein», sagte Ine. «Gaby hat Fragen zu einem Haus, das Sturmfels hier kaufen wollte. Du weißt doch sicher was darüber, Papa.» Sie umarmte ihn von hinten. «Bis morgen. Tschüss, Gaby.»

Kurz darauf fiel die Tür ins Schloss.

«Vielleicht hat dieses Haus, das Sturmfels kaufen wollte, etwas mit dem Mord zu tun», sagte ich.

«Von einem Haus, das auf der Insel verkauft werden soll, weiß ich nichts», sagte er.

Das wunderte mich. Auf Amrum wusste jeder über jeden Bescheid, hatte Ische gesagt. Ich sah ihn skeptisch an. «Sicher?»

Er zog an der Pfeife. «Ja.»

«Dann sollten wir rausfinden, welches es ist.»

«Du willst auf eigene Faust ermitteln, Bot?»

Seine Frage brachte mich aus dem Konzept. Dass er von «ermitteln» sprach. Und mit einem Du hatte ich auch nicht gerechnet. Um Zeit zu gewinnen, fragte ich: «Was bedeutet Bot?»

«Dein Nachname, Scholle.» Er zog wieder an seiner Pfeife und blies den Rauch aus. «Auf Öömrang bot. Eine Schollenart.»

Amrumer Friesisch also. «Bot», wiederholte ich. «Na gut, Ahab.»

Er zog eine Augenbraue hoch.

«Sie wissen – du – weißt schon, Moby Dick, die Pequod und der Käpt'n, der unbedingt den Wal erlegen will, das ist Ahab. Gregory Peck hat ihn gespielt. Und in einem Remake William Hurt.»

Seine Mundwinkel hoben sich. «Ich bin sicher, Ahab konnte einen Wal von einem Menschen unterscheiden. Ich habe Sturmfels jedenfalls nicht auf dem Gewissen.»

Er hatte Humor. Er verzog wie immer keine Miene, ich aber musste breit grinsen. Der Käpt'n hatte die Frage beantwortet, die immer noch unausgesprochen in der Luft hing und von der ich nun erst merkte, wie sehr sie mich beschäftigt hatte. Ich war erleichtert.

«Und was ist jetzt mit dem Haus?», fragte ich schließlich.

«Ich höre mich mal um», antwortete er. «Das sollten *wir* rausfinden.»

Zurück in meiner Wohnung, nahm ich das Ermittlungsheft, öffnete das Fenster und setzte mich in den Sessel. «*HARPUNENTOD*» schrieb ich in Großbuchstaben auf das Deckblatt. In der Reihe mit den anderen würde diese Überschrift sich gut machen.

Dann begann ich zu arbeiten. Auf der ersten Seite zeichnete ich eine Landkarte Amrums und markierte den Fundort der Leiche – so wie ich ihn aus meiner Erinnerung rekonstruierte. Ich skizzierte das Boot, das in Strandnähe im Wasser trieb, und den darin gebeugt sitzenden Uwe Sturmfels mit Harpune in der Brust. Auf der zweiten Seite hielt ich fest, was ich über das Opfer wusste.

Name: Uwe Sturmfels
Alter: achtundsechzig
Geburtsort: Amrum
Wohnort: Chicago (USA)
Beruf: Immobilienmakler
Charakter: Charmeur. Schwerenöter. Rücksichtslos
(Affären)?

Dann, auf der nächsten Seite, die bisherigen Ermittlungsergebnisse.

Keine Schuhspuren am Fundort, Fingerabdrücke vom Käpt'n auf der Harpune, große Kraftanstrengung erforderlich, wegen Besichtigungstermin auf der Insel (Reetdachhaus), Streit beim Biikebrennen? Ine?

Ich schlug das Heft zu. Es war nicht viel, was ich aufgeschrieben hatte. Aber ich war felsenfest überzeugt, dass ich bald einiges ergänzen würde dank der Unterstützung durch den Käpt'n, der auf der Insel gefühlt jedes Sandkorn beim Namen kannte. Ich hoffte, dass sich sein Steckbrief vorne im Buch dadurch bald als hinfällig erweisen würde.

Ein Anruf von Ine unterbrach meine Gedanken. «Mir ist etwas eingefallen beim Essen. Du hattest mich doch nach einem Reetdachhaus gefragt? In Wittdün steht vielleicht eins zum Verkauf, direkt in Strandnähe. Zwei Kundinnen in meinem Salon haben sich letztens darüber unterhalten. Vielleicht ist es das, das Sturmfels sich anschauen wollte?»

«Das könnte sein. Verrätst du mir die Adresse?»

«Die habe ich nicht, ich habe es nur am Rande mitbekommen. Es steht wohl in der Nähe des Badelands und nicht weit von der Aussichtsdüne entfernt.»

«Danke, Ine. Dein Vater und ich schauen es uns an.»

Einen Moment war in der Leitung nichts zu hören außer Fiete, der im Hintergrund durch die Wohnung tobte.

«Mein Vater?», hakte Ine schließlich nach.

Ich grinste in mich hinein. «Ja. Er hat sich bereit erklärt, mir zu helfen.»

Ine prustete kurz in den Hörer. «Freiwillig? Mein Vater? Das kann nicht sein.»

«Soll ich dir später ein Beweisfoto schicken?», fragte ich.

«Ein Foto von meinem Vater», antwortete Ine. «Das schaffst du nicht! Aber warte mal … wenn er mitfährt, sag ihm, dass eine der beiden Kundinnen die Frau ist, die in dem Cottage wohnt. Ich meine, dass sie gesagt hat, es sei ein Haus in unmittelbarer Nachbarschaft.»

KAPITEL 9

D ie Tür stand auf. «Komm rein, Bot!»

Der Käpt'n hatte uns also gehört. Kein Wunder, so wie die Treppe knarzte. Er saß am Tisch.

«Ich habe mit Ine telefoniert», sagte ich und setzte mich ihm gegenüber. Dolores kuschelte sich zu seinen Füßen. «Sie glaubt nun doch zu wissen, wo das Reetdachhaus steht.» Ich erzählte ihm, was sie mir erzählt hatte.

«Zu Fuß brauchen wir eineinhalb Stunden.»

«Hast du kein Fahrrad?» Ich schlug mir mit der flachen Hand vor die Stirn. «Meins steht noch vor der Blauen Maus.»

«Da bleiben öfter mal welche stehen, das kommt nicht weg.»

«Hast du zwei Räder?»

Er deutete unter den Tisch. «Was ist mit ihr?»

«Wir können sie ruhig eine Weile allein lassen», sagte ich. «Sie ist es gewohnt.» Der gestrige Abend fiel mir ein. Ich räusperte mich. «Eigentlich.»

«Das kommt nicht in die Tüte», entgegnete er. «Ich habe ein Lastenrad.»

Das hatte ich schon gesehen, es stand in einem Unterstand neben dem Haus.

«Ich weiß nicht, was sie davon halten wird», sagte ich. «Ist die Transportbox offen? Was, wenn sie während der Fahrt raushüpft?»

«Darin ist sogar Platz für euch beide. Damit habe ich früher Fiete und Ines Hündin herumgefahren.»

«Das ist nicht dein Ernst, dass du uns so transportieren willst!»

Doch so war es.

«Na los, rein mit dir», befahl ich. Doch Dolores machte es wie bei der Trüffelsuchprüfung. Sie blieb stehen und bewegte sich nicht.

«Geh du zuerst rein», sagte Ahab.

Worauf lasse ich mich da nur ein, dachte ich, als ich einstieg. Kopfschüttelnd ließ ich mich in den Sitz sinken. Ahab beugte sich zu Dolores runter, hob sie hoch und setzte sie vor mich zwischen meine Beine. «Vielleicht hältst du sie erst mal fest, damit sie nicht rausspringt.»

Er stieg aufs Rad und fuhr los.

Wir rollten den Abhang hinunter. Dolores streckte ihren Kopf aus der Box und hechelte mit heraushängender Zunge und flatternden Ohren dem Fahrtwind entgegen. Als Ahab an der Kreuzung Tempo rausnahm und rechts abbog, sah ich Ocke und Ische, die auf dem Gehweg standen und sich unterhielten. Ich winkte, als wir an ihnen vorbeifuhren, und hatte meinen Spaß, als ich ihre verdutzten Gesichter sah.

«Wat heest dü do bi strun fünjen?», rief Ocke uns nach und lachte herzhaft.

«En määrwüf an en selag.»

Ich drehte mich kurz zu unserem Fahrer um. «Was hat er gerufen?»

«Was hast du denn am Strand gefunden?», antwortete Ahab.

«Jetzt sind wir also Strandgut geworden, Dolores», sagte ich. «Was hast du geantwortet?»

Hinter uns lachte Ahab. «Eine Meerjungfrau und einen Seehund.»

«Ah.» Bisher hatte ich nur wenige Brocken Öömrang gehört. «Die beiden habe ich in der Blauen Maus kennengelernt.»

«Das erklärt dann wohl deinen leicht wankenden Gang, als du zurückgekommen bist.»

So wie mein Kopf nach dem Aufstehen gebrummt hatte, hätte ich erwartet, dass er das nun bei dem Gedanken an gestern Abend auch wieder tun würde. Aber als ich mich nun wieder nach vorne drehte, waren meine Schmerzen verschwunden.

Die frische Luft tat gut, sie hatte meinen Kopf frei gepustet.

Wir fuhren auf dem Gehweg parallel zur Straße durch das kleine Wäldchen, an dem ich auch schon auf der Hinfahrt vorbeigekommen war.

«Amrum ist die waldreichste aller Nordseeinseln», erklärte der Käpt'n. «Der Nadelwald, durch den wir gerade fahren, wurde zwischen 1950 und 1960 erstmals angepflanzt. Er sollte der Versorgung mit Holz dienen und gleichzeitig das Inselinnere vor Wind und Sandflug schützen.»

«Funktioniert es?», fragte ich.

«Vor allem die Schutzfunktion hat sich für die Insel bewährt.»

Es wurde etwas kühler, denn die Baumkronen schirmten uns vor der Mittagssonne ab. Ihre Strahlen drangen nur spärlich durch die Äste. Trotzdem zauberten sie neben Schattenspielen auch funkelnde Lichtpunkte auf den Weg.

Ich hörte die Reifen knirschen, die Blätter rauschen und dazwischen Vögel zwitschern. Die Meeresluft vermengte sich mit dem Waldgeruch zu einem besonderen Duft. Ich schaute nach oben, wo die Kiefernzweige hin und wieder einen Blick auf den blauen Himmel freigaben. Die Insel ist eine echte Angeberin, dachte ich. Mit ihrer Schönheit hielt sie nicht hinterm Berg. Hinter welchem auch, denn ein solcher existierte auf Amrum nicht, von den Dünenhügeln mal abgesehen, an denen wir nun vorbeifuhren. Die Nordsee und der Horizont erstreckten sich vor mir, scheinbar endlos weit.

«Da vorne ist es», sagte der Käpt'n.

Ich drehte mich wieder kurz zu ihm um. «Dann sollten wir dort mal Anker werfen.»

Wir hielten, und Dolores sprang sofort aus der Box. Ich folgte ihr und streckte mich. «Auf dem Rückweg trete ich in die Pedale, und du sitzt mit Dolores vorne», sagte ich.

«Das hättest du wohl gern.» Er sah sich um und schüttelte den Kopf.

«Was?»

«Hier steht nur ein Haus, das dafür infrage kommen könnte. Die Frau, die hier wohnte, ist vor Kurzem gestorben. Aber ich kann mir nicht vorstellen, dass der Sohn es verkaufen will.» Er zeigte auf ein hübsches Reetdachhaus. «Lass uns mal schauen, ob er da ist.»

Narzissen, Tulpen und Krokusse säumten den gepflasterten Weg, der zum Eingang führte. Vorbei an Gartenmöbeln aus Bast auf einer von Rosen umrankten Veranda. Ich sah Bienen umhersummen und Nektar sammeln. Die Besitzerin, von der der Käpt'n gesprochen hatte, musste es idyllisch gemocht und sich gerne draußen aufgehalten haben. Und sie musste eine begeisterte Botanikerin gewesen sein, was wiederum nahelegte, dass es sich bei ihr um eine geduldige, neugierige Frau mit einem Auge fürs Detail gehandelt hatte.

Das Haus war ein Juwel der nordfriesischen Architektur. Es wirkte zeitlos und zugleich verbunden mit der Natur, zu erkennen an dem reetgedeckten Dach in einem von der Sonne und der Meeresluft gebleichten Braunton. Dieselbe Farbe, in der die Holzbretter in der Fassade gestrichen waren, denen die Jahre eine cremige Patina verliehen hatten. Durch das raue Nordseewetter war der blaugraue Anstrich der Fensterrahmen abgebröckelt. Efeu rankte sich an den Wänden empor und bescherte dem Gebäude einen Hauch von Wildheit. Über der Eingangstür aus massivem Holz hing ein Schild mit dem Namen des Hauses: «Kniepkieker».

«Nicht von schlechten Eltern», kommentierte ich.

«Und ein Vermögen wert», ergänzte der Käpt'n. Er nickte zum Kniepsand hinüber. Die fünfzehn Kilometer lange und eineinhalb Kilometer breite Sandbank erstreckte sich über die komplette westliche Inselseite. «So nah am Kniep dran ...»

Ich schaute mich kurz in alle Himmelsrichtungen um. Das Haus war einmalig gelegen. Mir leuchtete ein, warum Uwe Sturmfels sich dafür interessiert haben könnte.

Ich fragte den Käpt'n: «Wie viel, was schätzt du?»

Er verschränkte die Arme «Bei der Bewertung von Immobilien kommt es, wie überall, auf drei Dinge an: Lage, Lage, Lage. Mit vier Millionen bist du dabei, schätze ich.»

«Uff. Das könnte knapp werden mit meinem Gehalt. Meinst du, wir kriegen so viel rein, wenn wir deine Schiffsammlung verkaufen?»

Er bedachte mich mit einem strengen Blick von der Seite. «Nicht lustig, Bot.»

Ich stieß ihn mit der Schulter an. «Komm, Ahab, lass uns etwas mehr über das Haus herausfinden ...»

«Wie sieht dein Plan aus?»

«Wir könnten bei den Nachbarn klingeln. Du kennst doch so gut wie jeden auf der Insel.» Ich sah zu der neben mir sitzenden Dolores hinunter. «Oder was denkst du, mein Schatz?» Sie schaute zu mir herauf, als wollte sie mir sagen, dass sie diesen Vorschlag für eine famose Idee hielt. Vielleicht war sie etwas zu begeistert davon, denn plötzlich rannte sie los.

«Kehr um, Dolly!», brüllte ich.

Sie hörte nicht. Fieberhaft flitzte sie an dem weiß gestrichenen Friesenzaun entlang, der das gegenüberliegende Grundstück einfasste.

«Dolly, kehr um!», versuchte ich es weiter. «Kommst du wohl zurück!»

«Wie war das? Sie hört aufs Kommando», sagte Ahab.

Wohl doch nicht ausnahmslos. Mit ihrem Gehör schien

es sich ähnlich zu verhalten wie mit ihrem Geruchssinn: Es kam auf die Situation an. Bei den Übungen fand sie Trüffel, in den Prüfungen nicht. Auf der Fähre hörte sie, im Freien nicht immer. Tja, meine Begleiterin hatte nicht nur einen lockigen, sondern auch einen eigenen Kopf.

Da tauchte auf einmal eine Frau hinter dem Zaun auf. Weder ich noch der Käpt'n hatten sie vorher gesehen. Dolores wedelte sie freundlich an, und als die Frau sich über die Latten beugte und Dolores den Kopf streichelte, setzte die Hündin sich und schloss die Augen. Diese Schlawinerin genoss es sichtbar, gekrault zu werden.

«Wie heißt sie denn?», rief die Frau mir zu.

«Dolores», antwortete ich.

«Was für ein schöner Name!» Die Frau winkte uns zu sich. «Seid nicht so schüchtern. Ich beiße genauso wenig wie sie hier.»

Ich sah zum Käpt'n hinüber. «Siehst du, sie hatte einen Grund loszurennen. Sie regelt das für uns mit den Nachbarn.» Ich zwinkerte und schubste ihn sanft an. Er folgte mir grummelnd.

Die Frau war klein und zierlich. Ihre silbergrauen Locken bändigte sie in einem ordentlichen Knoten. Sie hatte sich einen – wie sie stolz erzählte – selbst gestrickten Cardigan mit aufgenähten Schifffahrtsmotiven übergeworfen, der ganz nach Ahabs Geschmack sein musste. Auf den ersten Blick machte ich einen Leuchtturm, einen Kompass und einen Anker aus. Darunter trug sie ein grasgrünes Baumwollkleid und an den Füßen braune Clogs aus Nubukleder.

«Ich bin Edda», sagte sie.

«Gabriele Scholle», sagte ich, «Gaby.» Wir schüttelten die Hände. «Ich komme aus Wiesbaden und mache gerade Urlaub auf Amrum.» Mit einem Nicken zeigte ich auf den Käpt'n, der mit verschränkten Armen neben mir stand. «Das ist mein Vermieter.»

Ahab streckte ihr seine Hand entgegen. «Frerk.» Er schüttelte knapp ihre Hand.

«Wahrscheinlich erinnerst du dich nicht, aber wir sind uns schon ein paar Mal über den Weg gelaufen», sagte sie. «Allerdings hatten wir nie die Gelegenheit, uns kennenzulernen. Wo auf der Insel wohnst du?» Sie duzten sich, wie wohl so üblich auf der Insel. Eine schöne Angewohnheit, sie gefiel mir.

«In Norddorf», antwortete der Käpt'n.

«In einem wunderschönen Haus», ergänzte ich. «Dolores und ich schauen von unserem Fenster aus direkt auf die Dünen.»

«Das klingt fantastisch», sagte Edda. «Ist es nicht überhaupt ganz wundervoll auf der Insel?»

Wenige Minuten später hatten wir einiges über Edda Miller erfahren. Die Vierundsiebzigjährige bewohnte erst seit fünf Jahren das schöne Haus mit dem üppigen Garten. Sie hatte es von ihrem Onkel geerbt. Nach dem Tod ihres Mannes hatte sie beschlossen, ihren Lebensabend auf der Insel zu verbringen, und ist kurz entschlossen von Frankfurt nach Wittdün gezogen. Ihr Heim umgab ein verträumter Charme, wie ich fand. Ine hatte recht, es erinnerte an ein Cottage, das auch irgendwo an der englischen Küste hätte stehen können. Das Dach war von Moos überzogen, Blumen rankten sich an den Fenstern empor, und sie hatte den Eingang liebevoll mit Muscheln und Kieseln verziert. Es sei der perfekte Rückzugsort für sie, sagte Edda. Hier konnte sie in Ruhe Tee trinken, Krimirätsel lösen und das Inselleben genießen.

Ich deutete auf das Reetdachhaus auf der anderen Straßenseite. «Sag mal, weißt du etwas über dieses Haus?»

Eddas Lächeln schmolz dahin wie Eis in der Sonne. «Dafür kommt mal lieber mit rein.»

Volltreffer, dachte ich erfreut, als ich ihr auch schon Richtung Haus folgte.

KAPITEL 10

Sie führte uns über die Veranda nach drinnen. Sofort fielen mir die vielen Muscheln, das Treibholz und die Steine auf, die auf den Regalen im Flur und im Wohnzimmer herumlagen. Edda bemerkte meine interessierten Blicke und erklärte stolz: «Das habe ich alles auf Amrum gesammelt. In fünf Jahren kommt einiges zusammen.»

Wir gingen weiter. Dolores schnüffelte voran, ich folgte ihr, damit sie keine Dummheiten anstellte, und hinter uns schlurfte Ahab.

Wie jemand wohnt, verrät viel über dessen Persönlichkeit. Das traf auch auf Eddas Häuschen zu. Die gemütliche Einrichtung spiegelte ihr warmes, einladendes Wesen. Insbesondere die beiden Ohrensessel vor dem Kamin hatten es mir angetan. Und zugleich wusste man, wo man sich befand: An der Wand darüber hing ein Ölgemälde, auf dem ein Fischerboot zu sehen war. Den Sims darunter nahmen ein Miniaturmodell des Amrumer Leuchtturms sowie in Holz gerahmte Fotos mit Inselmotiven ein, flankiert von Schnittblumen, die vermutlich aus Eddas Garten stammten. Dazwischen lagen zwei aufgeschlagene Bücher. Ich neigte den Kopf und las die Titel auf dem Buchrücken: «Tod auf dem Nil» und «Mord im Orientexpress».

Ich schmunzelte. Auch ich hatte diese beiden Klassiker der Kriminalliteratur gelesen. Oder besser gesagt verschlungen, denn ich vergötterte Agatha Christie! Für mich war sie die Meisterin des klaustrophobischen Kammerspiels. Wie keinem anderen gelang es ihr, menschliche Abgründe auf eine angemessen zurückhaltende, aber nicht weniger zutreffende Art darzustellen. Im Unterschied zu den Krimis von heute, in denen blutrünstige Serientäter auf abartige Weise töteten, zeichnete bei ihr das Gewöhnliche und nicht das Absonderliche den Mörder aus.

Ich schaute mich weiter um. Was ich bereits an Eddas Kleidung bemerkt hatte, bestätigte sich auch hier: Sie besaß ein Faible für Dinge der Marke Eigenbau. Über den Ohren der Sessel lagen handgestrickte Decken, an den Fenstern hingen selbst genähte Vorhänge, und in den Regalen reihten sich unzählige bemalte Keramiktassen nebeneinander, bei denen ich auf «selbst gemacht» tippte. So viele, dass Edda die halbe Insel zum Tee hätte einladen können.

Dann fielen mir die Fotos an den Wänden auf. «Sind das deine Enkel?», fragte ich. Auf ihnen lächelten mir drei Kinder unterschiedlichen Alters entgegen.

Es brannte mir auf der Zunge, gleich nach dem Haus gegenüber zu fragen, aber ich wollte, dass sie von selbst anfing zu erzählen. Aus meiner eigenen Oma-Erfahrung wusste ich, dass ich über meine Enkelkinder stundenlang ohne Punkt und Komma reden konnte. Für viele Großeltern stellte die Frage nach den lieben Kleinen sozusagen das Sesam-öffne-dich zu ihrem Herzen dar. Ich hoffte, dass Edda keine Ausnahme war.

Sie nickte. «Sind sie nicht goldig?» Sie deutete mit einem Nicken auf eines der Bilder. «Schau mal, hier sind alle zusammen drauf.»

Bingo! Ihre Augen strahlten, meine Strategie zeigte Wirkung.

Ich stellte mich neben sie und betrachtete das Bild. Es war vor der Hamburger Elbphilharmonie aufgenommen worden. Hinter den Kindern spiegelte sich das Sonnenlicht in der gläsernen Fassade des Oberbaus. Seine geschwungenen Linien erinnerten mich an die Wellen der Nordsee. Es musste ein stürmischer Tag gewesen sein, denn der Wind hatte Eddas Enkeln Sturmfrisuren verpasst.

«Links steht Sophie», sagte Edda. «Die blauen Strahleaugen und die goldblonden Haare hat sie von mir. Auch wenn meine inzwischen silbern geworden sind.» Sie zwinkerte mir zu. «Sophie ist sehr lebhaft – wie man anhand ihrer kunterbunten Kleidung sieht.» Sie hatte Ähnlichkeiten mit Kommissarin Krüger, dachte ich. «Der Älteste ist Lukas. Er ist schon sechzehn.» Edda zeigte auf den Jugendlichen in der Mitte. «Er kommt nach seinem Vater. Die dunkelbraunen Haare und die sportliche Statur hat er von ihm.»

«Und wer ist diese kleine Maus?» Ich deutete auf das Mädchen rechts, das ein verspieltes sommerliches Kleid und Schleifchen in den Haaren trug.

«Das ist Mia. Sie ist acht.»

«Sie sieht frech aus», sagte ich.

«Oh ja, das ist sie. Und neugierig. Sie muss immer alles wissen und kann es nicht ertragen, wenn man ihr etwas nicht sofort erzählt.»

«Kommt mir bekannt vor.»

Dann gingen wir hinüber zum Tisch, der Käpt'n gesellte sich zu uns. Ich zog mir einen Stuhl heran und setzte mich. Dolores legte sich daneben. Ich streichelte ihr über den Kopf, bis ihr kurz darauf die Augen zufielen. Edda ging in die Küche und kam wenige Minuten später mit einer dampfenden Kanne Tee und einem Sandkuchen zurück.

«Noch lauwarm, gerade frisch gebacken», sagte sie.

«Bringen die Amrumer immer frisch gebackenen Kuchen mit, wenn sie Tee holen gehen?», fragte ich. «Dann überlege ich mir glatt, ob ich für immer auf der Insel bleibe», scherzte ich.

«Ich habe es keinen Tag bereut», sagte Edda.

Während sie den Tee eingoss, griff der Käpt'n beherzt nach einer Scheibe Kuchen. «Sehr gut», nuschelte er nach dem ersten Bissen.

«Ja, wirklich!», bestätigte ich, nachdem auch ich gekostet hatte.

«Das freut mich.» Sie sah durch das Fenster zum Haus gegenüber.

«In dem Haus hat Rensche gewohnt. Wir haben uns regelmäßig getroffen und zusammen geklönt.» Edda nickte zu den Ohrensesseln hinüber. «Rensche hat so gerne dort gesessen und dem Prasseln des Feuers im Kamin gelauscht.» Sie wischte sich eine Träne aus den Augenwinkeln.

Ahab hatte gesagt, dass die Frau, der das Haus gehörte, gestorben war. Ich ließ Edda die Zeit, die sie brauchte. Flüchtig sah ich zum Käpt'n hinüber, er saß mit verschränkten Armen da und verzog grimmig das Gesicht. Was war denn mit dem los? Die Freundlichkeit in Person

war er ja generell nicht gerade, aber nun schaute er besonders finster. Wusste er etwas, das ich nicht wusste?

«Rensche hat ihr Häuschen geliebt. Jetzt gehört es Jan,
ihrem Sohn. Sie hat es ihm vererbt.»

«Jan Hinrichs», kam es auf einmal aus der Richtung des
Käptn's.

Edda hob ihren Kopf und guckte erstaunt. «Du kennst
ihn?»

Der Käpt'n nickte. «Er wohnt in Norddorf.» Dem Klang
seiner Stimme zufolge schien er ihn so zu mögen wie frei
laufende Hunde in den Dünen.

Ich schob den Gedanken vorerst beiseite und beugte
mich ein Stück über den Tisch. «War er ihr einziges Kind?»

«Ja.»

«Hat er gesagt, was mit dem Haus geschehen soll? Wird
er es verkaufen?»

«Er wird dort einziehen», antwortete Edda. «Das hat er
mir erzählt, vorgestern, wenn ich mich recht erinnere. Auf
jeden Fall war ich im Garten und habe Blumen geschnit-
ten.» Sie zeigte auf die Solifleur-Vasen auf dem Kaminsims.
«Ich habe ihm gewunken, da ist er zu mir an den Zaun gekommen. Nachdem ich ihm mein Beileid ausgesprochen
habe, hat er zu mir gesagt, dass wir dann bald Nachbarn
sein werden.»

«Also verkauft er nicht», hakte ich nach.

«Auf keinen Fall!» Plötzlich klang Edda entrüstet, als
habe sie durch meine Frage wieder Kraft getankt. «Rensche hätte niemals gewollt, dass jemand anderer als ihr
Sohn dort wohnt. Sie hat es selbst von ihrer Familie geerbt,
die Hinrichs leben seit Generationen hier.»

Ich wunderte mich kurz. Wie war Ine auf die Idee gekommen, dass das Objekt zum Verkauf stand? Hatte sie sich verhört? Ich wollte Edda nicht erzählen, dass Ine ihr Gespräch mitbekommen hatte, deswegen ließ ich es auf sich beruhen.

«Es sei denn, dieser Typ neulich funkt ihm dazwischen», sagte Edda. «Für mich hörte es sich an, als käme eine Menge Ärger auf Jan zu.»

Mein Herz schaltete einen Gang höher. Hatte ich richtig gehört? Welcher Typ? Und was genau hörte sich nach Ärger für Jan an? Edda schien etwas zu wissen.

Ich richtete mich auf und schaute mich vergewissernd zum Käpt'n hinüber. Er sah aus, als pufften kleine Fragezeichen aus seinem Kopf. Ich hatte es mir also nicht eingebildet.

«Was für ein Typ?», fragte ich.

Edda zuckte mit den Schultern. «Kurz nachdem ich mit Jan gesprochen hatte, ist er plötzlich aufgetaucht, wie aus dem Nichts. Die beiden haben sich heftig gestritten. Ich habe nicht alles mitbekommen. Es ging wohl ums Haus.»

«Wie hat dieser Mann ausgesehen?»

«Puh …» Edda schaute zur Decke und kratzte sich am Kinn. «Ich habe ihn überwiegend von hinten und nur ganz kurz von vorne gesehen. Er war ziemlich groß und hat einen Anzug getragen, das weiß ich noch. Ach ja, und er hatte graue Haare.»

Ich schluckte und legte eine Hand an meine Wange. Das klang verdächtig nach Uwe Sturmfels! Hatte Edda uns gerade eine heiße Spur offenbart? Ich ermahnte mich in Gedanken, mich zu beherrschen.

«Warte kurz», sagte ich und fischte mein Smartphone aus der Hosentasche. Ich wischte durch die Galerie und vergrößerte den Screenshot, den ich von Sturmfels' Foto auf dessen Firmenwebseite gemacht hatte. «Könnte es dieser Mann gewesen sein?»

Edda beugte sich vor und schaute mit zugekniffenen Augen auf das Display. Sie brauchte nicht zu antworten. Der Ausdruck in ihren Augen genügte mir. Er war es. Sturmfels.

«Wer ist das?», fragte sie. «Woher hast du dieses Foto? Ich meine, woher weißt du, dass es der war ... Ich verstehe das nicht.»

«Dieser Mann ist tot», kam es nun wieder aus der Richtung des Käpt'ns. Insgeheim war ich erleichtert, dass er und nicht ich es ausgesprochen hatte. «Wir sind hier, um herauszufinden, wer ihn auf dem Gewissen hat ...»

Während der Fahrt sprachen wir kein Wort miteinander. In meinem Kopf arbeitete das Gespräch mit Edda nach. Was bedeutete es für die Ermittlungen in dem Fall, dass sie Zeugin einer heftigen Auseinandersetzung zwischen Rensches Sohn Jan und Uwe Sturmfels geworden war?

Klar war, dass er von jetzt an an prominenter Stelle auf der Liste der Verdächtigen stand. Nun, streng genommen war es gar keine Liste im eigentlichen Wortsinn, denn Jan war der einzige Eintrag – insofern ich Ahab nicht dazurechnete. Aber wer konnte schon wissen, wie viele Namen noch folgen würden?

Was könnte Jan bloß getrieben haben, Sturmfels auf so brutale Weise die Lichter auszuharpunieren? War es nur

Zufall gewesen, dass sie sich vor Rensches Haus in die Haare geraten waren, oder hing das Haus womöglich damit zusammen? So oder so, die Auseinandersetzung zwischen den beiden war ein Anhaltspunkt. Und wie sagte Susanne immer, wenn sie in einem undurchsichtigen Fall auf einen ersten Hinweis stieß: «Der Samen der Wahrheit keimt im Boden des Unbekannten.» Wo auch immer sie diesen klugen Spruch herhatte.

Unser Steuermann lotste uns aus Wittdün heraus. Wir fuhren denselben Weg zurück wie vorhin. Vorbei an der Blauen Maus, dem Campingplatz und dem Leuchtturm, vor dem sich Besucherscharen tummelten. Diesmal lagen die Dünen links von uns und dahinter die Nordsee.

Zum ersten Mal wurde mir nun bewusst, wie skurril diese Situation war: Mein Mann und meine Kinder waren in alle Welt verstreut, wohingegen ich auf Deutschlands viertgrößter Nordseeinsel weilte und in einem Mordfall ermittelte. Zusammen mit der verfressenen und verschnarchten Labradoodle-Hündin meines Sohnes und einem Käpt'n-Ahab-Double, das mindestens so grummelig war wie das Original, aber ein großes Herz und eine Schiffsladung voll trockenem, friesischem Humor besaß. Was für eine Geschichte!

Als wir in Norddorf ankamen, hielt der Käpt'n direkt vorm Haus. Ich machte Dolores die Tür der Transportbox auf und stupste sie wieder sanft, doch sie schaute mich nur vielsagend aus ihren lieben braunen Augen an.

«Sieht aus, als wollte sie noch eine Runde auf dem Gefährt drehen», sagte ich zum Käpt'n. «Die kleine Inselrundfahrt reicht ihr nicht.»

Er brummte etwas, das ich nicht ganz verstand. In meinen Ohren klang es wie: «Vergiss es, Bot.»

Ich wuschelte Dolores über den Kopf. «Na los, Schatz. Du hast doch bestimmt Hunger.»

Ansatzlos sprang sie bei dem Wort Hunger aus der Box und rannte schwanzwedelnd zur Haustür.

«Funktioniert immer wieder», sagte ich. «Man muss nur wissen, wie ...»

Drinnen kochte Ahab einen Tee, und wir setzten uns in sein Wohnzimmer. Dolores lag zu unseren Füßen im Fresskoma. Sie hatte gerade eine doppelte Portion verdrückt. Nun schnarchte und zuckte sie vor sich hin. Ich streichelte sie.

«Wie gut kennst du denn diesen Jan Hinrichs?», fragte ich den Käpt'n.

Er stopfte seelenruhig seine Pfeife, steckte sie an, zog mehrmals kräftig an ihr und paffte den Rauch zur Seite raus. Dann klemmte er sie sich zwischen die Zähne und verschränkte die Arme.

«Auf Amrum kennt man sich», knurrte er. Er schüttete sich Tee ein, roch daran und ließ ihn noch eine Weile auskühlen. Als er sich zurücklehnte, knarzte der Stuhl. Sein Gesichtsausdruck verriet es mir: Wenn ich nicht nachbohrte, würde er meine Frage stoisch aussitzen.

«Komm schon, ich hab's dir angesehen. Dein Blick war eindeutig, als Edda ihn erwähnt hat.»

Er gab erstaunlich schnell nach. Mit der kleinstmöglichen Bewegung nickte er zu der Schiffsammlung in seinem Rücken. «Jan hilft mir ab und zu», sagte er. «Er wohnt aktuell noch in Nebel, bei der St.-Clemens-Kirche. Er kommt ab und zu hierher, und dann bauen wir die Modelle. Er ist Künstler.»

«Redet ihr auch über etwas anderes als Schiffe?»

Kurzes Schweigen.

«Manchmal.»

«Demnach seid ihr … befreundet?»

Ahab schaute mir fest in die Augen. «Wir sind Bekannte.»

«Hat Eddas Beobachtung dich nicht schockiert? Sturmfels hat mit Jan gestritten.» Ich hörte auf, Dolores zu streicheln, und setzte mich zu ihm an den Tisch. «Mich hat sie das jedenfalls.»

Wieder pafften süßlich riechende Rauchschwaden zwischen seinen schmalen Lippen heraus. Er ließ sich unendlich Zeit mit seiner Antwort. So sympathisch mir seine gleichmütige friesische Art war, fing seine Wortkargheit an, mich langsam zu nerven. Zu behaupten, dass mein Vermieter ein überlegter Mann sei, der seine Gefühle nicht nach außen trug, wäre die Untertreibung des Jahres.

«Sehe ich aus, als sei ich schockiert?», fragte er zurück.

«Nein. Du guckst wie immer. Egal, ob du im Lotto gewinnst oder ein Asteroid vor deinen Füßen einschlägt.» Ich trommelte mit den Fingern auf dem Tisch. «Kanntest du auch Jans Mutter?»

«Ja.» Er zog an der Pfeife, blies wieder Rauch aus. «Jan hat mit dem Mord nichts zu tun.»

«Sicher?»

«Hab ich im Gefühl», sagte er.

Was sollte ich darauf erwidern? Er schlug mich mit meinen eigenen Waffen.

Er grinste. «So wie du im Gefühl hast, dass ich es nicht war.»

«Aber es wäre schon interessant, zu wissen, worum es in dem Streit ging», sagte ich schließlich.

«Das werde ich herausfinden. Ich gehe gleich zu ihm und frag ihn.»

«Dann hoffe ich, dass er dir eine Antwort gibt.»

Das kaum erkennbare Zucken seiner Mundwinkel zeigte mir, dass er dahingehend zuversichtlicher war. «Glaub mir, Bot. Wenn ich etwas aus ihm herausbekommen möchte, dann gelingt mir das.»

Für einen Menschen, der den Käpt'n nicht kannte, hätte das nach notfalls körperlicher Gewalt klingen können. Für mich hörte es sich fast an wie ein Versprechen. Gespür eben. «Soll ich mitkommen?»

«Nein.»

Wahrscheinlich war es besser so. Ich war eine Fremde für Jan Hinrichs. Und außerdem hatte Ahab anscheinend seine eigenen Methoden, ihn zum Sprechen zu bringen.

KAPITEL 11

Der Käpt'n verlor keine Zeit, er wollte sich umgehend auf den Weg zu Jans Haus machen.

«In einer Stunde bin ich wieder da.»

«Wenn nicht, komme ich dich holen», erwiderte ich. «Oder ich informiere Krüger und Thomsen.»

Er ging los ohne ein weiteres Wort. In der Tür stehend, sah ich ihm kurz hinterher, bis er um die Ecke bog. Dann stupste Dolores mich mit ihrer feuchten Hundenase an.

«Und was machen wir so lange, Schatz?», fragte ich sie. Trotz unseres Fahrradausflugs hatte ich Lust auf eine längere Tour. «Wollen wir um die Odde spazieren?»

Am nördlichsten Zipfel von Amrum gab es die sogenannte Odde. Sie war seit Mitte der 1930er-Jahre ein Naturschutzgebiet und von Norddorf aus zu Fuß zu erreichen. Den größten Teil nahm ihr vierundzwanzig Meter hoher Dünengürtel ein, aber mit einer Länge von zwei Kilometern und einer Breite von bis zu zweihundert Metern besaß die Odde ohnehin keine gigantischen Ausmaße. Es wurde empfohlen, entweder an der Wattseite oder am Kniepsand um sie herumzuwandern, am Rand des Naturschutzgebiets entlang. Das Vogelwärterhaus, von dem aus naturkundliche Führungen starteten, würde ich an einem anderen Tag besuchen, ohne Dolores. Heute begnügten wir uns, einmal bis zur Odde und zurück zu spazieren.

Wir machten uns fertig. Es war früher Nachmittag, und die Sonne strahlte prominent am Himmel. Doch Amrum konnte launisch sein, wie ich wusste. Und tatsächlich sagte die Wetter-App anders als bei der Ankunft auf der Insel Wolken und Schauer voraus. Ich packte sicherheitshalber eine Regenjacke ein. Wir würden Pausen machen auf der fünf Kilometer langen Strecke, also nahm ich Proviant für mich und ein paar Leckerchen für Dolores mit. Am liebsten hätte ich mein Handy in der Wohnung gelassen. Nur die Natur und ich. Ich steckte es trotzdem ein, für alle Fälle, falls Ahab mich anrief – und da ich meine Neugierde nur mäßig im Zaum hatte, hoffte ich natürlich, dass er sich bei mir meldete.

Wir starteten über den Holzbohlenweg durch die Dünen. Auf dem Weg entdeckte ich Fasane, die durch das Dünengras huschten, und sogar Kaninchen, jetzt am helllichten Tag. Wurden diese süßen Tierchen eigentlich nicht erst mit der Abenddämmerung aktiv?

Dann zog Dolores an der Leine. «Ist gut, Schatz», beruhigte ich sie. «Wir gehen schon weiter.»

Kurz darauf lag er vor uns. Der breite, helle Strand. Dahinter schloss sich die dunkle und raue Nordsee an. Einen Moment lang blieb ich stehen und sah in die Ferne aufs Wasser hinaus. Es rollte in sanften Wogen auf uns und das feste Land zu, schwappte über den Sand und zog sich anschließend träge wieder zurück. Was für ein wunderschöner Anblick! An ihm würde ich mich niemals sattsehen.

Plötzlich fiel mir ein, dass ich als Kind häufiger an der

Nordsee gewesen war, allerdings auf den ostfriesischen Inseln. Bilder schossen mir als Erinnerungsfetzen durch den Kopf. Ich, als kleines Mädchen, auf den Schultern meines Vaters sitzend, wie ich ihm durch die Haare wuschelte. «Papa, warum sieht das Meer so schmutzig aus?»

«Weil die Nordsee flacher ist als andere Ozeane und deshalb der Sand leichter aufgewühlt wird. Außerdem ist sie reich an Nährstoffen und Plankton, was dazu führt, dass sie oft trüb wirkt, wenn die Sonne sich in den Schwebstoffen spiegelt», hörte ich ihn in meinen Gedanken sagen.

Schmunzelnd schüttelte ich den Kopf. Es konnte doch nicht angehen, dass ich mich so ausführlich daran erinnerte. Ich war zweiundsechzig, damals dürfte ich etwa fünf gewesen sein, auf jeden Fall war ich noch nicht in der Schule gewesen. Optisch hatte ich zwar nichts von einem Elefanten, bis auf meine etwas zu großen Ohren vielleicht, in Sachen Gedächtnis aber umso mehr. Damit zockte ich sogar regelmäßig meine Enkel beim Memory-Spielen ab! Ich konnte mir schlichtweg vieles merken, was als Polizeisekretärin nicht die ungünstigste Eigenschaft war und mir bestimmt auch als Kommissarin meinen Job erleichtert hätte. Susanne hatte sich sogar einen Spitznamen für mich ausgedacht: Gaby Scholle, die gute Erinnerungsfee des Büros.

Dolores' Bellen holte mich ins Hier und Jetzt zurück. Sie hatte recht, worauf warteten wir? Ich zog die Schuhe aus, krempelte mir die Hosen hoch und rannte barfuß los zum Strand. Dolores flitzte an der Leine neben mir her. An der Meerschaumlinie blieben wir stehen. Das Wasser schwappte um meine Knöchel. Ich schloss die Augen, atmete tief ein und wieder aus, und selbst die aufgedrehte Dolores wurde still.

Wir machten uns weiter auf den Weg Richtung Odde. Eine Weile lief Dolores mit mir am Wasser entlang, bis sie eine Fährte witterte und in unvorhersehbaren, scheinbar verworrenen Bahnen über den Strand schnupperte. Sie wirbelte herum wie ein Duracell-Hase, der mit neuen Batterien bestückt worden war. Ich ließ sie ihren Spaß haben und spazierte weiter. Die Menschen, denen ich begegnete, lächelte ich an und grüßte sie mit dem inselüblichen «Moin».

Plötzlich vibrierte mein Handy. Es war Kommissarin Krüger.

«Hallo, Frau Scholle», meldete sie sich. «Hört sich windig an bei Ihnen. Wo erreiche ich Sie?»

«Auf dem Weg zur Odde», antwortete ich. «Dolores und ich wollen einmal zur Spitze der Insel spazieren. Was kann ich für Sie tun?»

«Es gibt neue Erkenntnisse in unserem Fall. Ich dachte, ich setze Sie mal ins Bild. Ein Zeuge hat sich bei uns gemeldet. Er will gesehen haben, wie Sturmfels wenige Stunden vor der Tat aus dem Walfangmuseum gekommen ist. Laut seiner Beschreibung habe er es ziemlich eilig gehabt.»

«Interessant. Haben Sie schon eine Erklärung dafür?»

Krüger räusperte sich. «Nun ... Es könnte mit der Harpune zu tun haben, die er bei sich geführt haben soll.»

Ich schüttelte perplex den Kopf. Ich musste mich verhört haben. «Können Sie das bitte wiederholen?»

«Es sieht danach aus, als habe Sturmfels die Harpune, mit der er getötet wurde, selbst aus dem Museum entwendet», sagte sie. «Wir wissen noch nicht, wie ihm das gelungen ist, aber der Zeuge ist sich zu einhundert Prozent sicher.»

Mir fehlten die Worte. Was hatte das zu bedeuten? Das Opfer, das die Mordwaffe wenige Stunden vor der Tat bei sich trägt? Ich konnte mir keinen Reim darauf machen. Im nächsten Augenblick begriff ich allerdings, welchen Rückschluss die Zeugenaussage noch zuließ: Sie entlastete den Käpt'n.

«Und gehen Sie nun immer noch davon aus, dass Herr Behrendsen der Mörder ist?», fragte ich.

«Nein. Sie haben ihm ja ein Alibi gegeben», antwortete sie. «Da er bei Ihnen gewesen ist und nicht an zwei Orten gleichzeitig sein kann, schließen wir ihn ohnehin als möglichen Täter aus. Was weitere Verdächtige angeht, tappen wir bisher leider im Dunkeln.»

Ich nickte, und mir fiel ein Stein vom Herzen. Denn obwohl ich auch vor der Info über Sturmfels' Harpunenklau von der Unschuld des Käpt'ns überzeugt gewesen war (Gespür eben), hatte er es bis eben nur meiner Aussage verdankt, dass die Polizei ihn nicht mehr als Verdächtigen geführt hatte.

«Was die Verdächtigen angeht, ist es gut, dass Sie dran sind», sagte ich. «Ich hätte Sie nachher ohnehin angerufen. Heute habe ich zufällig etwas gehört, das für Sie interessant sein könnte.»

Es schien mir richtig zu sein, nicht zu verschweigen, was der Käpt'n und ich herausgefunden hatten. Auch wenn ich selbst ermittelte und zugegebenermaßen Spaß daran hatte, so musste ich den Kollegen aus Flensburg Hinweise geben, wenn sie zur Aufklärung des Falls dienen konnten. Ansonsten hätte ich mich strafbar gemacht. «Strafvereitelung», wie es auf Fachchinesisch, also im Strafgesetzbuch, hieß.

«Schießen Sie los.»

«Nun, es gibt noch eine weitere Zeugin», erklärte ich. Mit einem Mal sah ich Edda vor mir. Den traurigen Ausdruck in ihrem Gesicht, als sie mir von ihrer Beobachtung berichtet hatte. «Sie hat gesehen, wie Sturmfels sich mit dem Besitzer des Hauses, das er kaufen wollte, heftig gestritten hat», klärte ich die Kommissarin weiter auf. «Er heißt Jan Hinrichs.»

KAPITEL 12

Vielen Dank, dass Sie es mir umgehend mitgeteilt haben», sagte Krüger. «Wir werden den Hinweis von Frau Miller sehr ernst nehmen und sie so bald wie möglich befragen.»

Sollte ich ihr sagen, dass Jan Hinrichs ein Bekannter des Käpt'ns war? Krüger und Thomsen hatten ihn nur von der Liste der Verdächtigen gestrichen, weil ich ihm ein Alibi gegeben hatte. Wenn ich ihr nun verriet, dass zwischen Ahab und Hinrichs eine direkte Verbindung existierte, würde sie ihn vermutlich direkt wieder draufschreiben. Auch wenn die Aussage des Zeugen, von der sie berichtet hatte, ihn aus der Schusslinie nahm.

«Frau Scholle?», fragte Krüger und klang verwundert. «Sind Sie noch dran?»

«Ja, entschuldigen Sie, hier am Strand sind gerade … Nicht so wichtig. Ich war nur kurz abgelenkt.»

«Gut, nochmals danke! Was fangen Sie noch mit dem restlichen Tag an?»

«Dolores und ich schauen mal im Café Schult vorbei. Da soll es eine unglaubliche Torte geben.»

«Dann essen Sie bitte ein Stück für mich mit. Und ich melde mich, falls ich noch etwas von Ihnen wissen muss …»

Ich stand vor dem Café und versuchte, den Käpt'n zu erreichen. Er sollte unbedingt von Sturmfels' Harpunenklau erfahren, und außerdem brannte es mir unter den Nägeln zu hören, was sein Besuch bei Jan Hinrichs ergeben hatte. Doch er war nicht zu erreichen. Sowohl auf dem Handy als auch auf dem Festnetz klingelte es durch.

Enttäuscht steckte ich das Telefon ein und schaute zu Dolores hinunter. «Dann gehen wir jetzt einfach rein, Schatz, oder was denkst du? Wenn der Käpt'n nicht drangeht ...»

Es war inzwischen vier Uhr, und im Verkaufsraum des Cafés herrschte reger Betrieb. Ich gesellte mich in die Reihe der wartenden Kunden, die interessiert die Kuchentheke begutachteten. Bei dem Anblick der verschiedenen Köstlichkeiten lief mir das Wasser im Mund zusammen. Ich konnte mich nicht entscheiden, bis mein Blick bei der Friesentorte hängen blieb. Von ihr hatte Ine geschwärmt. Sie sah mächtig aus und schien nur aus Sahne zu bestehen. Die Stücke waren riesig.

Als eine Frau neben mir gleich vier Portionen davon zum Mitnehmen bestellte, fragte ich: «Ist sie wirklich so lecker?»

Sie lachte. «Die sind natürlich nicht alle für mich. Aber ja, sie ist sehr, sehr gut. Die Kombination aus Sahne, Pflaumenmus und krossem Blätterteig ist einfach ein Gedicht.»

«Trauen Sie sich!», sagte die Bedienung über die Theke hinweg zu mir, als ich an der Reihe war.

«Okay!» Mein Blick schweifte noch einmal kurz über die Kuchenauslage. «Und dazu nehme ich noch ein Stück Butterkuchen.» Er sah saftig und luftig zugleich aus, und unter den zuckrigen Mandeln quoll eine Puddingcreme hervor. Da konnte ich einfach nicht widerstehen, auch wenn es bereits das dritte an diesem Tag sein würde. Aber wie ich ja unter der Dusche festgestellt hatte, befand ich mich gewichtsmäßig im Saldo, also konnte ich sie mir mit gutem Gewissen genehmigen.

«Zum Mitnehmen oder Hieressen?»

Ich deutete auf Dolores.

«Kein Problem», sagte die Bedienung, «solang sie friedlich ist.»

«Ist sie. Ich bleib gerne hier.»

«Schön!» Sie drückte mir einen kleinen Abschnitt in die Hand. «Den geben Sie ab, wenn Sie das Getränk bestellen. Der Kuchen wird dann zum Tisch gebracht.»

«Danke.»

Ich ging durch die Tür, auf der in geschwungenen Buchstaben *Café* stand, und war überrascht. Mit so einem großen Raum hatte ich nicht gerechnet. Fast alle Tische waren besetzt. Ich entdeckte nur einen einzigen freien am Ende des Raumes und steuerte geradewegs darauf zu. Als die Bedienung kam, gab ich den Zettel ab, bestellte ein Kännchen Friesentee und sah mich im Raum um. Es waren einige Pärchen älteren Semesters unter den Gästen, eine Familie mit zwei kleinen Kindern und eine Gruppe von sechs Frauen, die zwei Tische zusammengeschoben hatte. Am Nachbartisch saß eine Frau allein, so wie ich. Sie saß über ein Blatt Papier gebeugt und schrieb. Vielleicht einen Brief, vielleicht auch Tagebuch oder einen Reisebericht. Ich schätzte sie auf etwa fünfzig.

«Guten Appetit», sagte sie, als in dem Moment schon meine Bestellung an den Tisch gebracht wurde.

«Danke», sagte ich.

Die Friesentorte sah nicht nur mächtig aus, sie machte auch mächtig satt. Trotzdem verputzte ich auch noch das Stück Butterkuchen. Danach seufzte ich.

Die Frau am Nachbartisch lachte. «Das geht mir auch immer so. Ich hatte auch zwei Stücke.» Wir kamen ins Gespräch, und ich erfuhr, dass sie jedes Jahr auf die Insel kam, um Zeit nur für sich zu haben. Sie deutete auf das Blatt Papier. «Ich schreibe Briefe, lese viel, gehe spazieren, esse ohne schlechtes Gewissen Kuchen, denke nicht an die Arbeit, meinen Mann und meine Kinder, und meine Freundinnen melden sich nur, wenn es wirklich wichtig ist.»

Genau das hatte ich auch vorgehabt. Und jetzt ermittelte ich in einem Mordfall, in den ich reingestolpert war wie ein Pinguin auf eine Tanzfläche. Und das auch noch auf Amrum, wo es im Gegensatz zu Südhessen so gut wie nie Mord und Totschlag gab, umgeben von stoffeligen, aber irgendwie liebenswürdigen Insulanern. Tja, so war das eben mit dem Pläneschmieden. Als würde man mit dem Schicksal Karten spielen, am Ende gewann immer das Chaos.

Die Frau und ich unterhielten uns noch ein paar Minuten, dann zahlten wir und gingen zusammen nach draußen, wo wir uns verabschiedeten. Kurz sah ich hoch zum grauen Himmel, an dem sich die Wolken verdichtet hatten. Ich fischte mein Handy aus der Tasche, sah nach der Uhrzeit. Wir waren seit drei Stunden unterwegs, Dolores und ich. Es juckte mir in den Fingern, es noch einmal beim

Käpt'n zu versuchen. Ich rief ihn an, doch leider mit demselben Ergebnis.

«Da kriegen wir ja eher den Papst ans Telefon», sagte ich zu Dolores, und direkt bekam ich etwas Angst. «Hoffentlich ist ihm nichts zugestoßen! Komm, Schatz, wir gehen lieber nach Hause ...»

Da klingelte mein Handy. Doch es war nicht der Käpt'n, der endlich anrief, sondern meine Tochter.

«Hola, Mama!», begrüßte sie mich.

«Hola», erwiderte ich etwas zurückhaltend. Das spanische Wort für Hallo passte so irgendwie so gar nicht nach Amrum.

Julia und ihr Mann saßen auf dem Balkon ihres Apartments an der Südküste von Gran Canaria, wo sie ihren Urlaub verbrachten. Den Kindern gehe es hervorragend, erzählte sie, sie hätten schon schrumpelige Haut vom Schwimmen im Meer, seien braun gebrannt und würden jeden, dem sie begegneten, freudestrahlend mit «Buenos días» begrüßen. Morgen stand ein Besuch im «Palmitos Parque», einem Tierpark, auf dem Plan. Die Kinder seien ganz aufgeregt und deshalb viel zu spät eingeschlafen.

«Und wie geht's dir, Mama?», fragte Julia. «Was treibst du auf Amrum?»

Tja, was trieb ich so auf Amrum? Auf jeden Fall nicht das, was ich mir vorgenommen hatte. Anstatt Urlaub zu machen, viel zu lesen, spazieren zu gehen und mich durch die Cafés zu schlemmen, war ich in die Ermittlungen eines Mordfalls verstrickt! Sollte ich jemandem aus meiner Familie davon erzählen? Oder war es klüger, das für mich zu behalten? Wenn ich davon ausging, welche riesengroßen

Sorgen ich mir machen würde, wenn meine Tochter von Mord und Totschlag berichtete, war klar, wie meine Entscheidung ausfallen musste.

«Uns geht's hervorragend», antwortete ich. «Dolores und ich genießen es hier. Der Strand, das Meer, die Luft ... Wir haben eine fantastische Zeit.»

«Das hört sich toll an. Ich gönne es dir, Mama. Und die Arbeit? Vergisst du sie wirklich mal für ein paar Tage?»

«Es gelingt mir bisher ganz gut.» Ich zwickte mich bei dieser kleinen Notlüge leicht in den Arm. Strafe musste sein. Ich konnte nur hoffen, dass Julia meine Flunkerei durchs Telefon nicht auffiel. «Vielleicht komme ich ab jetzt häufiger hierher. Die Insulaner sind speziell, aber wenn sie dich mögen, sind sie sehr herzlich und haben viel Humor.»

Ich hörte Kinderrufe aus dem Hintergrund. Meine Enkel verlangten unüberhörbar nach ihrer Mutter. Ich versuchte, mich, so gut es ging, aus Erziehungsfragen rauszuhalten, fand aber, dass Julia nicht sofort sputen musste, wenn sie mit ihren vier und sechs Jahren nach ihr riefen.

«Sorry, ich muss auflegen», sagte Julia prompt. «Wir melden uns später noch mal. Nur ganz kurz noch: Hast du dich bei Papa gemeldet?»

«Bisher noch nicht», antwortete ich zaghaft.

«Mach das, bitte. Ich glaube, er vermisst dich ...»

Auf dem Weg zur Ferienwohnung war ich in Gedanken bei dem Telefonat mit meiner Tochter. Wahrscheinlich hatte sie kurz vorher mit Rolf gesprochen, woher hätte sie sonst gewusst, dass er mich angeblich vermisste? Ob er sie gebeten hatte, mir auszurichten, dass ich mich bei ihm melden sollte? Ich kannte die Antwort: weil er heute ein genauso sturer Bock war wie damals, als wir uns kennenlernten. Damals reizte es mich, ich wollte einen Mann, der nicht immer gleich klein beigab und seine eigene Meinung vertrat. In unserer Ehe war er jedoch nie über seinen Schatten gesprungen. Stets war ich es gewesen, die nachgegeben hatte, weil ich ein harmonieliebender Mensch bin und keine Lust hatte zu streiten. Aber langfristig war das nicht klug gewesen, das sah ich jetzt ein. Es musste Rolf ziemlich überrascht haben, als ich nach Amrum aufgebrochen war, statt zu ihm ins Wohnmobil zu steigen. All die Jahre zuvor hatte ich das getan, auch wenn ich lieber an andere Orte und auf andere Weise gereist wäre.

Was den Anruf anging, würde ich mir das noch überlegen. Der Abstand zwischen uns tat mir gut. Und wenn es ihn wirklich interessierte, wie es mir ging, hinderte ihn nichts daran, selbst das Telefon in die Hand zu nehmen ...

Ich betrat das Haus, tauschte meine Schuhe gegen Pantoffeln ein und klopfte an Ahabs Tür.

«Ist offen, einfach aufdrücken», rief er. «Komm rein, Bot.»

Gott sei Dank, ihm war nichts zugestoßen! Aber warum hatte er dann nicht auf meine Anrufe reagiert?

Er saß auf demselben Stuhl, auf dem er immer saß, hatte eine Pfeife im Mund und ein Büchlein mit verblichenem Einband in der Hand. Ich kniff die Augen zusammen und versuchte, den Titel zu entziffern: «Moby Dick».

«Ans Telefon zu gehen ist wohl nichts für dich», stieg

ich ein und setzte mich ihm gegenüber. «Oder warum bist du nicht drangegangen?»

«Ich bin gerade erst zurückgekommen», antwortete er. «Das Handy hab ich hier vergessen.»

Ich rollte mit den Augen.

Dann erzählte ich ihm von Krügers Anruf. Dass ein Zeuge gesehen hatte, wie Sturmfels mit der Harpune aus dem Museum gestürmt sei.

Er nahm es gelassen zur Kenntnis, sozusagen auf die friesische Art: ohne mit der Wimper zu zucken, obwohl diese Tatsache ihn zusätzlich entlastete.

«Ich hätte das Ding nicht an die Stelze knoten dürfen», sagte er schließlich.

Das sah ich auch so. «Hast du mit Jan gesprochen?»

Er schüttelte den Kopf. «Er ist nicht da. Auf dem Handy habe ich ihn nicht erreicht. ‹Diese Nummer ist zurzeit nicht verfügbar.›»

«Seltsam, oder nicht?»

«Finde ich auch. Ich habe einen Nachbarn von ihm getroffen, Enke. Angeblich ist Jan vorgestern mit Sack und Pack aus dem Haus gestürmt.»

Streit mit dem Opfer, Flucht von der Insel, im Ergebnis war das ein handfester Verdacht. Diese beiden Ereignisse konnten keine Zufälle gewesen sein.

«Das klingt sehr verdächtig», sagte ich.

«Ja, das passt perfekt zusammen.»

«Und wie geht es dir damit? Ich meine, immerhin könnte dein Bekannter ein Mörder sein.» Ich suchte Augenkontakt. «Mich würde so eine Info ganz schön aus der Bahn werfen.»

Eine Zeitlang schaute der Käpt'n mich wortlos an. Es war schwer bis unmöglich, hinter seine Fassade zu blicken. Normalerweise konnte ich in den Gesichtern der Menschen lesen, aber bei ihm war das aussichtslos.

«Wenn er Sturmfels umgebracht hat, gehört er hinter schwedische Gardinen», sagte er schließlich. «Und so eng ist unsere Bekanntschaft auch wieder nicht.»

Ich nickte. Obwohl ich mir nicht vorstellen konnte, dass das tatsächlich die volle Wahrheit war. Wahrscheinlicher erschien mir, dass der Käpt'n sich mir gegenüber einfach nicht weiter öffnen wollte.

Ich konzentrierte mich wieder auf den Fall. «Weiß dieser Nachbar, wohin Hinrichs wollte?»

«Er hat ihn angesprochen, aber Jan ist nur an ihm vorbeigezischt. Es habe ausgesehen, als wollte er länger wegbleiben.»

Ich tippte mir an die Nasenspitze. «Er könnte zum Fähranleger gegangen sein. Wenn er das Schiff bestiegen hat, müssten die Kontrolleure es notiert haben.»

«Was ist mit diesen Komikern vom Festland? Können die das nicht herausfinden?»

«Sicher. Sie haben die Personenkontrolle schließlich angeordnet.»

Ich wandte mich ab und überlegte. Ich sah aus dem Fenster, der Abend bahnte sich an. Während ich meine grauen Zellen bemühte und sie mit den neuen Infos versorgte, hörte ich das typische, schmatzende Geräusch des an seiner Pfeife nuckelnden Käpt'ns.

Ich drehte mich wieder zu ihm, mit Denkfalten auf der Stirn. «Fährst du uns morgen früh noch mal zu Edda?», fragte ich. «Ich muss mit ihr sprechen. Vielleicht weiß sie, wo Jan sich aufhält und warum er anscheinend Hals über Kopf von der Insel runter ist. Möglicherweise gibt es eine logische Erklärung dafür.»

Einen Moment lang musterte Ahab mich wortlos. Dann nahm er seine Pfeife aus dem Mund, neigte seinen Kopf ein Stück und präsentierte mir seine Kapitänsmütze. «Sieht das für dich nach einer Chauffeur-Mütze aus?» Er richtete sich wieder auf. Sein schelmischer Blick jedoch verriet mir, dass er Gefallen daran gefunden hatte, uns zwei verrückte Hühner über die Insel zu kutschieren.

«Danke», sagte ich und weckte Dolores, indem ich sanft an ihr rüttelte. Sie brachte mich zum Lachen, denn sie sah sich so verwirrt und schlaftrunken in dem Wohnzimmer um, als ob über ihrem Kopf eine Sprechblase aufgeploppt sei: «Wo zum Teufel bin ich hier? Wer bin ich und, wenn ja, wie viele?»

Ich streichelte sie und sagte zum Käpt'n: «Entschuldige mich bitte, aber ich bringe besser diese Lady hier nach oben.»

«Schönen Abend», sagte er.

Im Zimmer angekommen, schlüpfte ich in bequeme Kleidung. Ich holte mein Schreibheft und einen Stift aus dem Sekretär, wickelte mir die Tagesdecke um, öffnete das Fenster und setzte mich mit angewinkelten Beinen auf den Sessel. Für das Täterprofil von Jan Hinrichs fing ich eine neue Seite an:

Sohn von Margarete Hinrichs,
hat Reetdachhaus in Wittdün geerbt,
mutmaßlicher Streit mit Sturmfels,
Aufenthalt unklar,
Flucht von der Insel?

Ich gab seinen Namen in die Suchmaschine ein, aber ich fand weder ein Bild von ihm noch einen anderen Eintrag. Er schien im Netz nicht zu existieren. Und das in der heutigen Zeit, wo Hinz und Kunz einen Internetauftritt hatte? Als Künstler? Wollte er demnach möglicherweise bewusst nicht gefunden werden?

Ich ergänzte das Profil um «Internet-Phantom», schlug das Heft wieder zu und stöpselte mir die Kopfhörer in die Ohren. Ich hatte keine Lust zu lesen, also startete ich ausnahmsweise die Playlist mit Entspannungsmusik, die ich mir zusammengestellt hatte. Denn eigentlich hörte ich abends zum Relaxen gerne Krimi-Podcasts. Bei den besonders spannenden Fällen schlief ich allerdings nicht ein, sondern wurde erst recht wach. Hier auf Amrum war ich in einen echten Krimistoff verstrickt, da brauchte ich meinen Podcast-Ersatz nicht, denn der Tag war aufregend genug gewesen.

Ich schloss die Augen, lehnte mich im Sessel zurück und ließ mich von den beruhigenden Klängen ins Reich der Träume entführen.

KAPITEL 13

as Geräusch war so laut, als ertönte es direkt aus dem Zimmer. Ich öffnete die Augen und schreckte hoch.

Schlaftrunken schaute ich mich um. Dolores lag dort, wo ich sie erwartete, auf ihrer Matte. Sie schlief seelenruhig und schien nichts mitbekommen zu haben. Ich tastete nach meinem Handy, aber Magnum war stummgeschaltet.

Dann sah ich aus dem Fenster. In der Dunkelheit erkannte ich eine Katze im Garten. Sie hatte einen Vogel im Maul. Es musste sein Kreischen gewesen sein, das mich jäh aus dem Schlaf gerissen hatte.

Ich war im Sessel eingeschlafen. Die beiden Kopfhörer lagen im Zimmer verstreut, einer unter der Fensterbank, der andere war zum Sekretär gerollt. Ich sammelte sie ein und stellte das Fenster auf Kipp und legte mich ins Bett. Falls Dolores noch mal rausmüsste, würde sie sich melden. Kurz darauf hörte ich Ahab brüllen: «Scheißvieh, weg mit dir!», dann ein lautes Miauen. Er hatte die Katze verscheucht. Hunde waren also nicht die einzigen Tiere, die er nicht mochte, wenn sie durch die Dünen liefen. Die Vögel nisteten. Streunende Katzen waren da sicher die größeren Feinde. Der Käpt'n passte auf. Vermutlich auch bei Mördern. Bei dem Gedanken lächelte ich und schlief ein.

Anders als die klare Nacht es verheißen hatte, versprach es ein trüber, wechselhafter Tag zu werden. Ein grauweißer Wolkenteppich hatte sich am Himmel zusammengewoben, hier und dort mit schwarzen Flecken.

Ich schwang mich aus dem Bett und ging zu Dolores hinüber. «Aufwachen, Schlafmütze», sagte ich und streichelte ihr durchs Fell. Sie hob träge den Kopf und sah genauso schlaftrunken aus wie ich.

«Fressen und Gassi, Schatz», sagte ich.

Auf dem Weg nach unten hörte ich durch die geöffnete Haustür Geklapper aus Ahabs Küche. Ich stellte mich an den Türrahmen und lugte um die Ecke.

«Frerk?»

«Komm rein.»

Er schüttete heißes Wasser in die Teekanne. Aber was um Himmels willen hatte er da an? Ich prustete los, denn ich hatte lange nicht mehr so etwas Witziges gesehen: Er trug einen royalblauen Schlafanzug, mit je drei breiten Streifen entlang des Hosenbeins und quer über der Brust sowie einem fünfzackigen Stern in der Mitte. Ich erkannte das Pentagramm sofort: Es gehörte zur Actionfigur, mit der Max als Kind gespielt hatte.

Ahab blickte kritisch zu mir herüber. Mit dem Kopf deutete ich auf sein ausgefallenes Outfit.

«Hauptsache, Käpt'n, was?» Ich sah es ihm an, er verstand nur Bahnhof. «Du hast einen Schlafanzug von Captain America an.»

Er stellte den Wasserkocher ab und bedeckte die Kanne mit dem Keramikdeckel. «Von wem?»

«Von dem aus der Serie. Eigentlich ist er ein gewöhnlicher Mann, der ausgemustert wird und deshalb an einem Programm der Regierung teilnimmt. Diese verabreicht ihm ein geheimes Serum, das ihn zu körperlichen Höchstleistungen antreibt und einen Superhelden aus ihm macht.»

Ahab grinste. «Bis auf das Regierungsprogramm genau meine Lebensgeschichte.»

Seine kühle Fassade verdeckte allzu oft seinen Humor wie die Wolkendecke die Sonne, sodass er nur hin und wieder hindurchstrahlte.

«Hast du den geschenkt bekommen?», fragte ich.

Er nickte. «Von Ine und Finn.»

«Steht dir.»

Er blickte an sich herunter. «Bequem ist er. Aber was fällt denen ein, mich mit Captain America rumlaufen zu lassen?»

«Vielleicht war er als liebevoller Seitenhieb gemeint?»

«Kann schon sein. Ine sitzt manchmal der Schalk im Nacken. Beim nächsten Mal knöpfe ich sie mir vor. Tee?»

«Nein danke, wir gehen erst einmal eine Runde spazieren. Vielleicht später?»

«Passt gut auf euch auf. Es wird stürmisch werden.»

Seine Vorhersage bewahrheitete sich. Vor der Tür begann es zu regnen. Ich zog die Kapuze über und band sie fest, damit sie mir nicht vom Kopf wehte. Dolores störte das Wetter nicht. Sie schlug sofort die Richtung ein, in die wir das letzte Mal gegangen waren.

«Nur eine kleine Runde, Schatz!»

Heute zeigte die Insel sich von ihrer ungemütlichen Seite. Der Wind fegte über das Meer, Wellen türmten sich auf dem Wasser, brachen mit lautem Getöse und stoben sprudelnde Schaumkronen auf. Kompromisslos blies er mir den stärker werdenden Regen ins Gesicht.

Ich schnürte meine Kapuze noch etwas enger. Blieb stehen und grub die Füße für einen sicheren Stand breitbeinig in den Boden. Mit meinen fast ganz zugekniffenen Augen war es gar nicht so leicht, etwas zu erkennen. Der Strand war fast menschenleer, nur zu meiner Rechten erkannte ich am Horizont ein paar Mutige, die dem rauen Wetter trotzten.

«Siehst du, Schatz, Amrum kann auch anders.» Ich zeigte in die Richtung der Wanderer. «Dahinten sind noch so Verrückte wie wir.»

Dolores setzte sich neben mich. Während ihre Schlappohren flatterten und ihre Locken sich aufplusterten, bellte sie gegen den Wind, als wollte sie ihn warnen, mir bloß nichts zu tun. Ich streichelte ihr über den Kopf.

«Du willst mich beschützen, was?»

Wir kämpften uns ein paar Meter den Strand hinunter, dann drehten wir um und ließen uns von dem Rückenwind nach Hause wehen.

Der Käpt'n stellte sich neben mich ans Wohnzimmerfenster und verschränkte die Arme. Gemeinsam schauten wir nach draußen.

«Und du willst gleich noch mal zu Edda fahren?» Er verzog das Gesicht, ohne auf meine Antwort zu warten. «Das könnte ungemütlich werden.»

Während unseres wagemutigen Ausflugs hatten die

Wolken am Himmel sich regelrecht zu einer schwarzen Wand verdichtet. Es goss nun in Strömen. Der Wind rüttelte noch lauter an den Holzläden am Fenster.

Ich rückte ein Stück näher an die Scheibe heran und sah nicht gerade erfreut nach oben. In der Hoffnung, irgendwo einen wortwörtlichen Lichtblick zu erspähen. Doch Petrus war heute mit dem falschen Fuß aufgestanden. Trotzig musste er beschlossen haben, dass es genug war mit dem sonnigen und für Ende April angenehm warmen Wetter.

Unter die Regen- und Windgeräusche mischte sich ein Winseln. Ich drehte mich um und sah, dass Dolores auf dem Teppich kauerte. Auch Ahab bemerkte es, er nickte fragend in ihre Richtung.

«Sie mag kein Unwetter», erklärte ich. «Eben am Strand war es noch okay, aber jetzt ist es zu viel für sie.» Ich streichelte ihr über das Fell. «Bei Donner sucht sie sogar Zuflucht in der Badewanne.»

Kommentarlos zog er an seiner Pfeife. Ein Aprikosengeruch wehte zu mir herüber. Er passte wunderbar zu Sturm und Regen, die draußen tobten, ein süßes Gegenprogramm sozusagen.

«Für mich spricht das für ein Telefongespräch», sagte der Käpt'n. «Ich laufe bei diesem Schietwetter jedenfalls nicht aus dem Hafen aus.»

Ich sah ihn flüchtig an, ein kurzer Anflug von Stolz ergriff sein Gesicht. Vermutlich, weil ihm ein weiteres maritimes Wortspiel gelungen war.

«Dann höre ich wohl besser auf den erfahrenen Seemann», antwortete ich. Ich zeigte mit einem Nicken zur

Decke. «Der Schiffshund und ich ziehen uns in unsere Kajüte zurück.»

~~~~~~~~~

«Hansen», meldete sie sich.

«Hallo, hier ist Gaby. Wir haben uns gestern vor deinem Haus kennengelernt. Du hast uns reingelassen, den Käpt'n, Dolores und mich.»

«Oh, wie schön, dass du anrufst! Wie geht's euch? Ich hoffe, ihr seid im Trockenen?»

«Uns geht's gut, danke. Wir kommen gerade vom Gassigehen. Das war nicht gerade vergnügungssteuerpflichtig, wie du dir vorstellen kannst.»

Sie lachte. «Ein lustiges Wort. Aber da sagst du was. Ich traue mich gar nicht, aus dem Fenster zu schauen. Nach dem letzten Sturm habe ich tagelang im Garten geackert.»

«Ich drücke dir die Daumen, dass deine Blumen diesen heil überstehen.»

«Danke, ich hoffe es auch.»

Ich holte tief Luft. Vor dem Anruf bei Edda hatte ich mir einen Plan zurechtgelegt, wie ich unser Gespräch lenken könnte. Gleich zu Beginn würde ich ein Geständnis ablegen, um sie auf meine Seite zu ziehen. Ich hoffte, dass sie, die gerne Krimirätsel löste und Agatha Christie las, zumindest interessiert aufhorchen würde, sobald sie von meinem Beruf erfuhr.

«Edda, ich freue mich auch, deine Stimme zu hören und zu wissen, dass es dir gut geht. Aber zunächst muss ich dir etwas gestehen: Ich rufe nicht ohne Grund an.»

«Na, dann mal raus mit der Sprache!»

«Ich habe dir gesagt, dass ich Urlaub auf Amrum mache. Das stimmt auch. Aber ich habe dir nicht erzählt, dass ich bei der Mordkommission in Wiesbaden arbeite.»

«Du bist Kommissarin», sagte Edda trocken. «Davon habe ich schon gehört.»

«Ach echt, hat der Inselfunk es schon zu dir getragen?», hakte ich nach. Daran, dass Informationen hier erheblich schneller die Runde machten als zu Hause, musste ich mich noch gewöhnen.

«Amrum ist sozusagen ein Dorf, Gaby. Ein Dorf mit viel Wasser drum herum. Nachdem ihr weg wart, war ich im Bioladen. Da haben sich zwei Männer, die dort eingekauft haben, über den Toten unterhalten. Und auch, dass eine Kommissarin, die mit Frerk Behrendsen liiert ist, den Toten gefunden hat.»

Ich war so überrascht, dass mir im ersten Moment keine Erwiderung dazu einfiel. Das war auch nicht nötig, weil Edda sofort weiterredete.

«Übrigens habe ich mir gleich gedacht, dass ihr ein Paar seid. Man sieht es euch an. Schön, es freut mich immer, wenn zwei Herzen sich finden.»

Da wollte ich nun doch eingreifen. «Da muss ich dich enttäuschen, Edda, wir beide sind kein Paar. Und Kommissarin bin ich auch nicht. Genau genommen bin ich Polizeiobersekretärin.»

Anders als bei Krüger und Thomsen fühlte ich mich verpflichtet, Eddas Eindruck zurechtzurücken. Bisher hatte ich streng genommen nicht gelogen, was meinen Beruf angeht, indem ich nie selbst behauptet hatte, Kommissarin zu sein. Aber das reichte mir bei Edda nicht. Außerdem sagte mir mein Gefühl, dass Edda mehr über das Haus wusste, als sie bisher erzählt hatte. Sie würde mich nur in ihr Wissen einweihen, wenn sie Vertrauen zu mir gewann. Das war der Grundstein, und den musste ich legen.

«Ach», sagte sie. «Das ist aber schade, das mit Frerk Behrendsen und dir.» Sie lachte. «Aber was nicht ist, kann ja noch werden.»

«Ich bin verheiratet», sagte ich. «Davon mal ganz abgesehen, kennen wir uns erst seit zwei Tagen.»

«Das wirkte allerdings ganz anders. Aber lassen wir das jetzt, du hast ja aus einem anderen Grund angerufen. Und mach dir keine Sorgen, von wegen Geständnis und so, dass du keine Kommissarin bist.» Sie wurde mir immer sympathischer. «Was sind deine Aufgaben als Polizeisekretärin?»

«Die sind ziemlich vielfältig», antwortete ich. «Neben allgemeinen Büroarbeiten, wie Schriftverkehr halten und Akten führen, erteile ich auch Auskünfte an andere Behörden oder Bürger. Ich überwache, dass Auflagen eingehalten werden, bearbeite Vorgänge im Rechnungs- und Haushaltswesen, erstelle Kosten- und Leistungsrechnungen ... Keine Zeit für Langeweile, wie du siehst. Vor allem, weil wir unter Personalnot leiden. Du kannst dir nicht vorstellen, wie viele Überstunden wir vor uns herschieben. Wer sich traut, das Wort ‹Urlaub› in den Mund zu nehmen, stürzt damit den einen oder anderen Kollegen in totale Verzweiflung.»

«Ja, das hört und liest man leider immer wieder. Schön, dass du es trotzdem nach Amrum geschafft hast.»

«Wohlverdient», sagte ich und konnte mich zu meiner

eigenen Überraschung gerade noch so zurückhalten, ihr von Rolf zu erzählen, dass wir uns gestritten hatten und ich mich deswegen spontan in die entgegengesetzte Richtung von ihm aufgemacht hatte. Edda hatte etwas an sich, das mich ihr vertrauen ließ. Ohne Zweifel war sie ein durch und durch guter Mensch, das spürte ich. Aber hier ging es nicht um mich, sondern um den Fall, und ich hatte ein Ziel. Aber ich war geduldig.

«Hast du auch richtig Einblick in die Fallakten?», fragte sie weiter neugierig.

Ich nickte. Dann fiel mir ein, dass mein Gegenüber mich und meine Gestik nicht sehen konnte, und ich schob ein «Ja» hinterher.

«Mord, Totschlag?»

«Auch das.»

«Tatorte und Leichen, siehst du die auch?»

Bei dieser Frage tauchte das bizarre Bild vom Strand vor meinem geistigen Auge auf: das am Ufer treibende Fischerboot, darin der blutüberströmte Uwe Sturmfels, der bei jeder Welle mit dem Kopf nickte, als wollte er mir bestätigen, dass meine Augen mir keinen Streich spielten. Eine Harpune ragte aus seiner Brust heraus – bis auf die mit Widerhaken gespickte Spitze, die sein Sternum durchstoßen hatte. Seine Hände ruhten auf dem Schaft der Jagdwaffe, als habe er versucht, das Metallstück aus seinem Oberkörper herauszuziehen.

Ich schüttelte die Erinnerung ab und konzentrierte mich wieder aufs Telefonieren. «Ja, regelmäßig liegen auch Fotos von Tatorten und Leichnamen auf meinem Schreibtisch.»

«Dann erlebst du bestimmt viele spannende Fälle, oder? Davon musst du mir unbedingt mal erzählen! Du weißt ja, ich liebe Krimis!»

Wie ich. «Das mache ich gerne, Edda. Sobald es da draußen wieder freundlicher wird, kommen Dolores und ich zu dir nach Wittdün. Dann trinken wir zusammen einen Tee, und ich präsentiere dir mein ‹Best-of› der Mordgeschichten.»

«Oh ja, darauf freue ich mich. Aber hör mal, vorhin hast du gesagt, dass du mir *zunächst* etwas gestehen möchtest ... Das bedeutet, dass du noch aus einem zweiten Grund anrufst?»

Edda war auf Draht und bestimmt eine gute Quelle. Unser Telefonat bestätigte mir, dass ich sie richtig eingeschätzt hatte. «In dir scheint eine verkappte Ermittlerin zu schlummern. Du hörst gut zu. Und du kannst kombinieren.» Ich räusperte mich. «Du hast das Thema eben schon angesprochen. Es geht um den Toten.»

«Den Mann, der sich mit Jan gestritten hat, vermute ich.»

«Genau der. Ich habe ihn gefunden, beim Spazierengehen am Strand. Genau genommen hat Dolores ihn entdeckt.»

«Ach du meine Güte. Das ist ja furchtbar! Und ich habe ihn vorher noch selbst gesehen!» Wieder kurzes Schweigen. «Er wurde mit einer Harpune getötet, wie ich gehört habe.»

Mittlerweile wusste die ganze Insel Bescheid.

«Ja», sagte ich.

«Wer macht denn so was?» Sie seufzte. «Es ist schon

etwas anderes, davon in einem Krimi zu lesen. Da ist es spannend. So real fühlt es sich schrecklich an. Ich hoffe, sie finden den Täter bald.»

«Das hoffe ich auch. Deshalb möchte ich mich mit dir unterhalten. Du gehörst zu den letzten Personen, die Uwe Sturmfels lebend gesehen haben.»

«So gerne ich dir helfen würde, Gaby. Aber ich weiß nicht, wie.»

«Du könntest damit anfangen, mir alles zu erzählen, was du über das Haus von Rensche weißt. Und damit meine ich: wirklich alles.»

«Du glaubst, dass der Mord damit zu tun hat?»

«Dieses Haus könnte der Schlüssel sein, Edda. Ich habe nur noch keinen blassen Schimmer, wie alles zusammenhängt.»

«Was ist mit der Polizei? Die sind doch bestimmt auch an dem Fall dran. Warum werde ich nicht vorgeladen?»

«Ich habe der ermittelnden Kommissarin Krüger gestern von dir erzählt. Sie wird sicher bald auf dich zukommen wegen einer Zeugenaussage. Du wirst das sicher verstehen, ich konnte ihr das nicht verschweigen.»

«Natürlich, ich hatte auch schon darüber nachgedacht, mich bei der Polizei zu melden. Aber ...» Sie schwieg abrupt. So offenherzig sie uns an ihrem Zaun begrüßt und in ihr Haus gelassen hatte, zeigte sie sich nun von ihrer besonnenen, abwägenden Seite. Kein Wunder bei dem, was ich über Sturmfels' brutale Todesumstände preisgegeben hatte.

«Lass uns gern reden. Aber wir treffen uns bei mir», sagte sie schließlich. «Ich möchte nicht am Telefon darüber sprechen.»

Mein Blick wanderte zum Fenster. Draußen sah es weiterhin ungemütlich aus. Dennoch bildete ich mir ein, dass der Regen abnahm und dem Wind die Puste ausging. Zeigte Petrus etwa Erbarmen mit Amrum? Oder wanderte er nur weiter zur nächsten Insel? Auch Letzteres sollte mir recht sein, denn auch dann konnten Dolores und ich uns bald auf den Weg nach Wittdün machen.

«In Ordnung», erwiderte ich. «Ich packe den Lockenkopf und mich ordentlich ein, und dann steigen wir in den Bus ...»

KAPITEL 14

Nachdem ich aufgelegt hatte, stupste Dolores mich mit ihrer feuchten Nase an. Es war klar, was sie wollte.

«Ja, ich weiß, ich habe dir dein Fressen versprochen.»

Erneut schaute ich aus dem Fenster. Der Himmel klarte langsam wieder auf. Die Wetter-App sagte voraus, dass der Sturm ungefähr in einer Stunde, gegen elf Uhr, abgezogen sein würde. Ich hoffte, es stimmte. Wenn wir mit einigermaßen trockenen Füßen bei Edda ankommen wollten, blieb uns also noch genügend Zeit fürs Frühstück.

Gerade schüttete ich Futter in den Napf, da klopfte es an der Tür. Dolores blickte kurz auf ihr Fressen, dann stürmte sie schwanzwedelnd durch den Flur. Es gab hier auf der Insel nur eine Person, über die sie sich so freute, dass sie ihr Futter stehen ließ. Und diese Person war Ahab, wie sich kurz darauf bestätigte, als ich die Tür öffnete.

Dolores begrüßte ihn überschwänglich, dann ging sie zurück zu ihrem Napf.

Ahab hielt eine Schüssel in seinen Händen. «Magst du Kringel, Bot?»

«Wenn sie so gut wie deine Kekse sind, bestimmt.» Ich trat einen Schritt zur Seite. «Komm rein.» Er trug wieder die obligatorische Weste über dem weißen Hemd und dazu eine Cordhose. So gefiel er mir besser als als Superheld.

Er stellte die Schüssel auf den Küchentisch. «Koste! Aber Vorsicht, die Kringel sind hart.»

Sie erinnerten mich in der Konsistenz an etwas festere Salzstangen, aber rund, ohne Salz und dafür mit ... «Anis!», stellte ich fest, als ich einen zerbrach und probierte. «Lecker.»

«Eine Art Schiffszwieback», erklärte Ahab. «Den hatten wir damals immer mit an Bord. Hält sich Ewigkeiten.»

Um meine Beine herum scharwenzelte Dolores. Sie hatte ihr Futter inhaliert und hoffte nun auf einen Nachtisch.

«Das ist nichts für dich», sagte ich und sah sie streng an. «Außerdem hattest du gerade erst was.»

«Das ist der Labbi in ihr, die sind alle so verfressen.» Er sah zu ihr hinunter. «So ein Kringel schadet ihr nicht. Da ist kein Zucker drin. Nur Mehl, Wasser, Anis.»

Bevor ich protestieren konnte, nahm er einen und hielt ihn Dolores hin. Sie schnappte den Kringel und schoss damit zu ihrer Decke, wo sie ihn zerbiss.

«Du magst Hunde – eigentlich», sagte ich.

«Aber ich mag die Menschen nicht, die dazugehören – eigentlich.» Er lächelte mich an. «Ausnahmen bestätigen die Regel.»

Er meinte mich! Ein warmes Gefühl durchströmte mich, Freude. «Danke!» Ich mochte ihn auch, den bärbeißigen Seemann. «Wir sind ein gutes Team!»

Er nickte. «Was habt ihr heute vor, deine verfressene Hündin und du?»

«Ich will noch mal zu Edda fahren. Irgendwie habe ich

im Gefühl, dass sie noch mehr weiß», sagte ich. «Wir nehmen den Bus.»

Er deutete mit dem Kopf zu Dolores, die die Decke nach letzten Krümeln absuchte. «Sie kann bei mir bleiben.»

«Dann könnte ich auf dem Rückweg an der Maus anhalten und das Rad holen», überlegte ich laut.

«Wenn der Himmel es zulässt.» Er sah prüfend aus dem Fenster. «Vielleicht hast du Glück.»

~~~~~~~~~

Ein frischer, klarer Luftzug kroch unter meinen Regenmantel.

Noch klammerten sich einige Wolken an den Himmel wie störrische Kinder. Trotzig ließen sie ihre Tropfen auf die Erde regnen. Die Sonne brach jedoch bereits durch sie hindurch und kündigte an, dass sie in Kürze für den Rest des Tages übernehmen würde. Was für ein Wetter. So wechselhaft wie hier auf der Insel hatte ich es noch nie erlebt.

Der Bus kam, und ich stieg ein.

«Moin!», sagte ich. Hinter dem Steuer saß die Busfahrerin, die mich auf der Anreise von Wittdün nach Norddorf gebracht hatte.

«Moin!», erwiderte sie.

Irgendwas an ihr war anders. Die Haarfarbe!

«Steht Ihnen gut, das Rot», sagte ich.

Überrascht sah sie mich an. «Danke.» Sie lächelte. «Gute Fahrt.»

Ihr rasanter Fahrstil von der Hinfahrt fiel mir ein.

Schmunzelnd ging ich durch die Reihen nach hinten und setzte mich auf einen Platz am Fenster.

Sie fuhr los, und schon überkam mich ein mulmiges Gefühl, denn die Bilder meiner bisher einzigen Busfahrt auf Amrum drängten sich mir wieder auf. Voller Vorfreude auf den Aufenthalt war ich in den Bus nach Norddorf gestiegen. Es fühlte sich bedrückend an, dass der Mann, auf den ich danach gefallen war, kurze Zeit später ermordet wurde. In Gedanken ging ich die Fahrt noch einmal durch. Dabei versuchte ich, mich an die anderen Passagiere zu erinnern, die mit uns im Bus gewesen waren. Warum war ich nicht eher darauf gekommen, das zu tun? Ich sah die beiden Frauen, die sich vor ihn gestellt und uns die Sicht versperrt hatten. Auch die Damentruppe, die am Badeland ausgestiegen war, erschien vor meinem inneren Auge. Aber wer hatte in meiner unmittelbaren Nähe gesessen? Wer hatte hinter Uwe Sturmfels gestanden? Vielleicht sein (oder weniger wahrscheinlich) ihr zukünftiges Opfer genau beobachtet? Ich schüttelte unwillkürlich den Kopf. Normalerweise konnte ich mich gut an Menschen erinnern, auch wenn ich sie nicht bewusst beobachtete. Aber ausgerechnet jetzt, wo es wichtig war, gelang es mir nicht. Ich war zu sehr mit dem Mann beschäftigt gewesen, der mich anschließend eingeladen hatte. Jetzt war er tot. Vielleicht hatte der Mörder tatsächlich mit im Bus gesessen?

Wir hielten an der Bushaltestelle Sturmmöwe. Hier war Sturmfels ausgestiegen.

Zwei Frauen, ich schätzte sie auf mein Alter, stiegen nun ein. Sie setzten sich zwei Reihen vor mich. Es waren wohl Insulanerinnen, denn sie sprachen Öömrang.

Ich lauschte ihnen und versuchte, ein paar Worte zu verstehen, während ich aus dem Fenster sah.

«Hü gongt di det?»

«Mi gongt at gud ...»

Frage und Antwort, überlegte ich. «Wie geht es dir? Mir geht es gut ...»

Vor meinen Augen zog eine wildbewegte Kulisse vorüber. Das Unwetter hatte sichtbare Spuren hinterlassen. Überall hatten sich riesige Pfützen gebildet, auf den Wiesen und Feldern und auch auf der Straße, auf der wir fuhren.

Als die Busfahrerin die nächste Haltestelle ankündigte, stand ich spontan auf. Wir fuhren auf Nebel zu. Ich stieg an der Haltestelle Strandweg aus und schaute kurz dem Bus hinterher. Da es bei Edda nicht auf eine halbe Stunde ankam, war genug Zeit für einen kurzen Abstecher ins Polizeipräsidium.

Ich ging ein kurzes Stück den Strunwai zurück und bog an der Kreuzung nach links in den Sanghugwai ab, bis zu meiner Rechten schließlich die Polizeistation auftauchte.

An der Tür entdeckte ich ein Schild, das mir bei meinem letzten Besuch gar nicht aufgefallen war.

POLIZEISTATION NEBEL/AMRUM
Sprechzeit Montag und Mittwoch von 10 bis 12 Uhr

Falls die Dienststelle nicht besetzt ist, erhalten
sie Hilfe über den Polizeiruf 110 oder auf der
Serviceseite der «Onlinewache»

Es war zehn nach zwölf. Ich knipste ein Foto von dem Schild und schickte es an Susanne zusammen mit dem Text:

> Liebe Grüße an den Chef, er soll doch noch mal über unsere Öffnungszeiten nachdenken.

Sie reagierte postwendend mit einem Anruf.

«Der Knaller!», sagte sie. «Wann darf ich dort anfangen?»

Ich musste lachen. «Ich frag nach. Aber du kriegst die Stelle nur, wenn du deine eigene Polizeisekretärin mitbringen darfst.»

«Wie sieht es mit Männern auf der Insel aus? Gibt es fesche Fischer? Gut gebaute Seemänner? Oder vielleicht schnuckelige Seenotretter?»

Wieder lachte ich. «Bisher sind mir noch keine begegnet, aber ich hör mich mal um.»

«Mach das!» Sie seufzte. «Im Ernst, ich bin so was von urlaubsreif. Apropos Urlaub, jetzt erzähl erst mal. Was gibt es Neues bei dir im hohen Norden?»

«Es gibt einen neuen Verdächtigen ...», erzählte ich.

«Also ermittelst du doch!», sagte Susanne streng, nachdem ich mit meinem Bericht fertig war. «Du solltest doch deine Finger raushalten und den zuständigen Kollegen den Fall überlassen!»

«Nur ein bisschen», erwiderte ich, da sah ich den Streifenwagen den Weg entlangkommen. «Lass uns später noch mal telefonieren, die beiden Dorfsheriffs kommen.»

Petersen saß auf dem Beifahrersitz und stieg zuerst aus.

«Moin, Frau Scholle», begrüßte er mich und winkte mir zu. «Wo haben Sie Löckchen gelassen?»

Ich nickte über die Schulter nach Norden. «Mein Vermieter hat sich als Hundesitter angeboten.»

Nun stieg Jensen aus: «Moin, Frau Scholle. Lassen die beiden Sie nicht rein?»

«Ich habe noch gar nicht geklingelt», antwortete ich.

«Haben Sie einen Termin? Ich hätte Sie doch abgeholt», sagte Petersen.

«Das ist nett, aber es ist ein spontaner Besuch. Ich saß im Bus nach Wittdün und bin kurz entschlossen hier in Nebel ausgestiegen. Ich dachte, es gibt vielleicht etwas Neues zu dem Zeugen oder irgendwelche anderen Ermittlungsfortschritte.»

Im Flur trafen wir auf Thomsen, der wieder aussah wie steif gefrorener Fisch. Es war nicht der elegante Anzug und die sich um seinen Hals schlängelnde Krawatte, sondern vielmehr seine Körperhaltung. Es würde mich nicht wundern, wenn er mal Offizier gewesen war.

«Ah, die Frau Scholle», sagte er. «Gut, dass Sie da sind. Ich wollte sowieso mit Ihnen sprechen.»

An seinem Tonfall erkannte ich, dass etwas nicht stimmte. Hatte es mit mir zu tun? War meine wahre Tätigkeit inzwischen bis zu ihm und Krüger durchgedrungen, sodass sie mir jetzt die Leviten lesen wollten?

Das sollten sie ruhig versuchen, dachte ich und drückte die Schultern durch. Susanne hatte recht, was konnte ich dafür, dass sie mich beim Wort «K11» automatisch für eine von ihnen gehalten hatten? Es wäre ihre Aufgabe gewesen, meine Personalien zu überprüfen, und diesen Hinweis würden sie wahrscheinlich genauso gerne hören wie ich die Ankündigung einer Wurzelbehandlung bei meinem letzten Zahnarztbesuch.

Also ließ ich mir nichts anmerken. «Moin, Herr Thomsen», sagte ich. «Aber gern doch.»

Er zeigte auf die Tür, und ich folgte ihm.

Als Krüger uns bemerkte, klappte sie den Laptop zu, auf dem sie mit flinken Fingern getippt hatte. Sie saß an Thomsens Schreibtisch.

«Schön, Sie zu sehen», sagte sie und reichte mir die Hand.

«Moin», grüßte ich.

Sie war ihrem farbenfrohen Kleidungsstil treu geblieben und trug heute eine hellgrüne Tunika über dunkelbraunen Leggings und dazu rote Schuhe.

Thomsen bot mir den unbequemen Metallstuhl an, auf dem ich bereits beim letzten Mal gesessen hatte. «Kaffee, Tee?»

Den Kaffee hatte ich noch gut in Erinnerung, er war lecker gewesen. Doch jetzt brauchte ich etwas Erfrischendes. «Wasser, bitte. Still, wenn möglich.»

Krüger griff hinter sich, nahm eine Flasche und ein Glas von einem Rollwagen und reichte mir beides.

«Danke.»

Während ich mich auf den Metallstuhl setzte, rollte Thomsen sich den Ledersessel von Petersens Schreibtisch heran. Er beugte sich ein Stück zu mir herüber und faltete seine Hände zu einem Dreieck. Seine Geste erinnerte mich an die ikonische Handhaltung Angela Merkels. Mit dem Unterschied, dass sie bei ihm aufgesetzt wirkte.

Was sollte das, wollte er mich damit etwa nervös machen? Wenn ja, funktionierte seine Strategie in etwa so gut wie ein Fallschirm aus Beton. Jetzt erst recht, dachte ich. In gewisser Weise fühlte ich mich herausgefordert, besonders gelassen rüberzukommen. Mit dem Käpt'n hatte ich dahingehend ja ein perfektes Vorbild.

«Wie lange arbeiten Sie schon als Kommissarin für das K11 in Wiesbaden, Frau Scholle? Was sagten Sie noch gleich?»

Aha, ich hatte also richtig vermutet, daher wehte der Wind. Ich nahm ihn ihm aus den Segeln, indem ich ihm zuvorkam. «Seit über vierzig Jahren, Herr Thomsen. Allerdings arbeite ich als Polizeisekretärin.» Meine schauspielerischen Fähigkeiten hielten sich in Grenzen, aber ich musste noch einen draufsetzen. «Wie kommen Sie denn auf die Idee, dass ich Kommissarin bin?» Dabei lachte ich laut, um meine Überraschung mehr als deutlich zu demonstrieren. Hoffentlich hatte ich nicht übertrieben.

Meine Taktik ging jedoch glücklicherweise auf. Thomsen schien sich ertappt zu fühlen, fuhr sich ansatzweise verlegen mit der Hand durch das Haar. «Nun, das haben die Kollegen vor Ort uns mitgeteilt, nicht wahr?» Er sah nun erwartungsvoll zu Petersen, der gerade den Raum betrat.

Ich drehte mich zu ihm um. «Oh, das tut mir sehr leid, Herr Petersen. Das ist dann in der ganzen Aufregung wohl nicht klar rübergekommen, dass ich keine Kommissarin bin.»

Petersen kratzte sich am Kinn, seine Gesichtszüge erschlafften mit einem Mal wie eine zu lang ins Feuer gehaltene Kerze. «Wie, ich verstehe nicht ... Sie sind keine Kommissarin? Aber Sie haben doch gesagt, dass Sie ... K11, dachte ich?»

«Ich habe lediglich gesagt, dass ich für das K11 arbeite. Das tue ich auch, als Polizeisekretärin.» Er schluckte. «Tut mir leid, das war ein Missverständnis. Sicher der Tatsache geschuldet, dass ich sehr aufgeregt war. Sturmfels ist die erste Leiche, die ich nicht nur als Foto in den Akten gesehen habe.» Ich wandte mich wieder an Thomsen. «Deswegen wollten Sie mit mir reden?»

Er rückte sich die Krawatte zurecht und sah mich prüfend an.

Ich hielt seinem Blick stand. Ich wusste, wir mussten etwaige Unstimmigkeiten ein für alle Mal ausräumen, wenn ich weiter etwaige Erkenntnisse hier abzapfen wollte. Geradlinigkeit war in solchen Situationen die beste Strategie. «Haben wir jetzt ein Problem, Herr Thomsen?»

Mit allem hätte ich gerechnet, dass er mich rauswerfen, dass er mich zurechtweisen würde, aber nicht damit, dass er einfach nur laut lachte, und sehr herzlich, wie ich fand.

«Dann wäre das wohl geklärt», sagte er schließlich. Und dann: «Schade eigentlich, an Ihnen ist eine gute Ermittlerin verloren gegangen. Ich erkenne eine, wenn sie vor mir sitzt. Wie Sie am Tatort direkt die richtigen Hinweise geliefert und die Spuren analysiert haben ...» Er nickte anerkennend.

«Das finde ich allerdings auch», sagte Krüger.

«Na ja», erwiderte ich. «Das war damals auch mein Plan gewesen, als ich noch jung und knackig war, aber dann ... Lassen wir das, wir sind ja nicht zum Geschichtenerzählen da. Wobei so ein bisschen Ermitteln auch Spaß macht. Gibt es denn was Neues im Fall Sturmfels? Oder sprechen Sie jetzt nicht mehr mit mir darüber?»

Thomsen schüttelte den Kopf.

«Ich darf, und das verstehen Sie sicherlich, nicht allzu sehr ins Detail gehen. Aber so viel: Möglicherweise liegt das Motiv des Täters in der Familiengeschichte des Opfers begründet», sagte er schließlich. «Wir sind auf eine erstaunliche Fährte gestoßen, die weit in der Vergangenheit zurückliegt.»

Er sah mich erwartungsvoll an. Nach diesem spannenden Anreißer kam es mir vor, als schlichen die Sekunden auf Zehenspitzen vorbei. Er wollte mich auf die Folter spannen, er wollte, dass ich nachfrage. Oder war das schon alles, was er mir sagen wollte? Ich musste es wissen.

«Jetzt machen Sie es nicht so spannend», forderte ich ihn auf. «Was haben Sie herausgefunden?»

«Also gut, weil Sie es sind. Sagt Ihnen der Nachname Pannkok etwas?», fragte er.

Dieser Name wäre mir im Gedächtnis geblieben. «Nein», antwortete ich.

«Wie sieht es mit Ihren Kenntnissen über die deutsche Walfanggeschichte aus?», fragte er.

Ich schürzte die Lippen. «Ausbaufähig, würde ich sagen. Die beschränken sich auf eine Führung im Museum in Norddorf. Bei uns in Wiesbaden gibt's heiße Thermal- und Mineralquellen. Wale sind mir dort noch nicht aufgefallen.» Wie kamen sie auf Walfang? Was hatte Sturmfels mit Walfang zu tun? Oder hatte das mit der Harpune zu tun?

«Zweihundertfünfzig Jahre lang haben norddeutsche Männer auf niederländischen Schiffen angeheuert und sind zwischen Frühjahr und Spätsommer im Eismeer auf Walfang gegangen. Ihr Interesse galt vor allem dem Grönlandwal und dem Nordkaper, weil beide langsame Schwimmer sind», erklärte er. «Das meiste Geld wurde mit dem Speck der Tiere verdient, da hieraus Waltran gewonnen wurde. Der diente zur damaligen Zeit als Beleuchtungsmittel. Aus dem biegsamen Fischbein wurden wiederum Dinge des täglichen Gebrauchs gefertigt, Knöpfe, Kämme, Lineale, Röcke. Kurzum: Der Walfang war ein dickes Geschäft.»

Ich ließ seinen Kurzvortrag einen Moment sacken. Ahab hatte uns während der Führung ebenfalls vom Walfang erzählt, allerdings war es dabei um andere Dinge gegangen. Wie die Boote aussahen, welche Kleidung die Männer trugen, wie körperlich anstrengend und psychisch belastend ihre Arbeit gewesen war. Ich erinnerte mich an das bleiche Gesicht des Jungen, dem Ahab vermutlich den Schrecken seines Lebens eingejagt hatte. Aber ich musste mich schnell wieder konzentrieren, denn Thomsen erzählte schon weiter.

«Nachdem anfangs nur Franzosen und Niederländer auf Walfang gingen, mischten ab Ende des siebzehnten Jahrhunderts auch die Deutschen mit. Hamburg und Emden waren die ersten Städte, die Schiffe entsandten. Die Jagd entwickelte sich zu einem äußerst florierenden Geschäft. Dabei heuerten weiterhin vor allem Männer von den friesischen Inseln auf diesen Schiffen an.» Er zeigte auf Petersen. «Bei Gelegenheit befragen Sie mal unseren jungen Kollegen hier dazu. Er kennt sich damit erstaunlich gut aus.»

«Er übertreibt, aber ein wenig ist dran. Angeblich stammt meine Familie von dem berühmtesten Walfang-Kommandeur, Matthias Petersen, ab, der fast vierhundert Wale getötet haben soll. Er stammte von der Nachbarinsel Föhr.» Petersen wischte mit der Hand durch die Luft. «Ich denke nicht, dass das mit der verwandtschaftlichen Beziehung hundertprozentig sicher ist. Petersens gibt es wie Sand am Meer. Mein Vater glaubt aber daran. Er hat sich irgendwann mal mit Ahnenforschung beschäftigt und fand den Gedanken, einen Abenteurer als Vorfahren zu haben, sehr inspirierend.»

«Und spannend ist es auch!», sagte ich.

«Der Walfang wurde damals auf jeden Fall schnell zur Lebensader für die Insulaner», erklärte nun Thomsen. «Nicht weil die Männer allesamt so versessen auf Abenteuer waren. Die Aussicht auf einen anständigen Lohn trieb sie auf die Schiffe. Und wo viel Geld verdient wird ...» Er machte eine einladende Geste.

«... gibt es auch Streit», beendete ich seinen Satz. Alle nickten synchron. «Wenn ich Ihre Ausführungen richtig verstehe, wollen Sie andeuten, dass die Familiengeschichte des Opfers mit dem Walfang zusammenhängt?»

«Nicht nur die des Opfers.» Thomsen scrollte weiter durch seine Notizen. «Wie Sie möglicherweise schon mitbekommen haben, kennt man sich hier untereinander. Es leben nur etwas mehr als zweitausend Menschen auf der Insel, im Prinzip ist Amrum ein Dorf.»

Ich brummte zustimmend.

«Nun, laut unserem Kollegen Jensen, der sich hier auf der Insel gut auskennt, hat sich über die Jahrhunderte eine Fehde zwischen den Familien Sturmfels und Pannkok entsponnen. Angeblich soll einer der Vorfahren des Opfers, Ole Sturmfels, ein sehr guter Waljäger gewesen sein. Insofern die überlieferten Erzählungen stimmen – und das ist bei solchen Mythen stets zu hinterfragen –, fußten seine Erfolge bei der Jagd auf einer Harpune, die ihm Glück gebracht und ihn auf See vor dem Tod bewahrt haben soll. Das zumindest hatte Ole behauptet und wird seither so erzählt.» Thomsen sah mich an, und wieder entdeckte ich ein Lächeln auf seinen Lippen. «Ich nehme an, Sie kommen selbst darauf, von welcher genau die Rede ist?»

Natürlich, die Antwort lag auf der Hand. Bei der Glücksharpune konnte es sich nur um das Museumsstück handeln – jenes, das Uwe Sturmfels höchstpersönlich geklaut hatte. Mir lag der – zugegeben etwas makabre – Spruch auf den Lippen, dass sie zumindest ihm alles andere als Glück, sondern vielmehr das genaue Gegenteil, nämlich den Tod gebracht hatte. Aber ich behielt ihn für mich, der war gerade nun wirklich nicht angebracht.

«Wir gehen davon aus, dass Sturmfels die Harpune deswegen entwendet hat», klinkte Krüger sich nun ein. «Sie ist der Grund für die Fehde. Angeblich hat ein Mann aus der Pannkok-Familie, Anders Pannkok, sie sich bei einer körperlichen Auseinandersetzung mit Ole Sturmfels unter den Nagel gerissen, woraufhin das Glück die Seiten gewechselt habe. Belegt ist jedenfalls, dass die Pannkoks in der Folge zu großem Reichtum gelangt sind, während die bis dahin so erfolgreichen Jäger aus der Familie Sturmfels kaum noch Wale gefangen haben.»

«Ich verstehe. Wir haben es also mit einem symbolisch höchst aufgeladenen Familienerbstück zu tun», fasste ich zusammen. Wieder nickten die Kommissare synchron. «Was mir aber noch nicht klar ist: Wie ist die Harpune schließlich ins Museum gelangt?»

Thomsen legte das Handy beiseite, diese Frage konnte er ohne einen Blick in seine Notizen beantworten. «Mit dem ausklingenden achtzehnten und dem beginnenden neunzehnten Jahrhundert begann das schleichende Ende des Walfangs. Die beiden Familien haben noch eine Weile daran festgehalten, aber als es nichts mehr zu fangen gab, haben sie sich aus dem sterbenden Gewerbe zurückgezogen. Etwa zweihundert Jahre später haben die Pannkoks die Harpune zur Eröffnung an das Naturzentrum gespendet. Das war im Jahr 1983.»

«Womit die Nachfahren der Sturmfelsens vermutlich nicht einverstanden waren», mutmaßte ich.

«So ist es. Die Familien kommen weiterhin nicht zur Ruhe. Bis heute hat die Fehde sich immer weiter vertieft.»

Ich runzelte die Stirn und tippte mir beim Nachdenken an die Nasenspitze. Die beiden Kommissare ließen mich ungestört grübeln.

Daran, dass der Harpunentod möglicherweise eng mit der Geschichte Amrums verflochten war, hatte ich bisher überhaupt nicht gedacht. War Jan also möglicherweise doch nicht der Mörder? Gab es für seinen Streit mit Sturmfels und seine anschließende Flucht von der Insel eventuell ganz banale Erklärungen?

Es klang aufregend, was Thomsen und Krüger mir über die Fehde der Familien Sturmfels und Pannkok berichtet hatten. Die Geschichte lieferte uns zugleich ein 1a-Motiv, nämlich einen eskalierten Streit um die Harpune. Für wen genau, das stand allerdings noch in den Sternen.

Thomsen wurde ungeduldig und fragte: «Also, was halten Sie davon? Schießen Sie schon los, Frau Scholle.»

«Da könnte etwas dran sein», antwortete ich. «Wie viele Nachfahren der Pannkoks und Sturmfelsens leben heute noch auf Amrum? Oder auf Föhr oder den Nachbarinseln? Die können sich ja auch dorthin zurückgezogen haben.»

«Guter Hinweis! Das finden wir heraus», sagte Thomsen. «Wir werden alle zu dem Fall befragen.» Er sah zu Petersen und Jensen hinüber. «Was ist mit Ihnen, Sie behaupten doch, jeden auf der Insel zu kennen? Nachfahren?»

Die beiden schauten sich ein wenig ratlos an.

Jensen zuckte mit den Schultern. «Mir sagen die Namen nichts.»

«Es können nicht viele sein», fügte Petersen hinzu. «Höchstens eine oder zwei Personen.»

«Wir wissen, dass Sturmfels die Harpune bei sich hatte», ergriff ich wieder das Wort. «Das heißt für mich, dass sie auf die eine oder andere Weise auch nach 150 Jahren nach Ende des Walfangs immer noch eine Rolle für eine oder beide Familien spielt. Nur welche genau? Mir drängen sich aber noch weitere, viel konkretere Fragen auf: Wo hat er sich aufgehalten, nachdem er die Harpune entwendet hatte? Mit wem hat er gesprochen, wen hat er getroffen? Möglicherweise ist es zu einer geplanten oder ungeplanten

Begegnung mit einem Pannkok-Nachfahren gekommen. Wenn die Harpune für beide Familien von solcher Bedeutung ist, könnte sich, das halte ich für nicht ausgeschlossen, eine tätliche Auseinandersetzung entwickelt haben.»

«Im Laufe deren unser Opfer mit ebendieser getötet wurde», fügte Krüger kopfnickend hinzu, als wäre sie gedanklich ganz auf meiner Linie. «Ich halte es für eine gute Idee, einen erneuten Zeugenaufruf zu starten. Außerdem nehmen wir uns die Aufzeichnungen aller Überwachungskameras auf der Insel vor. Hoffen wir, dass uns das den entscheidenden Schritt weiterbringt.»

Petersen begleitete mich zur Tür. Ich sah kurz hinauf zum Himmel, der weiter aufgeklart hatte. Ein reines, für diese Jahreszeit erstaunlich sattes Blau erstreckte sich über unseren Köpfen.

«Kann ich Sie irgendwo hinbringen, Frau Scholle?», fragte er.

«Danke, das ist nicht nötig. Ich muss nach Wittdün, ich nehme den Bus.»

«Wie Sie meinen.»

«Das mit der Verwechslung tut mir übrigens wirklich leid», sagte ich.

Er grinste. «Ich wollte Thomsen eben nicht bloßstellen, aber ich habe nie davon gesprochen, dass Sie Kommissarin sind. Ich habe das weitergegeben, was Sie uns gesagt haben. Dass Sie beim K11 in Wiesbaden arbeiten.»

«Sie werden Ihren Weg gehen, ganz sicher!», sagte ich. «Und nun auf zu den Walen.»

KAPITEL 15

Ich klingelte, und während ich wartete, sah ich kurz auf die Uhr: Viertel nach eins. Ich war länger in Nebel geblieben als erwartet. Aber jahrhundertealte Familienfehden brauchten eben ihre Zeit.

Edda kam an die Tür und drückte mich. «Wie schön, dich zu sehen!»

Ich war etwas überrascht über die Begrüßung, als wäre ich eine langjährige Freundin, aber so war Edda wohl nun einmal. Ich schätzte, sie war eine Spontanumarmerin, die ihrer Freude einfach physischen Ausdruck verleihen musste. Diese Art der Umarmung mochte ich, weil sie keinerlei emotionale Unsicherheiten und Zweideutigkeiten zuließ und direkt vom Herzen kam.

«Soll ich reinkommen?», fragte ich. «Oder wollen wir uns lieber die Füße vertreten?» Mit dem Finger deutete ich zum Himmel. «Da oben schaut's wieder etwas freundlicher aus.»

Edda linste an dem Dachvorsprung vorbei nach oben. «Auf Amrum weiß man nie, wie lange das Wetter bleibt, wie es ist. Und deshalb gilt hier auch: Wir können den Wind nicht ändern, aber die Segel anders setzen.»

Wenige Minuten später kam Edda wetterfest angezogen zurück. Sie hatte sich für Jeans, feste Schuhe und eine Windjacke mit Kapuze entschieden.

«Kniep?», fragte sie. Ich nickte.

Wir schlenderten los Richtung Süden. Über die Wandelbahn und vorbei an der gemütlichen Strandbar Seehund, die ihre Pforten nach dem Sturm wieder geöffnet hatte. Einige wenige Gäste trauten sich trotz der Regenwolken auf der Terrasse zu sitzen, von wo aus man einen sagenhaften Ausblick auf den Strand genoss. Auf ihren Tabletts brachten die Kellner Flammkuchen, Krabbensalate, gezapfte Biere und Aperol Spritz zu den Tischen. Vielleicht würden Edda und ich nach unserem Spaziergang auch dort einkehren? Oder gab es für sie in der Bar womöglich zu viele Ohren?

Wir betraten den festen Sand. «Ich liebe den Kniep», sagte Edda. «Ich komme jeden Tag hierher.» Sie schloss die Augen und atmete lang und tief ein.

Ich verstand, warum Edda so oft wie möglich hierherkam. Wenn ich auf Amrum wohnen würde, würde ich dasselbe tun, auch Dolores hätte hier ihren Spaß. Wer konnte schon von sich behaupten, so etwas Schönes vor der Haustür zu haben?

Edda öffnete ihre Augen wieder und wandte sich mir zu. «Rensche hat sich mir anvertraut, kurz bevor sie gestorben ist. Vor ein paar Wochen, genauer kann ich's dir leider nicht sagen, hat sie an meiner Tür geklingelt. Das war nichts Ungewöhnliches, wir haben uns öfter auf einen Tee getroffen. Aber an diesem Tag war sie anders, so hatte ich sie vorher noch nicht erlebt.» Sie machte mir deutlich, dass wir weitergehen sollten.

Wir spazierten zunächst Richtung Meerschaumlinie. Edda verschränkte die Arme auf dem Rücken und erzählte weiter. Ihre Gedanken, die Erinnerungen an eines ihrer letzten Gespräche mit ihrer Freundin schienen auf ihr zu lasten. Ich sah es daran, dass sie zunächst Kopf und Schulter hängen ließ und mich beim Sprechen nicht ansah.

«Kaum waren wir reingegangen, bestätigte sich meine Vermutung. Rensche bedrückte etwas. Es dauerte allerdings ein Weilchen, bis sie sich geöffnet hat.» Edda blickte weiter zu ihren Füßen, bedächtig wippte sie dabei mit dem Kopf vor sich hin. Ich ließ ihr die Zeit, die sie brauchte. «Es ging um Jan, ihren Sohn. Darum, dass er nur die Hälfte ihres Hauses erben würde. Sie musste gespürt haben, dass es mit ihr zu Ende ging.»

Jetzt wurde ich hellhörig. Wovon sprach sie da? Glücklicherweise ließ Edda mich nicht lange zappeln. In den kurzen Pausen, die sie sich nahm, schien sie Kraft zu sammeln für das, was sie mir mitteilen wollte.

«Ich kannte Rensche sehr gut, wir waren jahrelang direkte Nachbarinnen. Ich wusste einiges über sie. Was sie mochte und was nicht, wie sie tickte. Sie hat mir viel über ihr Leben erzählt. Wie sie aufgewachsen ist, dass sie immer Pech mit Männern hatte und was ihr im Leben am wichtigsten war.»

Vor meinem inneren Auge blitzte die Auseinandersetzung von Jan Hinrichs und Uwe Sturmfels auf. «Ihr Sohn, nehme ich an?»

Edda nickte. «Sie hat immer alles für ihn getan. Ihr einziger Wunsch war, dass es Jan gut geht. Umso mehr hat es ihr leidgetan, ihm so lange Dinge verheimlicht zu haben.»

Sie schaute von ihren Füßen auf, kniff die Augen zusammen und verzog das Gesicht. Es belastete sie erkennbar, seit dem Tod ihrer Freundin deren Geheimnis mit sich herumzutragen. Ich war dankbar, dass sie, wie es schien, bereit war, es mit mir zu teilen – was vermutlich nicht nur an meiner Vertrauenswürdigkeit lag, sondern auch an ihrem Bedürfnis, es sich von der Seele zu reden.

Ich unternahm einen Versuch, ihr den Einstieg zu erleichtern. «Du hast angedeutet, dass es um das Haus geht?»

Edda seufzte, dann nickte sie und warf mir einen verlegenen Blick zu, als ob sie selbst sich für die Taten ihrer Freundin schämte. «Rensche musste damals weit ausholen. Ganz früher hatte sie eine Affäre mit einem verheirateten Mann. Der war berüchtigt auf der Insel für seine Liebschaften, weshalb sich irgendwann keine Frau mehr auf ihn einließ. Tja, bis auf Rensche. Sie hat sich nie etwas aus Klatsch und Tratsch gemacht, deswegen kannte sie ihn im Gegensatz zu den anderen nicht und war deshalb auch nicht gewarnt.»

Diesmal war ich es, die schlucken musste. Sturmfels. Wer sonst sollte dieser Schürzenjäger gewesen sein? Ich wusste, dass er auf der Insel bekannt war wie ein bunter Hund.

«Erinnerst du dich an seinen Namen?», fragte ich. «Oder hat Rensche dir mal ein Foto von ihm gezeigt?»

Edda schüttelte den Kopf. «Ich habe sie darum gebeten, aber sie wollte die Wunde nicht noch weiter aufreißen.» Sie biss sich auf die Unterlippe. «Rensche muss ihn abgöttisch geliebt haben. Sie war ihm regelrecht verfallen, so war mein Eindruck. Er – so hat sie es beschrieben – hatte etwas Unwiderstehliches an sich, mit dem er Frauen um den Finger wickeln konnte.»

Wir kamen vorne am Strand an. Edda sah aufs Meer hinaus. Auch ich schaute auf die Nordsee, ließ meinen Blick zum Horizont in der Ferne schweifen. Das Wetter hatte endgültig gedreht, es war beinahe windstill, die Sonne hatte sich ihren Platz am Himmel erkämpft und überzog das Wasser vor unseren Augen mit einem goldenen, leuchtenden Schimmer. Hätte ich die Stunden davor nicht erlebt, hätte ich niemals geglaubt, dass so ein heftiger Sturm über die Insel ziehen konnte.

In Gedanken ging ich Eddas Aussagen noch einmal durch. Was sie über den Mann berichtet hatte, bestärkte mich in dem Glauben, dass von Uwe Sturmfels die Rede sein musste. Eddas Erzählungen deckten sich mit dem Eindruck, den ich von ihm gewonnen hatte, obwohl unsere Begegnung nur wenige Minuten gedauert hatte: ein charmanter Mann, in dessen Gegenwart man sich sofort wohlfühlte, der einnehmend war, das aber auch wusste.

Was ich jedoch noch nicht durchblickte, das war die Verbindung zwischen ihm, Rensche, ihrem Haus und Jan. Allerdings beschlich mich eine Vermutung. Was sie in der Konsequenz bedeutete, traute ich mir nicht auszumalen.

«Wenn ich eins und eins zusammenzähle und die Auseinandersetzung von Jan und Sturmfels, die du beobachtet hast, dazunehme», sagte ich, «dann kann das nur heißen, dass Rensche ihm einen Teil ihres Hauses vermacht hat, oder?»

Edda verschränkte die Arme und schüttelte sich. «Sie

hat sich dafür Vorwürfe gemacht, ihr ganzes Leben lang. Er hat ihr das Blaue vom Himmel versprochen. Hat sie glauben lassen, dass er vermögend sei und sich mit ihr eine Zukunft aufbauen wolle. Um es kurz zu machen: Ja, es stimmt. Sie hat ihn ins Grundbuch eintragen lassen. Diesem Mann, wer immer er auch ist, gehört bis heute die Hälfte des Hauses.»

Plötzlich wurde mir warm. Ich fasste mir an den Kragen und verschaffte mir Luft. Sortieren würde ich meine Gedanken erst nach unserem Gespräch, aber schon jetzt war mir eines klar: Diese neuen Informationen erhärteten den Verdacht gegen Jan Hinrichs, indem sie mir sein mögliches Motiv lieferten

«Weißt du, wann Jan davon erfahren hat?»

«Genau weiß ich es leider nicht», antwortete Edda. «Es war kurz vor Rensches Tod, und der ist jetzt knapp zwei Monate her.»

«Wie hat er darauf reagiert?»

«Er ist aus allen Wolken gefallen, konnte es nicht fassen. Der arme Kerl.» Sie wischte sich eine Strähne aus dem Gesicht. «Das zweite Geständnis hat ihn dann vollständig aus der Bahn geworfen.»

«Moment! Was meinst du?»

Eddas Blick fiel wieder zu Boden. Sie fing an, mit den Schuhen im Sand zu schaben. Dann fasste sie sich, schaute mich an und sagte mit überraschend fester Stimme: «Dass dieser Kerl sein Vater ist.»

Kurz nachdem ich mich vor ihrem Haus von Edda verabschiedet hatte, rief ich Ahab an. Diese Neuigkeit musste ich einfach sofort loswerden. «Wusstest du, dass Jan sehr wahrscheinlich der Sohn von Uwe Sturmfels ist?»

Stille. Einzig das Geräusch des rauchenden Käpt'ns drang durch die Leitung. Es dauerte ein paar Züge, bis er seine Sprache wiederfand.

«Bist du sicher?»

«Ziemlich. Edda hat mir von Rensches Geheimnissen erzählt. Aber es kommt noch dicker. Sie hat Jan nicht nur verschwiegen, wer sein Vater ist. Er wusste auch nicht, dass ihm nur die Hälfte des Hauses gehören wird. Die andere hat sie Sturmfels überschrieben.»

«Oha.»

«Mehr hast du dazu nicht zu sagen?»

«Starker Tobak.»

Ich rollte mit den Augen. Diese Friesen. Auf einer fiktiven Skala von eins bis zehn, die die Intensität des Gefühlsausbruchs eines Norddeutschen maß, rangierte Ahabs Reaktion bei einer Acht. Kurz vorm Hyperventilieren.

«Ich fahre gleich zurück zur Polizei», erklärte ich. «Möglicherweise hat Sturmfels bei dem Streit Anspruch auf seine Hälfte des Hauses erhoben? Für mich ist das ein sicheres Motiv. Ob er es auch wirklich war, wird sich zeigen.» In Gedanken notierte ich mir Stichpunkte für mein Heft, denn ich hatte leider vergessen, es mitzunehmen.

«Viel Erfolg», wünschte der Käpt'n nun und legte ohne ein weiteres Wort auf.

Ich nahm das Handy vom Ohr und schaute es einen Moment lang verwundert an. Mit Konventionen hatte Ahab es nicht so, schon gar nicht beim Telefonieren.

Mit dem nächsten Bus fuhr ich wieder nach Nebel und hetzte zur Polizeistation im Sanghugwai.

«Moin, Frau Scholle.» Petersen tippte sich mit zwei Fingern an die Schläfe. «Ich bin nicht davon ausgegangen, Sie so bald wiederzusehen.»

«Ich muss leider dringend mit Ihren Kollegen vom Festland sprechen.»

Er zeigte mit dem Kinn nach Norden. «Die beiden sind nach Norddorf gefahren, sie haben dort eine Nachfahrin der Pannkok-Familie aufgetan. Möglicherweise hat die Frau mit dem Mord zu tun oder weiß zumindest etwas darüber.»

«Dann müssen wir beide uns eben unterhalten. Lassen Sie mich rein?»

Er blinzelte verdutzt. «Ja, ich denke, das ... das ist okay.»

Jensen machte keinen minder überraschten Eindruck, als Petersen und ich reinkamen. Wir setzten uns ihm gegenüber an seinen Schreibtisch, auf dem es aussah wie in einem Saustall. Zwischen Tellern voller Kuchenkrümel sowie einer Tasse mit Kaffeerändern flogen unzählige Autozeitschriften auf ihm herum. So könnte ich nicht arbeiten. Ordnung auf dem Schreibtisch, Ordnung im Kopf. Eilig räumte Jensen die Zeitschriften weg, als er meinen Blick sah.

Er zupfte an seiner Krawatte und zerrte an seinem Hemdkragen. «Frau Scholle», krächzte er, «was für eine Überraschung. Ich habe heute nicht mehr mit Ihnen gerechnet.»

«Wie's aussieht, haben Sie mit überhaupt nichts mehr

gerechnet.» Diesen Kommentar konnte ich mir nicht verkneifen. «Fehlt nur noch, dass Sie unter Ihrer Schreibtischunterlage Skat-Karten verstecken. Wobei: Das können Sie zu zweit ja gar nicht spielen.»

«Deshalb haben wir beantragt, dass noch ein dritter Kollege zu uns nach Amrum kommt», erwiderte Petersen trocken.

Dann fasste ich mein Gespräch mit Edda zusammen. In wenigen Sätzen berichtete ich, dass Jan Hinrichs möglicherweise ein Motiv besaß und daher als Täter infrage kam. Sein Vater, dem er bis vor Kurzem noch nie gegenübergestanden hatte, hatte sich einen feuchten Kehricht für seinen Sohn interessiert, und ausgerechnet diesem Mann gehörte die andere Hälfte des Hauses, was er aber erst nach dem Tod der Mutter erfuhr.

«Die Nachbarin hat gesehen, wie Jan sich mit jemandem vorm Haus gestritten hat», gab ich Eddas Aussage wieder. «Der Beschreibung zufolge könnte es sich um Uwe Sturmfels gehandelt haben.»

Jensen starrte mich an und schluckte.

«Das mit dem Grundbuch müssen wir überprüfen», sagte Petersen. Im Gegensatz zu seinem Kollegen hatte es ihm nicht die Sprache verschlagen. Er nahm den Laptop vom Schreibtisch, klappte ihn auf und richtete ihn so aus, dass wir alle auf den Bildschirm gucken konnten. Er klickte sich durch sein Adressbuch, und kurz darauf hatte er die Nummer vom Grundbuchamt in Wittdün parat.

«Moin. Polizeikommissar Finn Petersen hier, Polizeistation Nebel», stellte er sich vor. Bisher hatte ich angenommen, dass alle Menschen auf Amrum sich kannten, aber es schienen tatsächlich ein paar wenige Ausnahmen zu existieren. «Ich rufe wegen eines Tötungsdelikts an, in dem wir ermitteln. Könnten Sie bitte nachschauen, ob Ihnen ein Grundbucheintrag für eine ...» Er bedeckte die Sprechmuschel und sah mich fragend an. Ich soufflierte ihm den Namen. «Rensche Hinrichs vorliegt und, wenn ja, was genau dort festgehalten ist?» Eine kurze Pause. «Sehr freundlich. Haben Sie vielen Dank. Ich warte solange.»

Er aktivierte den Lautsprecher und legte das Handy auf Jensens Schreibtisch. Im Hintergrund dudelte leise Klaviermusik. Zum Glück gehörte die Sachbearbeiterin vom Grundbuchamt zur flinken Sorte, denn sie meldete sich flugs zurück und gab uns das Ergebnis ihrer Suche durch: Uwe Sturmfels war tatsächlich zur Hälfte im Grundbuch eingetragen, die andere Hälfte war durch Erbschaft an Jan Hinrichs übertragen worden.

Petersen bedankte sich und legte auf.

Ich schnippte mit den Fingern in die Luft. «Die Passagierlisten! Es wurden doch die Namen aller Personen notiert, die an Bord der Fähre gestiegen sind. Kommen wir an die ran?»

Petersen schüttelte den Kopf. «Leider nein. Wir müssen auf Krüger warten, sie hat sie auf ihrem Laptop gespeichert. Den hat sie mit nach Norddorf genommen.»

«Rufen Sie sie an. Sagen Sie ihr, sie soll uns die Listen per E-Mail schicken.»

Er nickte und griff wieder nach seinem Diensthandy. Stand auf, wandte uns den Rücken zu und entfernte sich ein paar Schritte von uns. Krüger ging dran, und nachdem Petersen sie begrüßt hatte, kam er zur Sache und fragte sie nach den Listen. Während ihrer Antwort legte er Zeigefinger und Daumen zu einer nachdenklichen Geste an sein Kinn.

Bei diesem Anblick schoss mir eine weitere Idee in den Kopf. Krüger hatte bei meinem letzten Besuch im Präsidium von Überwachungskameras gesprochen, die sie überprüfen wollten. Ob am Fähranleger auch welche hingen? Anhand der Liste zu wissen, wer an Bord gestiegen war, war schön und gut, aber noch besser wäre filmisches Beweismaterial.

Ich winkte Petersen zu. Er registrierte es und wirkte kurz überfordert. Um ihm auf die Sprünge zu helfen, imitierte ich das Filmen mit einer Kamera. Es dauerte ein bisschen, doch dann ging ihm ein Licht auf. Er tippte sich an die Stirn als Zeichen, dass er verstanden hatte.

«Frau Scholle hat mich gerade auf die Überwachungskameras hingewiesen. Soweit ich weiß, gibt es ja auch welche am Fähranleger. Haben Sie die Aufnahmen bereits, und wenn ja, können Sie uns auch diese zugänglich machen?»

Es folgte eine längere Antwort. Ich spitzte die Ohren, doch Krügers Worte blieben nur Gemurmel. Petersen nickte währenddessen durchgehend.

«Ich verstehe. Dann schicken Sie mir Ihre Zugangsdaten per E-Mail?» Diesmal nur eine kurze Antwort. «Wunderbar, haben Sie vielen Dank. Bis später.»

Er legte auf und setzte sich wieder zu uns. Jensen und ich starrten ihn erwartungsvoll an.

«Die Passagierlisten könnte Krüger uns per E-Mail schicken, aber die Videos sind zu groß. Sie hat sie in ihrer Dienstcloud gespeichert. Wir erhalten gleich eine Nachricht mit ihren Zugangsdaten, dann laden wir uns von dort alles herunter, was wir be-»

Ein blechernes Pling unterbrach ihn, es war aus den Lautsprechern von Jensens Notebook gekommen.

«Voilà», sagte Petersen. «Ich bin gespannt, was wir herausfinden ...»

KAPITEL 16

Während die Passagierlisten schnell heruntergeladen waren, kletterte die Prozentanzeige der erfolgreich durchgeführten Downloads für die Videos nur im Schneckentempo. Ich wurde ungeduldig.

«Das sieht nach einer längeren Geschichte aus», sagte Jensen. «Ich koche uns einen Kaffee.» Er stand auf, schlurfte zur Küche und machte hinter sich die Tür zu. Dahinter klapperte und klirrte es, kurz darauf blubberte eine Filtermaschine.

Mit meiner Ungeduld war ich nicht allein. Petersen starrte auf den Bildschirm und trommelte mit den Fingern auf dem Schreibtisch.

«Sollen wir schon die Listen durchgehen?», fragte er.

«Ein guter Vorschlag», antwortete ich.

Er zog den Laptop zu sich, öffnete das PDF und scrollte nach unten. Es waren die Listen der letzten beiden Tage und von heute.

«Wie viele Passagiere können eigentlich auf die Fähre?», fragte ich.

Petersen wog den Kopf hin und her. «Theoretisch etwa zwölfhundert plus maximal fünfundsiebzig Pkw, und das mehrmals am Tag. Erfahrungsgemäß sind es Ende April nicht annähernd so viele, vor allem nicht morgens um sechs.»

«Geben Sie mal ‹Hinrichs› ein. Nun bin ich aber gespannt.»

Mithilfe eines Tastenkürzels öffnete Petersen ein Suchfenster, tippte den Namen ein und drückte auf Enter. «Simsalabim!»

Das Programm sprang zu einer markierten Stelle auf Seite zwei, es war die einzige im gesamten Dokument. Petersen kniff die Augen zusammen und rückte dichter an den Bildschirm heran.

«Da ist er, wir haben ihn. Hinrichs ist nach Dagebüll gefahren, unmittelbar mit der ersten Fähre pünktlich um sechs Uhr am Morgen nach der Tat.» Er verschränkte die Arme und lehnte sich wieder nach hinten.

«Probieren Sie es mal mit Pannkok», schlug ich vor. «Nur so.»

«Gute Idee!» Petersen tippte den Namen ein. «Null Ergebnisse», kommentierte er.

Da kam Jensen aus der Küche zurück. Im Tragen von Tabletts hatte er offensichtlich wenig Erfahrung, denn das, auf dem unsere Tassen standen, balancierte er mit wackeligen Schritten zu uns herüber. Kaum hatte er es abgestellt, schnappte er sich eine von ihnen. Ich erkannte ein Foto des Leuchtturms auf ihr. Petersen griff nach der anderen Tasse, auf der die Amrumer Skyline zu sehen war. Auf der, die für mich übrig blieb, stand ein Spruch: «Wozu braucht man Einhörner, wenn es Friesen gibt?»

Jensen goss uns ein. Ich probierte und hätte die dünne Plörre am liebsten ausgespuckt, würgte sie aber aus Anstand herunter. Der Kaffee, den ich letztens hier getrunken hatte, hatte um Längen besser geschmeckt.

Plötzlich ertönte aus dem Laptop wieder das blecherne Geräusch. Der Download war abgeschlossen.

«An welcher Stelle steigen wir in das Video ein?», fragte Jensen.

«Wir haben uns die Passagierlisten bereits angeguckt», erklärte Petersen. «Hinrichs hat die erste Fähre um sechs Uhr genommen.»

«Halb sechs dürfte demnach reichen», ergänzte ich.

Jensen wischte und klickte auf dem Touchpad herum, bis das Video startete. Ich hatte eine schäbige Schwarz-Weiß-Aufnahme erwartet, doch immerhin traf meine Befürchtung nur zur Hälfte zu: Die Aufnahmen waren in Farbe, dafür aber von so miserabler Qualität, als wären sie durch eine Kartoffel gefilmt worden. Die spärliche Beleuchtung des Fähranlegers, von dem man bis auf ein paar Stellen am Rand große Teile sah, tat sein Übriges. Aus dem Winkel und der Entfernung schloss ich, dass die Kamera in einer der Ecken auf einem hohen Mast angebracht sein musste. Mit dem Vorteil, dass man einen beinahe vollständigen Überblick erhielt, und dem Nachteil, dass die Autos und Personen nur sehr klein zu sehen waren. Von der Fähre war ebenfalls nur ein kleiner Teil im Bild.

Zunächst regte sich nichts. Es waren lediglich ein paar Lkw zu erkennen, die im Laternenlicht gruselige Schatten warfen. Die Szene wirkte wie ein Standbild – nur der Timecode in der Bildschirmecke bewies, dass die Zeit voranschritt. Jensen spulte vor, die Minuten zogen vorbei.

Dann tat sich etwas. Ein Pkw fuhr vor und parkte an vorderster Stelle. Die Scheinwerfer erloschen, und der Wagen tauchte in die Dunkelheit ein. Es würde schwer werden, etwas zu erkennen, dachte ich.

«Wissen wir, was für ein Auto Hinrichs fährt?», fragte Petersen in meine Richtung.

«Noch nicht. Aber das bekomme ich heraus. Halten Sie das Video bitte an?»

Jensen drückte auf «Pause». Diesmal war ich es, die aufstand und sich ein paar Schritte entfernte. Ich rief den Käpt'n an, es klingelte und klingelte. Kurz bevor ich wieder auflegen wollte, nahm er ab.

«Moin», frieselte er in die Leitung. «Was gibt's?»

«Moin. Hör mal, ich muss wissen, welches Auto dein Bekannter fährt.»

Er dachte einen Augenblick nach.

«Ganz sicher bin ich nicht. Einen Kleinwagen, glaube ich. Franzose.»

«Was ist mit der Farbe?»

«Keine Ahnung. Ich habe ihn nie damit fahren gesehen. Er parkt es immer in seiner Garage.»

Ich runzelte die Stirn. «Und wie kommst du dann darauf, dass es ein französischer Kleinwagen sein könnte?»

«Weil Jan sich ständig bei mir beschwert. Diese Karre, Franzosen können keine Autos bauen, alles ist so eng in der Klapperkiste. Kein O-Ton, aber nah dran.»

Wir verabschiedeten uns. Ich steckte das Handy wieder ein und setzte mich zurück zu Petersen und Jensen.

«Wir müssen nach einem französischen Kleinwagen

Ausschau halten», erklärte ich. «Vermutlich Renault, Peugeot oder Citroën ...»

~~~~~~~~~~

Ende April ging die Sonne frühestens gegen sieben Uhr auf, weshalb auf dem Vorplatz von Dämmerung noch keine Spur war. Es bewahrheitete sich, worauf Petersen hingewiesen hatte: Die erste Fähre schien nicht sonderlich beliebt zu sein, es fuhren nur wenige Pkw auf den Fähranleger, und auch in dem Wartehäuschen am Rand des Anlegers hielt sich niemand auf.

Wie sollten wir bei dieser Bildqualität und dieser Entfernung überhaupt die Hersteller erkennen, fragte ich mich.

«Da sind keine Franzosen dabei», sagte Jensen da wie aufs Stichwort. Petersen und ich drehten uns zu ihm um.

Ich zeigte auf den Bildschirm. «Für mich sind das nur Farbtupfer auf einer Leinwand. Sie können darauf doch unmöglich ein Modell erkennen?»

«Doch. An der Form.» Mit einem breiten Grinsen, als fühlte er sich gebauchpinselt, malte er nacheinander die Umrisse dreier Fahrzeuge nach. «Diese hier sieht nach der Karosserie eines Japaners aus. Der andere Wagen könnte ein Italiener sein. Und diese Linien gehören ganz sicher zu einem VW.» Er lehnte sich wieder zurück, verschränkte die Arme und machte ein stolzes Gesicht. «Glauben Sie mir, ich weiß, wovon ich rede.»

Na klar, die Zeitschriften, fiel es mir ein, sie hatten seinen Schreibtisch bedeckt. Jensen war ein Autofreak – was sich in diesem Moment als nicht ganz ungünstig erwies.

Mein Blick glitt zu dem Timecode. Noch zehn Minuten bis zur Abfahrt, sicherlich würde bald die Beladung der Fähre beginnen. So wie sich die Situation auf dem Vorplatz darstellte, würde sie wenig Zeit in Anspruch nehmen.

Dann blitzten die Scheinwerfer eines weiteren Pkw auf, der auf den Fähranleger fuhr. Petersen, Jensen und ich richteten uns auf und rutschten an den Bildschirm heran. Die Lichtkegel blendeten die Kameralinse und verwandelten die Aufnahme für einen Moment in einen gleißend hellen Einheitsbrei. Nur langsam nahm das Bild seine ursprünglichen Formen an, als würde sich der Vorplatz von Neuem zusammensetzen.

Ich tippte Jensen an die Schulter. «Halten Sie das Video bitte kurz an.» Er drückte auf Pause. «Quizfrage an den Autocrack: Ist das die Karosserie eines Franzosen?»

Grübelnd legte er die Stirn in Falten.

«Möglich wär's. Könnte ein Peugeot 206 sein, der Liniensprache zufolge.»

Mit dem Finger zog ich einen Rahmen um die Motorhaube auf dem Bildschirm. «Können Sie diesen Ausschnitt vergrößern?»

«Ich kann's versuchen.»

Er zoomte den Bereich heran. Das Bild wurde noch pixeliger als ohnehin. Ich zeigte auf den unförmigen Fleck am Kühlergrill. «Wonach sieht das für Sie aus?»

«Hm», machte Jensen. «Mit viel Wohlwollen erkenne ich einen Löwen. Könnte das alte Firmenlogo von Peugeot sein.»

Wir drehten uns zueinander herum. Sowohl Petersens als auch Jensens Gedanken liefen wie in Leuchtschrift über ihre Stirn: Es war das einzige französische Auto auf dem Vorplatz, außerdem ein Kleinwagen. Wenn Ahab recht hatte, musste es das Fahrzeug unseres Tatverdächtigen sein. Von der Person am Steuer waren in dem Dunkel hinter der Scheibe leider nur Umrisse zu erkennen.

«Wir müssen sichergehen, dass er es wirklich ist», mahnte ich.

«Das Kennzeichen!» Jensen scrollte ein Stück hinunter, bis nun das weiße Schild mit den schwarzen Buchstaben den Bildschirm erfüllte. «NF für Nordfriesland. JH ...» Die Zahlen ließ er aus.

«Das könnte für Jan Hinrichs stehen», bemerkte Petersen. Er klopfte auf den Tisch, sprang auf und entfernte sich mit seinem Smartphone erneut ein paar Schritte von uns. «Ich rufe mal bei der Zulassungsstelle an ...»

Nur wenige Minuten später hatten wir Gewissheit: Bei dem Halter des Fahrzeugs handelte es sich um Hinrichs.

Petersen steckte sein Handy ein und setzte sich wieder zu uns. «Jetzt wissen wir, dass unser Verdächtiger die Insel so früh wie möglich nach der Tat verlassen hat. Ob das ein Zufall sein kann?»

Ich schüttelte den Kopf und bat Jensen, das Video weiterlaufen zu lassen. Das Bild setzte sich wieder in Bewegung, zu erkennen anhand der im Wind flatternden Fahnen der Reederei. Weiterhin war keine Menschenseele zu sehen.

«Wo sind die Kontrolleure?», fragte ich. «Dort müssen doch irgendwo Beamte stehen, um die Fahrgäste aufzuschreiben ...»

Petersen verzog die Augenbrauen und legte wieder zwei Finger an sein Kinn. Dann wies er auf eine Stelle, die außerhalb des aufgenommenen Videobereichs lag. «Ich vermute, dass sie am Rand gewartet haben, in der Nähe des Wartehäuschens.»

«Oder sie sind bereits auf der Fähre gewesen», fügte Jensen hinzu. Er zuckte mit den Schultern. «So oder so werden wir sie aus diesem Kamerawinkel –»

Petersen unterbrach ihn, indem er eine Hand hob. Er runzelte die Stirn und zeigte auf einen Pkw mit Hamburger Kennzeichen. «Moment, ich glaube, da tut sich etwas. Vielleicht hat sich ja einer der anderen Fahrgäste mit Hinrichs unterhalten oder anderweitig mit ihm Kontakt gehabt?»

Hinter der Frontscheibe ging es zu wie in einem Schattentheater. Bis plötzlich die Tür aufging und jemand ausstieg. Von der Statur schloss ich auf einen Mann. Er lehnte sich über den Türrahmen, blieb dort eine Weile an seinem Wagen stehen, schaute zum Ende des Vorplatzes hinüber. Dorthin, wo Petersen die Kontrolleure vermutet hatte.

Diesmal hielt Jensen das Video aus eigenen Stücken an. Er vergrößerte den Bildausschnitt, und so erstreckte sich das Gesicht beinahe über den gesamten Bildschirm.

Ich rückte dichter heran und dachte nach.

«Ich bin diesem Mann schon einmal irgendwo begegnet», sagte ich. Doch solange ich auch hinschaute, fiel mir dennoch nicht ein, wann und wo ich ihn gesehen hatte. Sein Gesichtsausdruck wirkte auf mich erschrocken und gleichzeitig abwägend, als ob er mit einer Entscheidung rang. Aber was konnte das in dieser Situation für eine gewesen sein?

«Super-Recognizer müsste man sein», kommentierte Petersen. «Erkennst du ihn wieder, Henrik?»

Jensen schüttelte den Kopf.

«Ich nehme mal einen Screenshot auf», sagte er. «Für alle Fälle. Immerhin ist er die einzige Person, die wir auf dem Video zu Gesicht bekommen. Vielleicht können Krüger und Thomsen die Aufnahme ja noch gebrauchen.» Er drückte ein paar Tasten auf seinem Laptop, erweckte den auf einem Sideboard stehenden, altbackenen Drucker von der Größe eines Ambosses zum Leben. Rattern, Brummen und Krachen erfüllten das Büro.

Dann ließ er das Video weiter abspielen. Wir sahen zu, wie der Mann wieder in sein Auto stieg und, wenige Augenblicke bevor die Beladung begann, den Vorplatz verließ.

Zunächst wurden die Lkw auf die Fähre gelotst, danach folgten in der Reihenfolge ihrer Parkplätze die Privatautos. Als Letztes kam der französische Kleinwagen, er tuckerte auf den Bildschirmrand zu und verschwand dahinter.

«Das dürfte als Beweis reichen, dass Hinrichs von der Insel runter ist», sagte Jensen. «Finn, ruf Krüger an. Wir müssen eine Fahndung einleiten.»

KAPITEL 17

Rein rechtlich hätten die beiden Inselpolizisten auch ohne die Zustimmung der Kommissare eine Fahndung einleiten können. Aber sie wollten trotzdem erst Rücksprache mit ihnen halten, auch wegen der Art der Fahndung.

Petersen erreichte die beiden im Auto, sie befanden sich bereits auf dem Rückweg. Wieder konnte ich Krügers Stimme zwar hören, verstand aber nicht, was sie sagte. Sie sprachen nur kurz miteinander, dann legten sie auf.

«Sie kommen gleich», sagte Petersen, «und sie haben jemanden dabei.» Pantomimisch stellte er eine Festnahme dar, indem er die Unterarme überkreuzte.

«Etwa diese Nachfahrin?», fragte ich.

«Ja, sie wollen hier wohl ihre Aussage aufnehmen.» Er zuckte mit den Achseln.

«Wer ist sie?»

«Keine Ahnung. Krüger hat mir ihren Namen genannt, aber ich habe ihn ehrlicherweise noch nie gehört.»

«Was ziemlich ungewöhnlich ist auf unserer Insel», warf Jensen ein. «Normalerweise kennt hier jeder jeden.»

Ich lehnte mich zurück und verschränkte die Arme. «Ein

Verdächtiger kommt selten allein», scherzten wir beim K11, wenn sich in einem Fall zunächst gar nichts auftat und kurz darauf die Verdächtigen aus dem Boden sprossen wie Blumen im Frühling. Susanne nannte es auch gerne das «Ketchupflaschen-Prinzip», nachdem sie in der Kantine energisch aus einer solchen etwas herauszuquetschen versucht hatte, bis plötzlich der halbe Inhalt auf einmal aus der Flasche geschossen kam.

Offensichtlich war Hinrichs nicht die einzige Spur. Ich war gespannt.

Kurz darauf schneiten Krüger und Thomsen durch die Tür, zwischen ihnen eine Frau Mitte vierzig, bei deren Anblick es mich schüttelte. Ich sah zu meinen Nebenleuten hinüber, auch sie machten ein schockiertes Gesicht.

So oder so ähnlich stellte ich mir die weibliche Reinkarnation von Klaus Störtebeker vor. Jenes berühmt-berüchtigten Freibeuters, der als Anführer der sogenannten Vitalienbrüder im vierzehnten Jahrhundert Schifffahrer aus deutschen Hafenstädten überfallen haben soll. Der – insofern man der Legende Glauben schenkte – sogar noch nach seiner Enthauptung ohne Kopf an seiner Mannschaft vorbeigeschritten ist. Wenn das mal keine Führungsqualitäten waren – oder «Leadership», wie man auf Denglisch sagt. Mit diesem Wort hatte Blennemann sich bei seinem Amtsantritt vorgestellt und somit gleich eine Duftmarke gesetzt.

Die Frau blickte uns mit der Schärfe eines Piratensäbels an. Hinter ihren grauen Augen schienen sich Geheimnisse aus vielen Seeabenteuern zu verbergen, aus denen auch ihre Narben an den Armen herrühren mussten. Wie das aufgepeitschte Meer im Sturm fielen ihre Zottelhaare wild über ihre Schultern, und als handelte es sich um einen Beuteschatz, trug sie eine Kette aus Münzen und Muscheln um den Hals. Ihr Gesicht versteckte sich hinter verschnörkelten Tätowierungen.

Krüger räusperte sich. «Das ist Frau Pannkok. Sie war so nett, uns hierher zu begleiten.»

«Mariska Pannkok», präzisierte die Frau. Ihre Stimme ein rauer Bass, wie die eines alten Seemanns. Der Unterton ließ mich zweifeln, ob ihre Entscheidung, mit nach Nebel zu fahren, auf Freiwilligkeit beruhte.

«Moin», erwiderten Petersen, Jensen und ich unisono.

Mir fielen ihre Hände auf, sie waren von harter Arbeit gezeichnet, wie die des Käpt'ns. Sie schien etwas für Schmuck übrigzuhaben, denn an acht ihrer groben Finger, die Daumen ausgenommen, trug sie Ringe mit Edelsteinen. Bei ihrem Anblick meldete sich wieder mein Gespür, irgendetwas stimmte nicht mit dieser Frau. Sie verbarg etwas, das sah ich ihr an.

«Und wie geht's jetzt weiter?», fragte sie.

Krüger und Thomsen tauschten Blicke aus.

«Setzen Sie sich bitte», sagte Thomsen schließlich und zeigte auf den Stuhl, auf dem ich es mir unbequem gemacht hatte. «Frau Scholle, unsere Kollegin aus Wiesbaden, wird Ihnen den Platz räumen.»

Bevor das Verhör beginnen konnte, gingen Petersen, Krüger, Thomsen und ich vor die Tür. Wir hatten noch die Fahndungsfrage zu klären.

«Ich behalte solange Frau Pannkok im Auge», sagte Jensen. Seine Entschlossenheit ließ ihn jedoch schnell im Stich, als er zu Mariska hinübersah. Sie saß ihm mit verschränkten Armen gegenüber und kaute so fest auf ihrem Kaugummi, als wollte sie ihn mit jedem Bissen für seine Äußerung bestrafen. Ihr Blick verriet, dass sie ihn am liebsten auf die Planke schicken würde, von wo er ins Wasser fiel und ertrank.

Wir gingen vor die Tür. Petersen fasste die Erkenntnisse, die wir aus dem Video vom Fähranleger gewonnen hatten, noch einmal in wenigen Worten zusammen. Für den Fall, dass am Telefon etwas falsch rübergekommen war: Jan Hinrichs hatte am Morgen nach der Tat bei der ersten Möglichkeit die Insel verlassen. Edda war Zeugin geworden, wie zwischen Sturmfels und ihm die Fetzen geflogen waren. Wie sich herausgestellt hatte, gehörte dem Opfer die Hälfte des Hauses, von dem Hinrichs geglaubt hatte, er würde der Alleinerbe sein. Das verschaffte ihm etwas, das alle Mordverdächtigen brauchten: ein Motiv.

Krüger und Thomsen hörten ihrem jungen Kollegen zu. Als er fertig war, schauten sie ihn eine Zeitlang wortlos an.

«Gut, dass Sie wegen der Fahndung gewartet haben», sagte Krüger. «Ich sehe da nämlich trotz der Hinweise gegen Herrn Hinrichs noch ein paar Fragezeichen.»

Thomsen vergrub seine Hände in den Taschen seines Jacketts. Erneut stand er so steif da, als würde ihn anstatt einer Wirbelsäule ein langer Stiel aufrichten. «Meine kriminalistische Erfahrung verrät mir, dass er als Mörder infrage kommt», sagte er. «Aber ich bezweifle auch, dass die

Faktenlage für einen dringenden Tatverdacht ausreicht. Ohne den können wir Hinrichs nicht als Beschuldigten führen und somit auch keine Fahndung einleiten.»

Krüger nickte. «Er hat recht. Wir brauchen etwas Handfestes. Weitere Zeugen, Fingerabdrücke, Videobeweise, Faserspuren.»

«Apropos Zeuge», meldete Petersen sich zu Wort. «Erlaubt uns die Strafprozessordnung nicht auch, eine Fahndung nach einem Zeugen anstatt nach einem Beschuldigten einzuleiten?» Er sah uns nacheinander an. Als er keine Antwort bekam, räusperte er sich, schloss die Augen und zitierte: «Die Ausschreibung zur Aufenthaltsermittlung eines Beschuldigten oder eines Zeugen darf angeordnet werden, wenn sein Aufenthalt nicht bekannt ist.»

Als hätten sie sich abgesprochen, ließen Krüger und Thomsen gleichzeitig eine Augenbraue hochschnellen, sie ihre linke und er die rechte.

Thomsen brachte seine Braue als Erster wieder in die Waagerechte. Er sah Petersen an wie Kaugummi unterm Schuh. «Danke für den Exkurs in Rechtskunde», sagte er. Da fühlte sich wohl einer auf den viel zu langen Schlips getreten. «Ist Ihnen auch der Rest des Gesetzestextes geläufig? Paragraf einhunderteinunddreißig a, Absatz vier, Satz zwei?»

Petersen schluckte. Nach ein paar Sekunden schüttelte er zaghaft den Kopf.

«Bei der Aufenthaltsermittlung eines Zeugen ist erkennbar zu machen, dass die gesuchte Person nicht Beschuldigter ist», zitierte diesmal Krüger. «Das können wir uns also von der Backe streichen.»

«Wollen Sie es nicht wenigstens versuchen?», klinkte ich mich ein. Alle drei drehten sich zu mir um. «Vielleicht schätzt der Staatsanwalt die Lage anders ein als wir und gibt uns grünes Licht?» Ich hob meine Hände auf Schulterhöhe und spreizte sie in einer «Was weiß denn ich»-Geste nach außen ab. «Möglich wäre es doch.»

Thomsen sah aus, als wenn ihm gleich Schaum vorm Mund stehen würde. Erst Petersen, dann ich. Ansatzweise konnte ich ihn ja sogar verstehen, aber mir ging es hier um die Sache. Und die war ernst.

Er schnaufte und deutete mit einem Nicken auf Krüger. «Hören Sie, Frau Scholle, meiner Kollegin zuliebe habe ich mich bisher zurückgehalten. Aber ich möchte einmal klarstellen, wer hier die Ermitt...»

Magnum eilte mir zu Hilfe und schnitt Thomsen das Wort ab.

Ich sah ihn entschuldigend an und tippte an meine Hosentasche. «Entschuldigen Sie. Da muss ich drangehen. Ich bin gleich wieder da.»

Ich entfernte mich ein paar Schritte und nahm ab.

«Moin, Ahab», begrüßte ich den Käpt'n. «Tut mir leid, dass du so lange mit Dolores allein bist. Hier auf der Polizeistation ist ordentlich was los. Ich kann dir leider noch nicht genau sagen, wann ich hier wegkann.»

«Dabei kann ich dir helfen, Bot», sagte er. Seine Stimme ließ jede Spur von trockenem Humor, der sonst in ihr lag, vermissen. «Du solltest hierherkommen. Jetzt.»

Ich schluckte. Ich spürte augenblicklich, dass es ernst war.

«Was ist passiert? Ist etwas mit Dolores?»

«Nein. Aber mach dich bitte sofort auf den Weg», antwortete er kryptisch und legte auf.

Ich nahm das Handy vom Ohr und schaute eine Weile aufs Display. «Ich muss los», rief ich den anderen über die Schulter zu. Bevor ich richtig nachdenken konnte, rutschte mir noch raus: «Sie müssen die Piratin ohne mich befragen.»

Das hätte ich mir sparen können, aber um Thomsen würde ich mich später kümmern müssen.

KAPITEL 18

Zum Glück musste ich nur kurz auf den nächsten Bus warten, schon nach wenigen Minuten fuhr er um die Ecke. Länger hätte ich es aber auch nicht ausgehalten, denn seit Ahabs Anruf hatte mich eine Frage in der Mangel: Warum sollte ich so dringend zurückkommen? Und warum hatte er mir am Telefon nicht einfach gesagt, was los war?

Um mich abzulenken, stellte ich in Gedanken das zusammen, was ich über die Piratin wusste.

STECKBRIEF: Mariska Pannkok

* wilde Zottelhaare, tiefe Stimme, raue Hände, geheimnisvolle graue Augen (scharfer Blick)
* trägt an acht von zehn Fingern Ringe mit Edelsteinen, Narben an den Armen, verschnörkelte Tätowierungen im Gesicht
* Kette aus Muscheln und Münzen um den Hals
* engagiert sich für Greenpeace

Verdachtsmomente:
* ist Nachfahrin der Pannkok-Familie (Familienfehde mit Sturmfels-Familie)

Kurze Zeit später – die sich für mich trotzdem wie eine Ewigkeit anfühlte – stieg ich in Norddorf aus. Ich öffnete die Haustür, und kurz nachdem sie hinter mir ins Schloss gefallen war, hörte ich den Käpt'n rufen: «Schließ bitte von innen ab und bring mir den Schlüssel, Bot.»

Wie verdattert stand ich einen Augenblick im Flur. In meinem Kopf fühlte es sich an, als würden sich zwei Drähte fälschlicherweise berühren. Wieso verhielt sich der Käpt'n seit unserem Telefonat so seltsam?

«Vertrau mir, Bot», fügte er hinzu. «Tu es einfach.»

Seufzend und mit einem mulmigen Gefühl im Bauch schloss ich ab. Ging ins Wohnzimmer und legte den Schlüssel auf den Tisch.

Der Käpt'n saß auf dem Sofa. Ich traute meinen Augen nicht: Neben ihm lag Dolores, er streichelte sie am Kopf.

«Moin», sagte er.

«Moin.» Ich stellte mich vor ihn und stützte meine Hände in die Hüften. «Also, was ist los? Wieso sollte ich so schnell hierherkommen? Und warum sollte ich von innen abschließen?»

Er zog an seiner Pfeife. Seelenruhig fuhr er weiter durch Dolores' Locken.

Plötzlich ein Klopfen. Ich drehte mich um. War es aus meinem Rücken gekommen? Aus der Gästetoilette? Es klang, als hämmerte jemand gegen eine Tür.

Ich drehte mich wieder zum Käpt'n um und sah ihm in die Augen. «Was war das?» Ich nickte über meine Schulter.

«Wir haben Besuch», antwortete er. So kühl, als hätte er heute Nacht in einem Eisbad geschlafen.

Ich schüttelte irritiert den Kopf. «Was meinst du damit?»

Die Antwort lieferte nicht er, sondern unser «Besuch», wie er gesagt hatte, selbst. Wieder Hämmern, gefolgt von einer männlichen Stimme: «He, ist da jemand? Bitte helfen Sie mir! Dieser Verrückte hat mich eingesperrt!»

Fassungslos sah ich den Käpt'n an. Er hingegen erwiderte meinen fragenden Blick mit der ihm üblichen Selbstbeherrschung, die an der Grenze zur Gleichgültigkeit schrammte. Zenon von Kition, der Begründer der stoischen Philosophie, hätte vor Stolz mit den Ohren geschlackert.

Ahab zog an seiner Pfeife, eine Maracujawolke waberte zu mir herüber. «Willst du ihn nicht fragen, ob er der Harpunenmörder ist?»

Ich schluckte. «Das ist nicht dein ... Bist du von allen guten Seemannsgeistern verlassen?»

Ich wandte mich ab und eilte über den Flur zur Gästetoilette. Auch der Käpt'n stand auf und folgte mir. Vor der Tür blieb ich stehen, der Schlüssel steckte im Schloss.

«Hallo? Herr Hinrichs?», fragte ich.

Kurze Stille.

«Gott sei Dank! Hören Sie, lassen Sie mich bitte raus, okay? Dieser Mistkerl hat mich hier eingesperrt.»

Hinter mir ein Räuspern. «Mach ruhig auf, Bot. Er ist sowieso gefesselt.»

Dann wieder Hinrichs: «He, sind Sie noch da? Ich gehe jetzt einen Schritt zurück und setze mich auf die Toilette, damit Sie die Tür aufkriegen. Sie geht nämlich nach innen auf.»

«Einverstanden.»

Ich legte mein Ohr an die Tür, und nachdem Hinrichs sich den Geräuschen zufolge hingesetzt hatte, wich ich zurück und drehte den Schlüssel um. Langsam öffnete ich die Tür ...

Hinrichs saß vor mir. Diesmal nicht auf dem Toilettensitz von eben, sondern am Wohnzimmertisch. Nachdem ich die Tür geöffnet und er mich erwartungsvoll angesehen hatte, hatte der Käpt'n sich an mir vorbeigedrängt und Hinrichs am Arm nach drüben geführt.

Ich konnte es nicht glauben. Ahab hatte es tatsächlich getan.

Wie in einem B-Movie aus Hollywood, bei dem den Drehbuchschreibern nichts Besseres eingefallen war, kauerte Jan Hinrichs auf seinem Stuhl und rieb sich die leicht geröteten Handgelenke. Der Käpt'n hatte ihn mit einem sogenannten Palstek-Knoten gefesselt, wie er mir mit einem Funkeln in den Augen erklärte.

«Ein Standardknoten unter Seemännern», sagte er. «Ein echter Alleskönner, auf See wird er sehr oft gebraucht. Man bildet eine Schlaufe, die große Belastungen aushält und sich trotzdem nicht zuzieht.»

«Wäre nicht nötig gewesen», warf Hinrichs mit gesenkten, zusammengezogenen Brauen und schlitzverengten Augen ein. Er schüttelte die Hände aus. «Was zum Teufel soll das, Frerk? Das ist Freiheitsberaubung! Scheiße, Mann!»

Ahab zog kommentarlos an seiner Pfeife. Wenn ich es nicht besser gewusst hätte, hätte ich nun ein verschmitztes Lächeln auf seinen Lippen erkannt.

Zu sagen, dass ich irritiert war, hätte den Nagel nicht ansatzweise auf den Kopf getroffen. Das, was ich in diesem Augenblick empfand, spielte in einer anderen Liga. Entrüstung, Entsetzen, Empörung. So praktisch es für die Ermittlungen war, dass Hinrichs, der Tatverdächtige, uns nun wehrlos ausgeliefert war, hatte der Käp'n sich strafbar gemacht! Er gab jedoch das Unschuldslamm.

Jan Hinrichs sah anders aus, als ich ihn mir in meiner Fantasie ausgemalt hatte. Auf dem Überwachungsvideo vom Fähranleger war hinter der Scheibe seines Autos nichts zu erkennen gewesen, eine Gestalt ohne Gesicht, und so bekam ich ihn nun zum ersten Mal in voller Pracht zu sehen. Ich nahm mir Zeit, ihn genau zu betrachten. In meinem Oberstübchen fing es wieder an zu rattern. Wenn ich nicht gewusst hätte, welchem Beruf er nachging, hätte ich dennoch auf Künstler getippt.

Körperlich begegneten wir uns auf Augenhöhe, er war nur wenige Zentimeter größer als ich, und mit seiner gebrechlichen Statur hätte wohl auch er keinen Achterlauf unverletzt überstanden. Die Farbe seiner Haare pendelte zwischen Teakholz- und Mahagonibraun, dazwischen hatten sich als Spielverderber ein paar graue Strähnen gemogelt. Er trug sie zu einem lockeren Dutt gebunden. Auf seiner Nase wachte eine filigrane Rundbrille mit Goldrand, der hier und dort abgesplittert war. Das Markanteste an ihm war jedoch sein zotteliger Van-Dyke-Bart, bestehend aus einem Moustache-ähnlichen Oberlippen- und einem langen Ziegenbart. Er überließ es wohl seinen Betrachtern, ob sie ihn als kunstvoll oder als ungepflegt einstuften.

«Wer sind Sie überhaupt?», fragte er.

«Gabriele Scholle», stellte ich mich vor und reichte ihm eine Hand. Er schüttelte sie widerwillig.

«Sie sind nicht von Amrum», sagte er.

«Wir kommen aus Wiesbaden. Wir machen zum ersten Mal Urlaub auf der Insel.»

Er kräuselte die Stirn. «Wir?»

Ich nickte zu Dolores hinüber, ihr Kopf ruhte inzwischen in Ahabs Schoß. «Meine Hündin und ich.»

«Seit wann duldet Frerk eine Töle in seinem Haus?»

Als hätte sie seine Worte verstanden, knurrte Dolores ihn leise an. Offensichtlich fühlte der Käpt'n sich berufen, sie zu beschützen, und bedachte Hinrichs mit einem strafenden Blick. Eine stumme Drohung, ihn wieder zu fesseln und zurück in die Gästetoilette zu sperren.

Hinrichs schluckte. «Schon gut, Frerk, es sollte ein Scherz sein.» Er rümpfte die Nase und schaute auf seine Hände. «Kannst du mich jetzt bitte endlich frei machen? Ich laufe euch schon nicht weg.»

«Würde dir ohnehin nicht gelingen», erwiderte der Käpt'n. «Durch die Tür kommst du nur mit einer Brechstange.» Deshalb hatte ich von innen abschließen und ihm den Schlüssel bringen sollen, erinnerte ich mich. «Und falls du das hier suchst ...» Er griff in seine Hosentasche und zog ein Handy heraus. «Das kannst du dir nachher bei mir abholen.»

«Wenn das so ist, kannst du ihm doch wirklich die Fesseln abnehmen», sagte ich.

Murrend erhob sich der Käpt'n vom Sofa. Er ging zu dem Stuhl hinüber und machte seinen Bekannten los.

«Danke, Frerk», sagte Hinrichs mit schwacher Stimme. Er holte seine Brille aus der Brusttasche seines Leinenhemds, zog dieses ein Stück aus seiner Hose, reinigte mit dem Zipfel notdürftig die Gläser und setzte sie sich anschließend auf. Ich schmunzelte, denn anstatt die Schlieren zu beseitigen, hatte er sie großflächig verrieben, sodass ein milchiger Schleier auf den Gläsern klebte.

Ich räusperte mich. «Bevor wir klären, warum Ahab … Ich meine, warum Herr Behrendsen Sie der Freiheit beraubt hat, gestatten Sie mir eine Frage.» Ich verschränkte die Arme wieder vor dem Bauch und legte den Kopf schief. «Was machen Sie hier auf der Insel? Sie sind doch vorgestern mit der ersten Fähre am Morgen nach Dagebüll gefahren.»

Es fehlte nicht viel, und sein Gesicht hätte sich zu einem Fragezeichen verformt. «Woher wissen Sie, dass ich aufs Festland gefahren bin?»

«Sie arbeitet bei der Polizei», kam es aus der Richtung des Sofas.

Die Worte des Käpt'ns sorgten für Stille. Hinrichs zog die Augenbrauen zusammen, auf seiner Stirn bildete sich eine Falte. Er taxierte mich. Ich entsprach wohl nicht ganz seinem Bild von einer Polizistin – womit er ja eigentlich richtiglag.

«Was für einen Wagen fahren Sie?», fragte ich.

«Einen mit vier Rädern, Lenkrad und Motor.»

«Wenn du so weitermachst, kannst du die Toilette gleich wieder von innen bestaunen», warf der Käpt'n ein.

Hinrichs hob die Hände. «Ist ja gut, reg dich ab. Hat denn keiner mehr Humor auf unserer Insel?»

Ich ließ seine Frage stehen und sah ihn auffordernd an. «Also?»

Er seufzte. «Einen alten Peugeot 206. Warum?»

«Wir haben einen französischen Kleinwagen auf dem Band der Überwachungskamera am Fähranleger in Wittdün erkannt.»

«Wir? Die Tö... Ich meine, der Fiffi und Sie?»

«Die Kollegen aus Nebel und ich.»

«Doch nicht etwa diese Möchtegern-Gendarmen aus der Polizeistation?» Seine Stimme triefte vor Geringschätzung. «Ein Wunder, dass die zwischen dem Solitär-Spielen noch Zeit finden.»

«Warum sind Sie von der Insel geflohen?»

«Geflohen?» Er rümpfte die Nase. «Man wird ja wohl noch frei reisen dürfen in diesem Land.»

Ich ließ mir Zeit. Susanne hielt ich für die fähigste Ermittlerin vom K11, und ich war bei einigen ihrer Verhöre dabei gewesen. Sie bediente sich gerne einer riskanten, aber effektiven Strategie: Irgendwann im Verlauf der Befragung konfrontierte sie die Verdächtigen mit einem Teil ihrer Ermittlungsergebnisse und setzte sie so unter Druck. Vor allem provozierte sie damit Reaktionen der Verdächtigen, aus denen sie Rückschlüsse zog, ob sie die Wahrheit sagten.

Sollte ich dieses Mittel auch bei Hinrichs versuchen? Ich würde ein Risiko eingehen, keine Frage. Aber was sollte schon passieren? Durch den Käpt'n an meiner Seite fühlte ich mich sicher.

Ich wagte es.

«Selbstverständlich darf man frei reisen», griff ich seine Äußerung auf. «Wenn man sich am Tag zuvor mit dem eigenen Erzeuger gestritten hat, dem die Hälfte des Hauses gehört, das man frisch geerbt hat, und dieser Vater dann wenige Stunden später mit einer Harpune in der Brust in einem Fischerboot gefunden wird, sieht das allerdings anders aus.»

Hinrichs Blick schoss zwischen dem Käpt'n und mir hin und her. Ahab starrte ihn eisern an, seine Finger glitten dabei langsam über Dolores' Locken, als bewegte er sich mit halber Geschwindigkeit. Er hatte etwas von Marlon Brando, dachte ich, der Pate auf Amrum. Es fehlte nur die Watte in den Wangen.

«Scheiße, wovon reden Sie da?», fuhr Hinrichs mich an. «Ich weiß nichts von einem Fischerboot oder einer Harpune, verdammt.» Er fasste sich an die Nase. Aus den Verhören, an denen ich als Sekretärin beteiligt gewesen war, wusste ich, dass dieses körpersprachliche Signal auf eine Lüge hinwies. «Wollen Sie mir damit etwa sagen, dass dieser Kerl ... tot ist?»

Der Käpt'n und ich brauchten nichts zu antworten, der Groschen fiel bei ihm auch ohne Worte. Hinrichs schluckte, schaute zu Boden und kratzte sich am Kopf.

Ich hatte mich keinen Illusionen darüber hingegeben, was seine mögliche Reaktion anging. Mir war klar gewesen, dass ihn der Tod seines Vaters – gelinde ausgedrückt – nicht annähernd so verletzen würde wie das Ableben seiner Mutter. Und trotzdem überraschte es mich, wie belanglos diese Info für ihn zu sein schien. Wahrscheinlich würde es ihn mehr treffen, wenn man ihn in seiner Autoversicherung hochstufte.

Bis er verstand, was hier gespielt wurde.

«He, Moment mal!» Er schaute auf, zeigte nacheinander auf Ahab und mich und stützte anschließend beide Hände in die Hüften. «Ihr glaubt doch nicht etwa, dass ich da mit drinhänge?»

Ich hielt seinem Blick stand. «Sagen Sie es mir.»

«Ich lasse mir von Ihnen nichts anhängen!»

«Nun, in diesem Fall sollten Sie sich für die Polizei zügig eine Erklärung ausdenken.» Ich tippte an meine Hosentasche, an der sich mein Handy abzeichnete. Dann deutete ich auf den Käpt'n, er mimte weiter den italienischen Mafia-Großmufti. «Herr Behrendsen kann sie auch gerne wieder in das Kabuff sperren, falls das Ihre Kreativität beflügelt. Schauen Sie ihn sich an, ihm fallen bestimmt noch viele schöne Seemannsknoten ein.»

Ahab stieß ein zustimmendes Brummen aus.

«Ich brauche mir nichts auszudenken, verdammt!», bellte Hinrichs zurück. «Ich weiß, was ich getan habe und was nicht.»

«Lassen Sie mal hören.»

Er schnaufte. Sah zwischen Boden, Decke, dem Käpt'n und mir hin und her und tippelte währenddessen mit dem Fuß.

«Ich bin Kunsthandwerker», fing er an zu erklären. «An dem Morgen, um den es geht, bin ich mit der ersten Fähre nach Dagebüll gefahren, weil ich einen dringenden Termin hatte.»

«Das würde Ihre Flucht am Morgen nach der Tat erklären. Aber es geht um die Nacht davor, zwischen zehn und elf Uhr abends, wo waren Sie da?»

Er zuckte mit den Schultern. «Zu Hause.»

Ich zog kurz die Mundwinkel hoch. «Das ist ungünstig für Sie, weil schlecht zu beweisen.»

«Ich hatte Besuch von einer Freundin. Sie hat mir mit meinen Kunststücken geholfen, weil ich wegen des Termins enorm unter Druck stand.»

«Soso. Wie heißt diese Freundin, von wann bis wann war sie bei Ihnen?»

«Sie heißt Göntje, Göntje Hamkens. Sie ist auch Künstlerin und wohnt auf Föhr.» Er kratzte sich am Kopf. «Sie ist so gegen acht gekommen und hat Amrum erst mit mir zusammen am nächsten Morgen verlassen.» Er schnippte mit den Fingern, als sei ihm etwas eingefallen. «Um kurz vor zehn haben wir eine Pause eingelegt und haben uns vor Feierabend bei Rialto eine Pizza zum Mitnehmen geholt.»

«Das heißt, Sie und Frau ...?»

«Hamkens.» Er verschränkte die Arme. «Pizza Mario und Pizza Strandgut, mit Spinat und Shrimps, falls Sie mir nicht glauben wollen.»

Ich hob den Kopf und verzog leicht angewidert das Gesicht. Eine Pizza mit Shrimps, wer dachte sich so etwas nur aus? Ich mochte es lieber klassisch, Margherita war die beste.

«Sie sind wieder nach Hause gegangen», mutmaßte ich, «haben dort gegessen ... und dann?»

«Wir haben bis spät in die Nacht weiter an meinen Kunstwerken gearbeitet. Bis uns irgendwann die Augen zugefallen sind.»

«Was künstlern Sie eigentlich so?»

«Ich habe mich auf die Herstellung von Treibholzkunst

spezialisiert.» Sofort hatte ich die Gegenstände in Rensches Regalen vor Augen, dort hatten mehrere Treibholz-
stücke gelegen. Ob sie von Hinrichs stammten? Hatte er
sie etwa gefertigt und seine Mutter sie an die befreundete
Nachbarin weitergegeben?

Ich runzelte die Stirn.

«Meine Stücke sind sehr gefragt», erklärte Hinrichs. «Sie
werden von Liebhabern in ganz Deutschland geschätzt.»

«Um was für einen», ich malte Gänsefüßchen in die
Luft, «Termin soll es sich denn gehandelt haben?»

Er streifte sich eine Strähne aus dem Gesicht. «An dem
Abend habe ich eine Anfrage von der Galerie KüstenKunst
erhalten, zwischen Dagebüll und Langenhorn. Da sollte
am nächsten Tag die neue Ausstellung eröffnen, aber einer
der Künstler hatte sich mit der Besitzerin überworfen und
war abgerauscht. Mitsamt seinen Kunststücken, versteht
sich. Tja, also habe ich meine Freundin kontaktiert, damit sie mir hilft, und am nächsten Morgen meinen kleinen
Franzosen vollgeladen und bin rüber aufs Festland.»

Das klang so ausgedacht, dass es wahr sein konnte. Entweder war er ein begnadeter Lügner, oder seine Erklärung
entsprach der Wahrheit.

«Wie heißt die Besitzerin?», fragte ich weiter.

«Anna Martens», antwortete er wie aus der Pistole geschossen.

«Und die Ausstellung?»

«Einen Moment.» Mit erhobenem Finger bat er mich zu
warten und tastete sich ab. Dann zog er einen Zettel aus
der Gesäßtasche, faltete ihn auseinander, strich ihn glatt
und überreichte ihn mir. «Hier, damit dürfte wohl end-

lich alles geklärt sein. Mein Name steht natürlich nicht mit drauf, aber Sie können Frau Martens gerne anrufen.»

Ich schaute mir den Zettel mit Argusaugen an. Auf dem Flyer war Anna Martens abgebildet, wie der Untertitel verriet, sie guckte finster in die Kamera. Mit einem Blick, der mich glauben ließ, dass mit ihr nicht gut Kirschen essen war. Sie erinnerte mich an den Direktor des Kunst- und Naturmuseums in Wiesbaden. Susanne und ich besuchten gerne die Ausstellungen und waren ihm dabei schon häufiger über den Weg gelaufen. In der Kulturbranche tätig zu sein, verhagelte dem einen oder anderen offensichtlich ganz schön die Stimmung.

Neben Frau Martens war eine Außenansicht der Galerie zu sehen. Darunter exemplarische Fotos von Kunststücken, als diese noch an anderen Orten ausgestellt waren. Auf der Rückseite – so klein gedruckt, dass ich es kaum entziffern konnte – eine Auswahl der teilnehmenden Künstler. «Wellenflüstern: Kunst, die Geschichten vom Meer erzählt», las ich die Überschrift.

Ich gab den Flyer an den Käpt'n weiter.

«Sie haben also am Abend vor Ihrer Abreise mit Frau Martens telefoniert?», klopfte ich es weiter ab. Er nickte. «Demnach würde sie mir dies auch bestätigen?»

«Sicher. Und die Verbindungsdaten meines Handys tun das auch. Die werden der Polizei auch bestätigen, wo ich in der Nacht gewesen bin.»

Er ließ seine Augenbrauen auf und ab hüpfen. Eine Geste, die im Zusammenspiel mit dem großspurigen Grinsen, das sein Gesicht nun erfasste, vor Arroganz förmlich übersprühte. Er leckte sich über die Lippen.

Aus Ahabs Richtung in meinem Rücken knurrte es. Für mich klang es wie ein einsichtiges Knurren, weil auch ihm klar geworden sein musste, dass unser Besuch nicht der Mörder von Uwe Sturmfels war.

«Wird Zeit für 'ne Entschuldigung», sagte Hinrichs. «Finden Sie nicht?»

«Das werden wir sehen», erwiderte ich und ging in Gedanken den Steckbrief durch, den ich in die Kladde schreiben würde.

STECKBRIEF: Jan Hinrichs

- *kurz gewachsen, unsportliche Statur*
- *braune Haare mit grauen Strähnen (zu Dutt gebunden), trägt abgenutzte Brille mit Goldrand und zotteligen Van-Dyke-Bart*
- *freischaffender Kunsthandwerker*
- *ironisch-sarkastischer Typ*
- *hat Rensches Anteil an Reetdachhaus in Wittdün geerbt*
- *kein Fan der Amrumer Polizei*
- *wohnt in Nebel in der Nähe der St.-Clemens-Kirche*
- *fährt klapprigen «Franzosen» (Peugeot 206)*

Verdachtsmomente:
- *Streit mit Sturmfels am Tattag (Zeugin: Edda)*
- *ist am Morgen nach der Tat mit der ersten Fähre weggefahren*
- *Motiv? Sturmfels ist leiblicher Vater, ihm gehört die andere Hälfte des Reetdachhauses*

To-dos:

- Alibi überprüfen! Wirklich zu Kunstausstellung gefahren? Göntje Hamkens fragen

KAPITEL 19

Ich setzte mich aufs Sofa und schaute nach draußen. Kurz vor sieben, die Sonne sank dem Horizont entgegen und streifte bereits die Meereslinie. Die letzten Stunden schienen uns beiden viel abverlangt zu haben; ihr jedoch vor allem der Sturm. Jetzt kündigte der Sonnenuntergang die Nacht an, und mit dem Dämmerlicht zog eine wohlige Atmosphäre in das Wohnzimmer ein. Diese Stimmung stand ganz im Gegensatz zu dem wilden Tag, der hinter uns lag. Aber ich genoss ihn, diesen Moment der Ruhe.

Ahab, Hinrichs und Dolores waren auf dem Weg nach Nebel. «Sie sollten dringend heute noch zur Polizei fahren und aussagen», hatte ich ihm geraten. «Es sei denn, Sie sind scharf auf ein Fahndungsfoto von sich in der Presse.» Er hatte es eingesehen.

Zähneknirschend entschuldigte sich der Käpt'n bei seinem Bekannten.

Hinrichs erwies sich überraschenderweise als nicht nachtragend. Er sah zu mir und zeigte nickend auf Ahab. «Frerk hat mich ganz schön aufs Kreuz gelegt», sagte er. «Bei mir in der Wohnung hat er mir etwas vom Pferd erzählt. Er bräuchte dringend meine Hilfe bei einem Modell, das er ohne mich angeblich nicht zusammenbauen könnte. Tja, hilfsbereit, wie ich bin, bin ich mitgekommen. Kaum hier im Haus, stürzt er sich auf mich, legt mir diese Fesseln an und sperrt mich im Klo ein.» Er stützte seine Hände in die Hüften und wandte sich dem Käpt'n zu. «Dafür kannst du mich gleich höchstpersönlich mit deinem Elektro-Lastenrad zur Polizei bringen.» Ahab grummelte. «Damit wollte ich schon immer mal über die Insel fahren.»

«Dolores kann ruhig hierbleiben», sagte ich. «Dann gehe ich mit ihr noch eine große Gassirunde.»

«Löckchen gehört zu mir», grummelte der Käpt'n. «Wir nehmen sie mit.» Ich verkniff mir mit Mühe das Lachen. So oder so ähnlich hätte es auch aus dem Mund von Patrick Swayze in Dirty Dancing stammen können. Ahab schien Dolores' Anwesenheit inzwischen nicht mehr nur gut aushalten zu können, sondern sogar ein Stück weit zu genießen. Wahrscheinlich hätte der alte Sturkopf es aber niemals zugegeben.

Während der Käpt'n sich umzog, quetschte ich Hinrichs noch ein bisschen weiter aus. Vor allem über das Haus und den Streit zwischen Sturmfels und ihm, den Edda mitgehört hatte.

Er bestritt nichts. Es sei hoch hergegangen, weil dieser Scheißkerl nicht eingesehen habe, dass Hinrichs seinen Anteil für kein Geld der Welt verkaufen würde.

«Was hat dieser Betrüger sich eigentlich eingebildet?», fluchte er. «Nicht mit mir. Er hat schon meine Mutter über den Tisch gezogen, aber bei mir hätte er auf Granit gebissen. Der mit seinem STORMROCK-Gedöns. Ein Krimineller war das!»

Ich wurde hellhörig. «Inwiefern hat Sturmfels Ihre Mutter betrogen? Hat sie ihm die Haushälfte nicht aus freien Stücken übertragen?»

«Doch, deswegen war ihm auch nicht beizukommen.» Hinrichs ließ seinen Kopf sinken und fing an, an seinen Händen zu nesteln. «Sie hat mir die Wahrheit erst kurz vor ihrem Tod offenbart. Als sie wusste, dass ihr nur noch wenige Wochen bleiben.»

«Demnach wussten Sie weder, dass Sturmfels Ihr Vater ist, noch, dass ihm die Hälfte des Hauses gehört», fasste ich zusammen, zu gleichen Teilen Frage und Aussage.

Er nickte. «Ich bin in dem Wissen aufgewachsen, dass der Mann, den sie mir gegenüber ‹meinen Vater› nannte, bei einem Bootsunfall ertrunken sei. Mittlerweile denke ich, dass meine Mutter sich das gewünscht hätte. Sie hat es sich so oft eingeredet, bis sie selbst daran geglaubt hat. Aber das stimmte nicht. Mein ...» Er stockte. Das Wort Vater für Sturmfels brachte er nicht über die Lippen. Murmelnd suchte er nach dem passenden Begriff.

«Erzeuger», soufflierte ich.

Er schien ihm unangemessen. «Dieser Scheißkerl ist nicht in der Nordsee ertrunken. Er ist – wie einige von Amrum – in die USA ausgewandert.»

«Er hat dort ein weltweit agierendes Immobilienunternehmen aufgebaut.»

«Pf. Nur dank des Startkapitals meiner Mutter.»

Langsam fing ich an zu begreifen. Die Verflechtung zwischen Sturmfels und ihm war viel komplexer als gedacht. Ich bat ihn, mir alles von Anfang an zu erzählen.

Hinrichs schniefte und fuhr sich mit dem Handrücken

über die Augen. Er holte Luft, atmete langsam aus, und als er sich wieder beruhigt hatte, begann er zu berichten.

Sturmfels sei ein umtriebiger Casanova gewesen, das wusste ich bereits. Trotzdem sei seine Mutter auf seinen Charme hereingefallen und habe sich in ihn verliebt. Er habe ihr das Blaue vom Himmel versprochen, eine eigene kleine Familie, ein bis zwei Kinder, Eigenheim. Als sie schwanger gewesen sei, habe er sie überzeugt, ihm sicherheitshalber die Hälfte des Hauses zu übertragen, und als Kirsche auf der Torte habe sie ihm darüber hinaus eine Vollmacht für ihr Konto eingeräumt. Wenige Tage später sei Sturmfels über alle Berge gewesen mitsamt ihren Ersparnissen im Gepäck.

Hinrichs Familiengeschichte hatte es wirklich in sich. Das konnte nicht nur an der Mutter spurlos vorübergegangen sein, sondern musste in der Folge auch Auswirkungen auf den Jungen gehabt haben. Ich fragte mich, mit welchen Gefühlen gegenüber seinem Vater er wohl groß geworden war. Während er erzählte, verhärteten sich seine Gesichtszüge, röteten sich seine Wangen, und sein Blick wurde stechend. Er empfand eine Menge Wut für diesen Mann – was ich nachvollziehen konnte.

Ich glaubte ihm. Sein Alibi schien mir nicht ausgedacht zu sein, und wenn sich das bewahrheitete, konnte ich ihn als Verdächtigen aus meinem Kopf streichen. Schön für ihn, und natürlich gut, wenn ein Unschuldiger auch tatsächlich als solcher behandelt wurde, aber für die Ermittlungen bedeutete das einen herben Rückschlag. Die heiße Hinrichs-Spur war abgekühlt wie ein Kaffee am Nordpol.

Kurz nachdem Hinrichs mit dem Bericht fertig gewesen war, kam der Käpt'n zurück und platzte in unser Schweigen hinein. Die beiden machten das Lastenrad startklar und brachen zusammen mit Dolores auf nach Nebel.

Das war nun eine Weile her. Ich hing auf dem Sofa, halb sitzend, halb liegend, und spürte, wie der zurückliegende Tag seinen Tribut einforderte. Zuerst kämpfte ich noch dagegen an, dass mir die Augen zufielen. Doch dann gab ich nach und schlief ein.

~~~~~~~~~

«Moin, Susanne», begrüßte ich meine Freundin.

«Hallo, Gaby.» Sie kicherte. «Du grüßt ja schon wie eine Nordfriesin. Wie geht's euch beiden denn da oben?»

«Uns geht's prima, die Seeluft tut uns wirklich gut.»

«Das freut mich. Aber nicht dass du auf die Idee kommst, nach Amrum auszuwandern.»

«Keine Sorge. Auch wenn ich Wiesbaden nicht vermisse und diese Heimeligkeit auf der Insel genieße, wäre sie mir auf Dauer zu klein.»

«Dann bin ich ja beruhigt. Ist denn trotzdem irgendetwas Spannendes passiert?»

Kurz überlegte ich, ob ich ihr von dem Trubel der letzten Tage erzählen sollte. Ich konnte mich jedoch nicht dazu durchringen, denn schließlich hatte sie mir eindringlich ins Gewissen geredet, meine Nase aus dieser Angelegenheit rauszuhalten. Wenn ich ihr jetzt beichtete, dass ich genau das Gegenteil getan hatte, würde sie mir wahrscheinlich ordentlich den Kopf waschen oder, schlimmer, sich wirklich Sorgen machen, und darauf konnte ich (und sie) gerade gut und gerne verzichten.

«Nein, alles ruhig hier oben», log ich also und hoffte, bei ihr damit durchzukommen. Eigentlich kannte Susanne mich zu gut, um es nicht zu bemerken. «Was soll in diesem Nest auch schon passieren?», schob ich schnell nach, um meine Glaubhaftigkeit zu erhöhen.

«Schade. Aber ich freue mich schon darauf, mit dir wieder einen Kaffee trinken zu gehen.»

«Ja, ich mich auch. Es dauert auch nicht mehr lange.»

Kurze Pause.

Susanne räusperte sich. «Was ich dich fragen wollte: Was ist nun zwischen dir und Rolf?»

Plötzlich kündigte ein Klopfen in der Leitung einen Anruf an. Er kam mir wie bestellt. Denn auch wenn ich Verständnis dafür aufbrachte, dass Susanne sich nach meiner Ehe erkundigte und es von ihrem Mitgefühl zeugte, genoss ich die gedankliche Pause von diesem Thema. Ich nahm das Handy vom Ohr und schaute nach, es war Krüger.

«Tut mir leid, aber da wartet ein sehr wichtiger Anruf auf mich», erklärte ich Susanne. «Ich rufe dich morgen wieder an, okay?»

«Einverstanden, dann reden wir beim nächsten Mal weiter über Rolf und dich. Bis morgen!»

Ich legte auf, sodass ich nun Krüger an der Strippe hatte.

«Moin, Frau Scholle», begrüßte sie mich. «Ich wollte Ihnen Bescheid geben, dass Ihre beiden Männer mitsamt tierischem Geleitschutz wohlbehalten bei uns eingetroffen sind.»

«Das ist nett, danke. Hat die Befragung von Frau Pannkok etwas ergeben?»

Sie stieß ein Seufzen aus. «Wir hatten uns da mehr erhofft. Sie weiß gar nichts, sie hat den Namen Sturmfels noch nie gehört und ist ihm dementsprechend auch nie begegnet. Ihr war nicht einmal die Familienfehde bekannt, geschweige denn deren Hintergrund. Was sie mit einer bescheuerten Harpune anfangen solle, hat sie uns gefragt. Sie ist Aktivistin bei Greenpeace und sieht Walfang daher – euphemistisch ausgedrückt – kritisch.»

Also doch nicht das weibliche Pendant zu Störtebeker, dachte ich.

«Haben Sie herausgefunden, warum man sie auf Amrum nicht kennt?»

«Sie lebt wohl sehr zurückgezogen in einem abgelegenen Häuschen, das sie geerbt hat. Sie pflegt nicht viel Kontakt zur Außenwelt und ist darüber hinaus für die Umweltaktionen häufig auf Achse.»

«Hm. Hat sie ein Alibi?»

«Ja. Sie war am Tattag auf einem Aktivisten-Treffen in Kiel und ist erst zwei Tage später zurückgekommen. Sie hat uns die Zugtickets vorgelegt, und das Hotel hat uns bestätigt, dass sie um die Tatzeit dort eingecheckt war.» Krüger nahm das Telefon kurz vom Ohr und hustete. «Wir streichen sie also von der Liste. Wenn es stimmt, was Sie und die Kollegen Petersen und Jensen mir über Herrn Hinrichs geschildert haben, dürfte auch er die längste Zeit verdächtig gewesen sein.»

«Leuchtet mir ein. Welcher Mörder flüchtet erst von der Insel, auf der er jemanden umgebracht haben soll, kehrt dann wieder zurück und stellt sich der Polizei? Und warum, umgekehrte Psychologie?»

«Genau. Hinrichs Alibi überprüfen wir natürlich trotzdem umgehend. Aber meine Erfahrung sagt mir, dass er uns die Wahrheit sagt. Sollten Frau Martens, Frau Hamkens, die Pizzeria und seine Handydaten seine Aussage bestätigen ... tja, dann ist er's einfach nicht gewesen.»

So erfreulich das für Hinrichs und Pannkok sein mochte, glaubte ich zu wissen, was nun im Kopf der Kommissarin vorging: Thomsen und sie standen vor dem Nichts. Ihre Ermittlungsansätze hatten sich zerschlagen. Sie mussten wieder von vorne beginnen.

Krüger räusperte sich. «Ich wünsche Ihnen noch einen schönen Abend, Frau Scholle.»

«Danke, Ihnen auch. Und richten Sie bitte Ahab aus, er soll im Dunkeln ja vorsichtig fahren nachher.»

«Ahab?» Krüger klang erstaunt. «Finden Sie wirklich, dass Herr Behrendsen Ähnlichkeiten hat mit ...?» Ich ließ ihr ein paar Sekunden Zeit. Sie würde es schon noch sehen ... «Ja, tatsächlich. Jetzt, wo Sie es sagen.» Ein verhaltener Lacher. «Ich werde es ihm ausrichten.»

Eine ganze Weile später hörte ich, wie jemand zur Tür reinkam. Dann schwere, bedächtige Schritte des Käpt'ns im Flur und schnell tapsende Hundepfoten. Dolores, die Rückfahrt musste sie wieder aufgeregt haben. Sie liebte es, in der Transportbox zu sitzen und sich den Inselwind um die Ohren sausen zu lassen. Für unsere Wege zu Hause würde ich mir auch so ein Gefährt zulegen.

Ich richtete mich auf. «Na, wo ist denn mein Schätzchen?», rief ich.

Dolores rannte die Treppe hoch.

«Da bist du ja!»

Schwanzwedelnd fiel sie über mich her. Ich streichelte ihr durch die Locken.

«Die Oma hat dich auch vermisst!»

KAPITEL 20

Es war zwanzig nach elf, als ich Dolores winseln hörte.

«Ja, Schatz, wir gehen noch mal», sagte ich, knipste die Nachttischlampe an und setzte mich auf die Bettkante.

Sie legte ihren Kopf auf mein Knie und sah mich mit ihren großen Augen erwartungsvoll an.

«Aber nur eine kleine Runde!» Ich stand auf, öffnete das Fenster und spürte die kühle Nachtluft auf meiner Haut. Der Mond hing fast voll am Himmel und tauchte die Dünenlandschaft in warmes Licht. Es war windstill, der Strandhafer bewegte sich keinen Millimeter. Alles schien ruhig und friedlich.

Da bemerkte ich eine Katze, die durch den Strandhafer strich, ihre Augen leuchteten im Mondlicht. Danach ein leises Fluchen.

«Mistviecher!»

Dolores wackelte mit dem Schwanz.

Ahab ging durch den Garten. In der Hand hielt er eine Schaufel.

Ich wollte gerade nach ihm rufen, da sah ich, wie er zwei Latten des Zaunes beiseiteschob, in die angrenzenden Dünen ging, über den Holzbohlenweg in Richtung Strand verschwand, aber dann noch mal in die Dünen abbog, weg von der Katze.

Was um Himmels willen hatte er um diese Uhrzeit mit der Schaufel vor?

«Komm, Dolores!»

Ich zog meine Strickjacke über, schlüpfte in meine Sneaker, zog Dolores das Geschirr an, und wir verließen kurz darauf die Wohnung. Unten sah ich Ahabs Hausschuhe vor der Tür stehen. Einer spontanen Eingebung folgend, hielt ich einen davon Dolores hin und ließ sie daran schnuppern.

«Such!», sagte ich. «Such den Käpt'n.»

Sie stellte sich vor seine Haustür und wedelte mit dem Schwanz.

«Hat ja gut geklappt!», sagte ich und lachte. «Das mit der Polizeihund-Ausbildung üben wir noch, Dolores.»

Ich ging mit ihr um das Haus herum und durch den Garten Richtung Zaun. Die beiden Holzlatten fand ich auf Anhieb. Ich schob sie zur Seite. «Such, Dolores!»

Sie schnüffelte tatsächlich am Boden entlang, kam aber nicht weit. An einem Heidegestrüpp senkte sie ihr Hinterteil und pinkelte.

Einen Moment überlegte ich, ob ich zurückgehen sollte. Eine Verfolgungsjagd durch die Dünen, in denen ich mich nicht auskannte, erschien mir mitten in der Nacht doch etwas unheimlich.

Aber Dolores entschied sich anders. Sie zog an der Leine in Richtung Bohlenweg. Ich zog meine Strickjacke etwas enger, knotete sie zu und sagte: «Dann gehen wir eben wieder runter zum Strand.»

Am Spielplatz blieb ich stehen und schaute überrascht zum Naturzentrum. Die Walausstellung war blau beleuchtet. Von Weitem sah es aus, als würde das Skelett des Pottwals im Wasser schwimmen. Ein gespenstischer, aber auch schöner Anblick.

«Schade, dass du nicht mehr durch die Tiefen der Weltmeere ziehen kannst», sagte ich in Richtung des Wals und bedauerte, dass die Tiere den falschen Weg gewählt hatten und vom Atlantik in die Nordsee geschwommen waren. «Pass gut auf, Dolores, damit wir beide uns nicht eines Tages verirren.»

Wir gingen weiter. Unten am Wasser erinnerte ich mich an das Boot, das hier vor drei Tagen in den Wellen geschaukelt hatte. Und dann dachte ich an die Brille, die Dolores in den Dünen gefunden hatte, an Ahab, der an jenem Tag durch den Strandhafer gelaufen war und jetzt mit einer Schaufel unterwegs war. Was er wohl mit ihr vorhatte? Sandburgen bauen wohl kaum. Einen Piratenschatz ausgraben? Jemanden eingraben? Nein! «Der Käpt'n ist einer von den Guten», sagte ich leise zu mir selbst.

Am Ufer löste ich Dolores von der Leine. Wir waren zwar noch nicht am Hundestrand, aber außer uns war weit und breit kein Mensch zu sehen, und ich war mir sicher, dass sie bei mir bleiben würde.

Tatsächlich lief sie brav vor mir her, bis sie plötzlich stehen blieb, eine Pfote einklappte und die Nase in Richtung Dünen streckte.

«Wer ist denn da, Dolores?», fragte ich. «Ist es der Käpt'n?»

Sie antwortete mit einem kurzen Wuff.

Unschlüssig blieb ich stehen, als sie plötzlich nach Norden schaute und wieder bellte.

Ich kniff die Augen zusammen und folgte ihrem Blick. Mein Herzschlag beschleunigte sich, da lag etwas im Sand, dunkel und groß.

Vorsichtshalber nahm ich Dolores an die Leine und ging weiter, eine Hand in der Jackentasche, in der das Handy war. Jetzt war ich froh, dass ich es im letzten Moment noch eingesteckt hatte.

Als ich näher kam, sah ich, dass es nur eine Kegelrobbe war, und zwar eine, die noch lebte. Sie lag friedlich im Sand und schlief. Erleichtert atmete ich auf, machte einen großen Bogen um sie und lobte Dolores, die sich nicht für die Robbe interessierte.

Am Hundestrand angekommen, nahm ich sie wieder von der Leine.

Das hätte ich nicht tun sollen.

Sie nahm die/eine Fährte auf und rannte, wie von der Tarantel gestochen, auf die Dünen zu – in denen der Käpt'n unterwegs war.

«Dolly, kehr um!», schrie ich. Ein Anflug von Panik machte sich in mir breit. Nicht dass sie jetzt, mitten in der Nacht, verschwand. «Kehr um, Fräulein!»

Diesmal hörte sie und kam zurück, blieb aber kurz vor mir stehen und drehte sich wieder zu den Dünen – mit wedelndem Schwanz.

«Ist da der Käpt'n?», fragte ich. Und da sah ich auch schon schemenhaft eine Gestalt hinter einem Hügel auftauchen und kurz darauf wieder verschwinden. Ahab war tatsächlich in den Dünen unterwegs! Aber was war das? Da war noch jemand auf nächtlicher Tour. Aus Süden näherte sich das tanzende Licht einer Taschenlampe am Fuße des Dünentals.

Der Statur nach war es ein Mann. Er hielt eine Schaufel in der Hand, wie ich im Mondlicht erkennen konnte. War das etwa Ahab? Aber wer war dann die Gestalt weiter oben in den Dünen? Dolores sprintete los Richtung Schaufelmann, ich lief hinter ihr her.

Mit ihm hatte ich nicht gerechnet.

«Ocke?», fragte ich überrascht und nickte zu der Schaufel. «Was machst du denn nachts in den Dünen? Suchst du nach verborgenen Schätzen?»

«Moin, Gaby», erwiderte Ocke. «Tja, damit hast du wohl auch nicht gerechnet, dass wir uns als Nächstes nachts in den Dünen treffen würden.» Er wuschelte durch Dolores' Fell. «Ja, ich freu mich ja auch, dich zu sehen, Dolly. Aber Sam ist nicht hier, der schläft schon.» Er hob die Schaufel an. «Strandkrabben. Sie vergraben sich im Sand.»

Ich hob meinen Kopf in Richtung Himmel. «Fängt man sie in bestimmten Mondphasen besonders gut?»

Ich hatte meine Stimme mit genügend Ironie getränkt, sodass Ocke mitbekommen haben musste, dass ich ihm den nächtlichen Strandkrabbenfang keinesfalls abnahm. Aber er blieb bei seiner Version.

«Der Erfolg hängt natürlich von vielen Faktoren ab, der Mond könnte aber durchaus eine Rolle spielen», sagte er. «Und ihr? Letzte Runde?»

Da hörte ich plötzlich die tiefe Stimme Ahabs über uns. «Da bist du ja endlich, Ocke», sagte er und wedelte mit einem Gegenstand durch die Luft, es sah nach der Schaufel aus. «Und du bist auch da, Bot. Sehr gut. Worauf wartet ihr noch?» Er schnalzte mit der Zunge. «Komm, Dolores, ich brauch deine Hilfe.»

Sie flitzte sofort die Düne nach oben.

«Was geht hier vor, Ocke?», fragte ich.

Er grinste. «Wir gehen auf Waljagd.»

«Mit einer Schaufel?»

«Ja.»

Wir kraxelten die Düne hoch.

Oben angekommen, fackelte Ahab nicht lang und erklärte: «Wir suchen nach einem Bunker, Bot. Der Eingang muss sich irgendwo hier in der Nähe befinden.»

Ich hatte ihn verstanden, konnte aber nicht glauben, was er gesagt hatte. «Ein Bunker?»

«Aus dem Zweiten Weltkrieg», antwortete Ocke.

«Und den wollt ihr mitten in der Nacht finden?» Ich sah Ahab mit hochgezogenen Augenbrauen an. «Was ist hier los? Würdet ihr mich freundlicherweise einweihen?»

«Es könnte sein, dass wir im Bunker den Grund für Sturmfels' Tod finden. An dem Tag, an dem er gestorben ist, habe ich ihn durch die Dünen laufen sehen. Ich bin hinter ihm her, um ihn rauszuscheuchen. Aber plötzlich war er verschwunden, wie vom Erdboden verschluckt. Die Existenz von zwei Bunkern in den Dünen ist allgemein bekannt. Es wäre aber durchaus möglich, dass es einen weiteren gibt.»

«Und was denkt ihr darin zu finden?», fragte ich.

«Wale», antwortete Ocke trocken.

«Pannkok ist vor etwa einer halben Stunde in die Dünen

gelaufen», erklärte Ahab. «Ich habe aus dem Fenster gesehen, wie sie den Holzbohlenweg entlang ist, und bin ihr in einigem Abstand gefolgt.» Er blickte über die Dünenlandschaft. «Sie ist verschwunden, wie Sturmfels.»

Pannkok! Er kannte sie also. Aber das wunderte mich nicht, denn auf der Insel kannte bekanntlich jeder jeden. Ich sah sie bildhaft vor mir. Sicher war sie keine Heilige, sie war mir von Anfang an nicht ehrlich vorgekommen. Aber traute ich ihr einen Mord zu? «Und ihr meint, sie könnte was mit Sturmfels' Tod zu tun haben?»

Ahab nickte. «Ein Motiv hätte sie.»

«Und ein Alibi», erwiderte ich.

«Das habe ich auch.» Ahab grinste mich an. «Danke dafür, Bot.»

«Immer wieder gern», erwiderte ich. «Aber nur wenn du mir verrätst, wo du zur Tatzeit warst.»

«Hier», antwortete er. «Ich habe auf Sturmfels gewartet.» Er zuckte mit den Schultern. «Aber er kam nicht. Der war dann wohl schon tot.» Er sah zum Wasser. «Wahrscheinlich hat ihn die Gier hierhergetrieben. Er wäre der Insel besser ferngeblieben. Viele Freunde hatte er hier nicht.»

«Wohl eher keine!», sagte Ocke.

Da gab Dolores ein leises «Wuff» von sich. Mit gespitzten Ohren sah sie in die Dünen.

Wir gingen alle drei gleichzeitig in die Hocke.

Ahab legte eine Hand auf Dolores' Rücken. «Psst, mein Schatz, leise.»

Es war eine Katze. Sie streifte nicht weit von uns durch den Strandhafer.

«Die holt sich die kleinen Fasane!», schimpfte Ahab. «Ich verstehe nicht, wie man so ignorant sein kann und seine Haustiere in den Dünen wildern lässt. Es werden immer mehr. Eine Plage!» Er streichelte Dolores. «Du bist ein braves Mädchen.» Dann stand er auf und zeigte auf ein paar abgeknickte Strandhaferhalme. «Seine Wurzeln sind sehr lang, sie schlängeln sich bis zu zehn Kilometer durch den Boden und geben den Dünen ihren Halt. Aber oben ist der Strandhafer empfindlich. Er knickt sehr schnell um. Man sieht, wo jemand hingelaufen ist, es sei denn, er kennt sich aus und passt auf, dass er nichts zertrampelt.»

«Oder sie», warf ich ein. «Pannkok.»

«Ja. Ich bin sicher, sie ist irgendwo hier oder war es kürzlich noch. Aber sie hat kaum Spuren hinterlassen.» Er beugte sich zu Dolores hinunter. «Pass fein auf, such!»

Sofort spitzte sie die Ohren und ging neben Ahab her, als er sich auf den Weg machte.

Ocke und ich folgten ihnen, zwischen den Dünen hindurch, rauf und runter.

Dolores schnüffelte am Boden, am Heidekraut und am Strandhafer. Bis sie plötzlich stehen blieb, die Ohren aufstellte, die Vorderpfote hob und einknickte.

«Das gibt's doch nicht», sagte Ocke. «Du hattest recht, Frerk!»

«Hast du denn daran gezweifelt?», fragte Ahab.

An Dolores war tatsächlich ein Polizeihund verloren gegangen. In einem Dünental am Fuße eines Hügels blieb sie plötzlich stehen und sah mich an. «Was ist los, Schatz?», fragte ich. Und dann sah ich es! An einer Stelle sprang nackter Beton zwischen dem Strandhafer hervor. Sie hatte den Bunker gefunden, der sich hinter dicht gewachsenen Kriechweiden verbarg.

«Fein gemacht, Dolores!», sagte ich.

Ahab wuschelte ihr durch das Fell. «Das gibt eine Extrawurst! Oder magst du lieber von dem leckeren Fisch, den du so gern isst?»

So ein Schlawiner. Also daher wehte der Wind. Deswegen war Dolores so fixiert auf ihn. Aber darüber würden wir ein anderes Mal sprechen. Jetzt gab es Wichtigeres zu tun.

«Gehen wir rein!», sagte Ocke.

Die Tür stand einen Spalt offen.

«Was ist, wenn jemand darin ist?», fragte ich.

«Dann wird derjenige gleich einen ordentlichen Schreck bekommen.» Ahab sah mich an. «Du gehst zwischen Ocke und mir, Bot.»

Das war mir recht. Ich hatte keine Angst, aber ein mulmiges Gefühl beschlich mich, als wir den Bunker betraten. Der Käpt'n ging voran, er streckte die Schaufel voran, um einen potenziellen Angreifer damit abzuwehren. Kälte schlug uns entgegen und ein leicht erdiger, aber frischer Geruch.

«Die Lüftung scheint noch zu funktionieren», sagte Ahab und knipste seine Taschenlampe an. Hinter mir leuchtete auch Ocke.

Der Gedanke, dass hier während des Krieges Menschen in der bedrückenden Dunkelheit Schutz gesucht hatten, ließ mir eine Gänsehaut über den Körper laufen.

Wir gingen einen schmalen Gang entlang. Rechts kamen

wir an einem kleinen Raum vorbei, in dem zwei Stockbetten aus Metall standen und dazwischen ein kleines metallenes Schränkchen. Ob in dem Zimmer mal jemand geschlafen hatte?

«Gemütlich geht anders», sagte Ocke.

«Der Bunker ist nicht groß.» Der Käpt'n leuchtete durch den Gang. «Sieht eher nach einem privaten Unterschlupf aus.»

Wir gingen weiter und blieben vor der verschlossenen Tür eines Raumes stehen.

Ahab sah uns kurz an, dann drückte er die Klinke herunter.

«Verdammt!», rief Ocke.

«Heiliges Kanonenrohr!» Ahab leuchtete mit der Taschenlampe durch den Raum.

«Wale!», sagte ich.

An den Wänden hingen mehrere Unterkiefer. In einer Ecke standen Harpunen, daneben einige große Walrippen. Auf dem Boden lag ein kleiner Schädel, der Größe nach von einem sehr jungen Wal.

«Verdammt», wiederholte Ocke und leuchtete selbst noch mal von Wand zu Wand. «Hier hängen gut und gerne sechzigtausend Euro an den Wänden.»

Ahab nickte, betrat den Raum und öffnete die Truhe, die an einer der Wände stand. «Leg noch hunderttausend drauf, Ocke!»

Dolores nutzte die Gelegenheit und schnupperte aufgeregt an dem Schädel. «Sitz, Dolores», sagte ich streng. Bisher war sie erstaunlich ruhig gewesen, hatte Ahab aufs Wort gehorcht und war ihm nicht von der Seite gewichen.

Aber die Walknochen hatten es ihr angetan, und sie reagierte nicht auf mein Kommando.

«Fräulein!», sagte Ahab leise. «Leg dich hin.»

Sie hörte sofort. Das lag nicht nur am Fisch. Ahab strahlte eine natürliche Autorität aus, die auch mir imponierte, wenn ich ehrlich war.

Ich ging zur Truhe und sah hinein. Es war unglaublich. Sie war bis zum Rand mit Walzähnen gefüllt.

«Elfenbein», sagte ich. Ahab hatte bei der Führung erzählt, dass die Zähne der Pottwale daraus bestehen und sehr wertvoll sind. Pro Kiefer sechzig Zähne, je nach Größe war einer etwa zweihundert bis vierhundert Euro wert. Wie viele mochten das nur sein?

«Sieh mal, Bot!» Er zog einen heraus und wog ihn in der Hand. «Das sind bestimmt dreihundert Gramm.»

«Wenn das kein gutes Mordmotiv ist», sagte Ocke.

In diesem Augenblick krachte es hinter uns. Ahab und Ocke hielten ihre Taschenlampen in den Gang. Die Lichtkegel reichten bis zur Eingangstür. Sie war zu. Und ich war sicher, dass sie nicht einfach so zugefallen war.

Nun stand ich eingesperrt mit zwei verdutzt dreinblickenden Nordfriesen und Dolores in einem kalten Bunker. So hatte ich mir meinen Urlaub wirklich nicht vorgestellt.

«Verdammt», sagte Ocke.

«Wuff», machte Dolores.

KAPITEL 21

D ie Tür war zu. Und die Klinke ließ sich nicht herunterdrücken.

«Wenn ich denjenigen in die Finger kriege ...», schimpfte Ahab und schlug mit der Faust dagegen. «Das ist nicht lustig!»

Das fand ich auch, aber ich bezweifelte auch, dass das hier ein Scherz sein sollte. Mit zitternden Fingern holte ich mein Handy aus der Tasche und prüfte, ob ich Empfang hatte.

«Das kannst du vergessen, Gaby», sagte Ocke und fuhr sich durchs Haar. «Ische weiß glücklicherweise, wo wir sind. Spätestens morgen wird sie uns suchen.»

«Morgen erst?» Ich schluckte. «Vielleicht gibt es einen anderen Ausgang.»

«Aus einem Bunker?» Ahab schüttelte den Kopf. Er sah zu dem Raum, an dem wir zuerst vorbeigekommen waren. «Wenigstens haben wir Betten.»

Jetzt war ich es, die gegen die Tür hämmerte. Da draußen musste ja noch jemand sein. «He, aufmachen!»

Wie von Zauberhand wurde plötzlich die Klinke nach unten gedrückt. Wir gingen alle einen Schritt zurück und warteten. Dolores wackelte mit dem Schwanz.

«Moin!», sagte Petersen. «Ich dachte, ich schaue mal nach dem Rechten.»

Wo kam Petersen so plötzlich her? Woher wusste er von dem Bunker? Egal, erst mal fiel ich ihm um den Hals. «Bin ich froh, Sie zu sehen.» Aus den Augenwinkeln nahm ich jetzt eine weitere Gestalt wahr.

Pannkok saß im Schneidersitz auf dem Boden und sah zu uns auf. «Keine Sorge, ich hätte Sie nicht darin verrotten lassen», sagte sie. «Ich brauchte nur einen Moment, um nachzudenken. Ich weiß, das klingt merkwürdig, aber es war eine Art ... Reflex.» Sie deutete auf Petersen. «Aber der Gesetzeshüter hier wollte Sie sofort rauslassen.» Sie stand auf. «Nur dass das klar ist, ich habe Sturmfels nicht auf dem Gewissen, ich bringe doch nicht meinen eigenen Vater um.» Eine steile Falte bildete sich auf ihrer Stirn. «Auch wenn ich allen Grund dazu gehabt hätte.»

«Wie so manch anderer!», sagte Ocke und schüttelte den Kopf. «Dass er dein Vater war, wusste ich nicht.»

«Niemand wusste das», sagte sie. «Als ich es erfahren habe, war ich nicht gerade begeistert.»

Mein Gehirn fuhr Achterbahn. Ich versuchte, all die Informationen zu sortieren, aber es gelang mir nicht. Wie viele Kinder hatte Sturmfels denn noch auf der Insel?

Ich musste etwas ratlos dreingeschaut haben, nicht anders als Ocke und Petersen auch. Denn jetzt schaltete sich der Käpt'n ein.

«Was haltet ihr von einer Tasse Tee?»

Ob Teetrinken da half? Und woher sollte der Tee kommen? Bevor ich den Gedanken zu Ende denken konnte, fügte er hinzu: «Gehen wir zu mir. Dann können wir in Ruhe reden.»

«Alles klar. Aber mit Köm!», antwortete ich. «Mit sehr viel Köm.»

Wir saßen alle am großen Tisch in Ahabs Wohnzimmer. Er stellte eine Schale Friesenkekse in die Mitte, eine Flasche Aquavit und ging in die Küche, um den Tee zu holen. Nachdem wir alle unsere Tassen gefüllt hatten, übernahm ich die Gesprächsführung.

Ich hatte mir auf dem Weg hierher schon Fragen an Petersen und den Rest der Truppe überlegt. Aber vielleicht musste ich sie auch gar nicht alle stellen, und sie beantworteten sich nun von selbst.

«Danke noch mal, Petersen, dass Sie uns befreit haben.»

«Wie schon gesagt ...», warf Pannkok ein, doch ich unterbrach sie.

«Verraten Sie uns, wie Sie uns gefunden haben, Petersen?»

Er zeigte auf Pannkok. «Sie kam mir von Anfang an verdächtig vor, obwohl sie für die Sturmfels-Nacht ein Alibi hat. Und na ja, da habe ich mich ein bisschen auf die Lauer gelegt und bin ihr hinterher, als sie sich in Richtung Dünen aufgemacht hat. Auf einmal war sie jedoch verschwunden. Und dann tauchen Sie alle auf, ausgestattet mit Schaufeln!»

Ich verstand nicht sofort, worauf er hinauswollte, aber Ahab tat es.

Er lachte laut auf. «Sie dachten, wir würden die Frau in den Dünen verbuddeln?»

Petersen schüttelte den Kopf. «Gedacht habe ich gar

nichts. Aber es kam mir doch sehr ungewöhnlich vor, deswegen bin ich Ihnen dreien gefolgt. Doch auf einmal waren auch Sie alle wie von Zauberhand verschwunden. Und kurz darauf taucht Frau Pannkok wieder auf und starrt auf ein Gestrüpp. Da dachte ich mir also, ich schau mal besser, was da los ist.»

«Sehr gut gemacht, Petersen!» Ahab klopfte ihm auf den Rücken. «Sie werden Karriere machen, da bin ich mir sicher.»

Eine zarte Röte färbte Petersens Gesicht. «Danke», sagte er.

«Wie gesagt, ich habe ihn nicht umgebracht!», wiederholte Pannkok. «Als ich erfahren habe, dass er auf der Insel ist, bin ich gekommen, um ihn zu bitten, die Walartefakte rauszurücken, die einst meiner Familie gehörten. Ich dachte, wenn ich die Vater-Tochter-Karte ziehe, wird er vielleicht weich. Aber das hat ihn nicht interessiert. Es ging mal wieder nur ums Geld.» Sie verzog das Gesicht. «Ich habe erst nach dem Tod meiner Mutter vor zwei Jahren von seiner Vaterschaft erfahren. Und ehrlich gesagt wünschte ich, sie hätte dieses Geheimnis mit ins Grab genommen.»

«Hat er sich auch ins Grundbuch des Hauses ihrer Mutter eintragen lassen?», fragte ich.

«Was? Nein, das hätte sie nie zugelassen.» Sie stutzte. «Was soll das heißen, *auch*?»

Das hätte mir nicht herausrutschen dürfen, das ging sie nichts an. Ahab sah das offenbar anders. «Jan Hinrichs ist dann wohl dein Bruder», sagte er.

Pannkok sah ihn mit großen Augen an, dann lachte sie. «Ist er der Einzige, oder gibt es noch mehr Geschwister?»

Sie wurde wieder ernst. «Was ist mit Ine, wenn ich so direkt fragen darf?»

«Sie ist meine Tochter», sagte er mit fester Stimme. «Ich habe das damals im Labor testen lassen, nachdem ich von der Affäre zwischen ihm und meiner Ex-Frau erfahren habe.» Er runzelte die Stirn. «Sie ist zweigleisig gefahren. Wenn diese Information jemals diese vier Wände hier verlässt, kann ich nicht garantieren, dass nicht noch ein Mord geschieht.»

Ihm war wohl bewusst geworden, dass er da sehr Persönliches ausgeplaudert hatte, und sah uns mit grimmigem Blick an.

«Das meine ich ernst, das bleibt hier in diesem Kreis, sonst ...»

Da erst wurde mir klar, dass es gar nicht um seine Ex-Frau, sondern um Ine ging. Er wollte nicht, dass sie erfuhr, dass er an seiner Vaterschaft gezweifelt hatte.

Ich legte meine Hand auf seinen Arm. «Du bist ein guter Vater!»

Pannkok interessierte das anscheinend nicht. Für sie gab es Wichtigeres. «Was passiert jetzt mit dem Elfenbein?», fragte sie. «Es gehörte meiner Familie, mein Erzeuger hat es meiner Mutter damals abgeluchst, wobei ich eher von Diebstahl ausgehe. Auch das hat sie mir erst auf dem Sterbebett erzählt. Nachdem er mir dann gesagt hat, dass mich sein Eigentum einen feuchten Dreck angeht, habe ich ihn verfolgt und den Bunker gefunden, wo er das ganze wertvolle Elfenbein über Jahre versteckt hat. Es gehörte unserer Familie!» Sie richtete sich auf und drückte den Rücken durch. «Ich bin dafür, dass wir die Sachen verkaufen und an eine Tierschutzorganisation spenden, die sich für den Schutz der Wale einsetzt.»

«Das halte ich für eine sehr gute Idee», sagte ich spontan.

Ocke nickte. «Ich wäre auch dafür.»

Wir schauten alle zu Ahab.

«Ich hätte gern eine Harpune für die Walausstellung», sagte er. «Da meine zu einer Mordwaffe geworden ist und ich sie auch dann nicht zurückhaben will, wenn sie wieder freigegeben wird.»

«Abgemacht», sagte Pannkok.

«Erst einmal wird der Bunker erkennungsdienstlich untersucht werden», sagte Petersen mit fester Stimme. «Immerhin könnte es sein, dass das Elfenbein das Motiv für den Mord an Sturmfels war. Und bevor ihr den Schatz untereinander teilt, muss das erbrechtlich geklärt werden.»

Ahab schenkte uns allen Tee ein. Und Köm. «Trink was, Finn», sagte er. «Und dann lass uns noch mal über den Schatz verhandeln.»

Wir lachten alle, da legte Dolores ihren Kopf auf Ahabs Knie. «Dich hab ich fast vergessen. Dann komm mal mit.» Er ging mit ihr in die Küche. «Getrocknetes Kaninchen oder Pute, Schatz?», fragte er sie.

Dolores hatte nicht nur mein Herz, sie hatte auch seins im Sturm erobert.

«Und jetzt zurück zu unserem Fall», sagte ich, als Ahab und Dolores wieder zurück waren. «Wenn Sie es nicht waren, Frau Pannkok, und du auch nicht, Ahab, wer war es dann?» Ich sah kurz zu Petersen. «Weißt du etwas wegen Hinrichs Alibi, habt ihr das inzwischen überprüft?»

Er nickte. «Haben wir. Frau Martens hat seine Version bestätigt.»

«Ich war's auch nicht», warf Ocke ein. Er nippte an seinem Tee. «Aber es gibt ja noch genügend andere Insulaner, die diesen Sturmfels nicht mochten.»

Da sagte Ahab: «Wir müssen etwas übersehen haben.»

«Haben wir», sagte ich. «Aber was?»

<hr />

Nach dem Aufstehen meldete Dolores direkt ihre Ansprüche an. Sie wedelte mit dem Schwanz und stupste mich immer wieder mit ihrer feuchten Nase an, bis ich nachgab.

«Ist ja gut, Schatz.» Ich schob sie sanft zurück und sah aus dem Fenster. Der Himmel war wolkenlos.

Ich zog mich an und schaute währenddessen zu Dolores hinunter, die hechelnd vor mir saß. Sie konnte es kaum erwarten, Gassi zu gehen.

Kurz überlegte ich, Ahab zu fragen, ob er mich begleitet, aber vor der Tür standen seine Pantoffeln. Er war also unterwegs.

Draußen empfingen uns kreischende Möwen. Wir gingen durch die Dünen zum Strand und spazierten dort eine Weile Richtung Norden. Am Hundestrand buddelte Dolores mit heraushängender Zunge Löcher in den Sand. Ich filmte ihren Tatendrang und schickte das Video an Max und Julia.

Sie sucht Trüffel, schrieb ich dazu. Liebe Grüße, Mama.

Kurz überlegte ich, ob ich es auch an Rolf senden sollte. Aber ich ließ es bleiben. Noch immer hatte er sich nicht bei mir gemeldet. Ich blieb weiterhin konsequent und gab nicht klein bei. Er sollte den ersten Schritt machen und auf mich zugehen.

Ich sah hoch in die Dünen, dachte an den gestrigen Abend und schüttelte den Kopf. Nicht auszudenken, was passiert wäre, wenn Finn Petersen uns nicht befreit hätte. Ich vermutete, dass Pannkok uns nicht sofort rausgelassen hätte. Sicher hätte sie uns eine Weile zappeln lassen, wenn nicht sogar die ganze Nacht. Das hätte zu ihr gepasst.

«Noch mal gut gegangen», sagte ich, zog Schuhe und Socken aus, schlenderte am Wasser entlang und ließ meine Füße von Wellen und Schaum umspülen. Menschen kamen mir entgegen, grüßten, nickten mir zu. Ich vergaß die Zeit. Die Meeresluft pustete mir den Kopf frei und hinterließ eine wohltuende Stille. Auf einmal nahm ich vieles gleichzeitig wahr, das Rauschen der Nordsee, das Kreischen der vor Dolores flüchtenden Möwen, das Schmatzen meiner Schritte sowie die Gespräche der anderen Menschen. Ich konnte mich nicht erinnern, wann ich das letzte Mal so zufrieden gewesen war wie hier.

Plötzlich meldete sich mein Bauch mit einem Knurren. Ich drehte um, pfiff Dolores zu mir und nahm sie wieder an die Leine. Nach der Aufregung hatte auch ich eine Belohnung verdient. Heute wollte ich es mir gut gehen lassen.

«Auf zum Café Schult!»

Wir setzten uns raus auf die Terrasse. Eine Kellnerin brachte eine Schüssel mit Wasser. Ihre rotblonden Locken bildeten einen faszinierenden Kontrast zu ihrer porzellanweißen Haut und den Sommersprossen auf ihren Wangen.

«Moin», grüßte sie friesisch knapp und stellte die Schüssel vor Dolores ab. «Damit du nicht auf dem Trockenen bleibst.»

«Vielen Dank, das ist sehr nett von Ihnen.»

Dolores stürzte sich auf das Wasser, als wären wir mit einer Karawane durch eine Wüste gezogen und hätten tagelang nichts getrunken.

«Und was darf ich Ihnen bringen?», fragte die Kellnerin.

«Milchkaffee, ein Stück Käsekuchen und einmal Apfelkuchen bitte.»

«Für Sie allein, oder kommt noch wer?»

«Für mich ganz allein», antwortete ich.

Ich sah ihr nach, wieder fiel mir das rotblonde Haar auf, und ich nahm mir vor, bald einen Termin bei Ine zu machen. Das Verwöhnprogramm wartete auf mich.

Ich verschränkte die Arme, lehnte mich zurück und sah mir die Gäste an. Auch ich war ein wenig erschöpft, obwohl wir keine weite Strecke spaziert waren. Gesprächsfetzen von den Nachbartischen drangen an meine Ohren. Ich hörte nicht bewusst zu. Trotzdem schnappte ich eine Unterhaltung eines Pärchens auf. Ihr gefiel Sylt besser, ihm Amrum. Immerhin waren sie sich in der groben Richtung einig. Rolf mochte die Berge, ich das Meer, wir lagen weiter auseinander ...

Allmählich verschwammen die Stimmen ineinander, wie zu wässrige Farben eines Aquarells. Ich lehnte mich zurück, streckte die Beine aus und schloss für einen Moment die Augen.

Plötzlich schreckte ich auf, als ich etwas an meinen Füßen spürte, jemand war über sie gestolpert. «Entschuldigung, tut mir leid!»

Der Mann ging kopfschüttelnd weiter und meckerte vor sich hin.

Ich sollte besser aufpassen. Auf der Fähre war mir dasselbe passiert.

Auf der Fähre! Ich hielt kurz den Atem an, dann schüttelte ich ungläubig den Kopf. Das war es, das hatte ich verpasst!

Ich rief mir die Szene von der Überfahrt nach Amrum ins Gedächtnis. Ich hatte auf dem Boden gesessen und war eingeschlafen, die Beine ausgestreckt, so wie hier. Dadurch hatte ich einen Mann mit dunkelblauem Pullover, gleichfarbiger Matrosenmütze und Umhängetasche zum Stolpern gebracht. Nachdem er sich umgedreht und mich böse angeschaut hatte, war er grummelnd und kopfschüttelnd weitergegangen. Ich schloss die Augen und sah ihn vor mir. Ihn und die Tasche, die er bei sich trug. Sie sah nicht besonders hochwertig aus. Es war eine einfache, robuste Plastiktasche gewesen. Aber darum ging es mir nicht, sondern um das Logo darauf, an das ich mich jetzt erinnerte: ein majestätischer Felsen, der sich über einem aufgepeitschten, schäumenden Meer mit meterhohen Wellen erhob, darüber ein Leuchtturm, darunter ein Schriftzug in Großbuchstaben und einer serifenlosen Schrift. Ein Bild von Stärke und Beständigkeit.

Wieder schüttelte ich den Kopf. Dieses Logo hatte ich

schon einmal gesehen, vor nicht allzu langer Zeit! Mir wurde warm. Wenn ich mich richtig erinnerte, hieß das, dass der Mörder von Sturmfels vom Festland gekommen sein könnte. Und dass er mit derselben Fähre angereist war wie ich.

«Einmal Käse, einmal Apfel. Dazu einen Milchkaffee.» Die Kellnerin lächelte mich an. «Guten Appetit.»

«Es tut mir leid, ich habe mich spontan umentschieden, könnten Sie mir den Kuchen bitte zum Mitnehmen einpacken?»

«Selbstverständlich. Wollen Sie schon mal den Kaffee trinken? Ich bringe Ihnen die Sachen gleich an den Tisch.»

«Danke, ja.» Ich fischte mein Handy aus der Tasche und versuchte den Browser zu öffnen. Es war wie verhext. Das Internet auf der Insel hatte seine Launen, mal funktionierte es, mal nicht. Ich musste warten, bis ich in der Ferienwohnung war, um mich zu vergewissern, dass ich mit meiner Annahme recht hatte.

KAPITEL 22

STORMROCK tippte ich in die Suchzeile ein. In Windeseile erschien eine Ergebnisliste auf meinem Display.

Ich klickte auf den ersten Link. Er führte mich zu der Internetpräsenz des Unternehmens, das Sturmfels in den USA gegründet hatte. Sofort tauchte auf dem Bildschirm zur Begrüßung wieder der Fels in der Brandung auf. Die Webseite war minimalistisch und übersichtlich gehalten. Ich scrollte die Startseite hinunter durch eine Galerie von Villen, Gewerbeimmobilien und Grundstücken, die allesamt im Luxussegment angesiedelt waren.

Unter «Das Unternehmen» standen die zahlreichen Zweigstellen von STORMROCK REALTY. Angefangen mit dem Hauptsitz in Chicago, dann die nachgeordneten Außenstellen in den USA sowie – in alphabetischer Reihenfolge – die Länder, in denen die Firma weitere Niederlassungen unterhielt. In Deutschland waren es vier: Hamburg, Köln, Leipzig und München. Strategisch klug gewählt, dachte ich, denn mit ihnen deckte das Unternehmen alle Landesteile ab.

Ich startete bei der Hansestadt und wurde weitergeleitet. An oberster Stelle lächelte mir das Gesicht des Mannes entgegen, den Dolores und ich zuletzt mit einer Harpune in der Brust in dem Fischerboot gefunden hatten. Uwe Sturmfels, CEO, wie man auf Neudeutsch sagte, denn «Geschäftsführer» klang zu sehr nach Achtziger. Er stand in schrägem Winkel zur Kamera, in die er mit verschränkten Armen schaute. Sein Blick war dem eines Unternehmensleiters würdig, kraftvoll, durchsetzungsstark, dazu eine Prise schlitzohrige Abgeklärtheit. Sein Charme, von dem ich bei unserer kurzen Begegnung im Bus eine Kostprobe bekommen hatte, übertrug sich sogar über den Bildschirm. Ich konnte mir lebhaft vorstellen, dass er Margarete Hinrichs, Mariskas Mutter und mit ihr viele weitere Frauen verführt und schließlich abgezockt hatte. Laut Jan Hinrichs war das seine Strategie gewesen, mit der er sich die finanziellen Mittel für die Gründung seines Unternehmens ergaunert hatte. Ocke hatte es in der Blauen Maus erwähnt: Es kam einem Wunder gleich, dass er überhaupt so lange gelebt und ihn bisher keiner um die Ecke gebracht hatte. Everybody's Darling war er demnach ganz sicher nicht.

Unter seinem Foto stieß ich auf das einer Frau namens Petra Beckmann. Sie hatte dieselbe Körperhaltung wie Sturmfels, zur Seite gedreht, verschränkte Arme, und sogar einen ähnlichen Blick, dominant, energiegeladen und zielstrebig. Im Gegensatz zu dem Lächeln ihres Vorgesetzten wirkte ihres künstlich, unterstrichen durch die perlweißen Zähne, mit denen sie auch für eine Zahnarztpraxis hätte werben können. Ich schätzte, dass sie jünger war als ich, Mitte fünfzig. Mit der Kombination aus dem Blazer in dunklem Lila, der Bluse und den langen dunkelbraunen Haaren, die ihr über Schulter und Oberkörper fielen, verkörperte sie mustergültig das Bild einer dynamischen Geschäftsfrau. Die Zeile neben ihrem Namen verriet mir, dass sie Sturmfels' Stellvertreterin war: *President* stand da.

Ich scrollte nach unten.

Als ich ihn sah, blieb mir der Atem weg. Sturmfels hatte einen weiteren President gehabt. Seinen Namen hatte ich noch nie gehört. Sein Gesicht kam mir jedoch auf den ersten Blick bekannt vor. Ich hatte es schon einmal gesehen, wenn auch nur kurz.

Vor ein paar Tagen.

Auf der Fähre.

«Komm, Schatz, wir müssen noch mal los.»

Ahabs Pantoffeln standen immer noch an derselben Stelle. Ich hatte gehofft, dass er in der Zwischenzeit zurückgekommen war und ich ihn nur nicht gehört hatte. Schade, denn er hätte uns nach Nebel fahren können. So waren wir auf den Bus angewiesen.

Zum Glück war das Wetter weiterhin gut. Dolores dachte wohl, dass wir erneut zum Strand gehen würden, und zerrte mich an der Leine in Richtung Dünen.

«Hier lang, Schatz», sagte ich und zog sie sanft zu mir. «Wir müssen zur Bushaltestelle. Der Strand kommt später wieder dran, versprochen.»

Während der Fahrt dachte ich fieberhaft nach. Es war nur ein kurzer Augenblick gewesen: Der Mann war über meine Füße gestolpert, ich hatte ihn angesehen und mich entschuldigt, er war weitergegangen. Mein Gehirn-Jogging zahlte sich aus, ich verfügte über ein exzellentes Personengedächtnis. Auf der Fähre war ich tatsächlich Niklas

Bernstein begegnet. Er war niemand Geringerer als einer von Sturmfels' höchsten Angestellten bei STORMROCK REALTY in Hamburg.

Aber was war der Grund, dass er nach Amrum gereist war? Hatte er seinen Vorgesetzten Sturmfels begleitet, um ihn bei seinem Termin mit Jan Hinrichs zu unterstützen? Warum hatte Edda aber nur Sturmfels gesehen, ohne Begleitung? Und die entscheidende Frage: Wieso hatte Bernstein sich nicht bei der Polizei gemeldet, obwohl sein Chef seit Tagen verschwunden war? Amrum war ein Dorf, alle hatten von dem Mann mit der Harpune in der Brust gehört. Wenn er nicht vor dem Tattag abgereist war, musste auch er es unweigerlich mitbekommen haben, und mittlerweile musste die Firma ja ohnehin Bescheid wissen, dass der Chef ermordet worden war. Und da die Polizei mir nicht gesagt hatte, dass sich ein Herr Bernstein mit wertvollen Beobachtungen gemeldet hatte, was sie garantiert getan hätte, konnte ich davon ausgehen, dass Bernstein sich zumindest bisher nicht gemeldet hatte.

Sein Schweigen ließ für mich zwei Möglichkeiten zu: Entweder war Bernstein unabhängig von Sturmfels nach Amrum gereist, zwei getrennte Reisen, die nichts miteinander zu tun hatten. Die beiden waren sich nicht begegnet, und bevor die Nachricht vom Harpunentod über die Insel geflutet war, hatte er bereits den Rückweg nach Hamburg angetreten. Ein Zusammenspiel vieler Wenn und Aber, was ich zwar für möglich, jedoch mehr als unwahrscheinlich hielt.

Der zweite Rückschluss war brisant. Was, wenn Bernsteins Fahrt nach Amrum kein Zufall gewesen war? Wenn er Sturmfels hinterhergereist war, ohne dass dieser davon gewusst hatte? Waren sie sich irgendwo begegnet? Und was war der Grund, dass er sich bis jetzt nicht dazu geäußert zu haben schien?

Ich war gespannt, was die Hüter des Gesetzes in Nebel dazu sagen würden.

«Moin», sagte ich. «Da sind wir wieder.»

«Moin, Gaby.» Finn sah mich mit einem verschwörerischen Blick an, bückte sich und streichelte kurz Dolores. «Was kann ich für dich tun?»

Dass wir nun per Du waren, lag nicht nur am Tee mit Köm. Ich mochte den jungen Polizisten, also hatte ich es ihm angeboten.

«Sind deine Kollegen auch da?»

«Nein, ich habe sturmfreie Bude, wenn du so willst. Jensen betätigt sich gerade als Lieferant und holt uns was zu Mittag. Er dürfte bald wieder da sein.»

«Und die anderen beiden? Krüger und Thomsen?»

«Die sind heute Morgen mit der Fähre zurück aufs Festland.»

Ich kräuselte die Augenbrauen. «Warum das denn?»

Finn zuckte mit den Schultern. «Alle Verdachtsmomente auf der Insel haben sich zerschlagen. Sie wollen von Flensburg aus weiterermitteln, haben sie gesagt», sagte er.

«Wenn das mal nicht zu voreilig war. Wir müssen uns noch mal die Fotos vom Fähranleger ansehen», erwiderte ich.

〜〜〜〜〜〜〜

Finn wühlte sich durch den Stapel auf Jensens Schreibtisch. «Es muss hier irgendwo sein», murmelte er. «Er hatte es uns doch ausgedruckt ...»

«Haben Krüger und Thomsen das Foto eigentlich auch gesehen?», fragte ich. Er nickte beiläufig und kämpfte sich weiter durch den Papierberg. «Was haben sie dazu gesagt?»

«Nichts Besonderes, soweit ich mich erinnere. Thomsen war der Meinung, es käme wahrscheinlich häufiger vor, als wir denken, dass jemand sich noch vor Ort am Fähranleger umentscheidet.»

«Ich hab's», rief Finn auf einmal. «Hier.» Er legte mir die ausgedruckte Vergrößerung vor.

«Kannst du die Webseite von STORMROCK REALTY öffnen und auf der Seite der Hamburger Filiale bis zu Niklas Bernstein scrollen?»

Als das Foto des Mannes den Bildschirm füllte, hielt ich den Ausdruck vom Fähranleger daneben.

Es war ein und derselbe Mann. Ende vierzig, dunkelbraunes, kurz geschnittenes Haar mit ergrauten Schläfen, sportliche Statur, auffällig dichte Brauen über den Augen.

«Was hat das zu bedeuten?», fragte Finn. «Dieser ...» Er vergewisserte sich noch mal nach dem Namen auf der Webseite. «Bernstein wollte also am Morgen nach dem Mord mit der Fähre von der Insel runter.»

«Genauso wie wir es von unserem Tatverdächtigen erwartet haben», ergänzte ich. «Und als er die Kontrolleure entdeckt hat, ist er abgehauen.»

«Vielleicht hatte er nur etwas vergessen und ist mit einer späteren Fähre gefahren?»

Ich deutete auf Jensens Laptop. «Kannst du das überprüfen? Ihr habt doch die Passagierlisten noch, oder?»

«Bist du sicher, dass du Polizeisekretärin und keine Ermittlerin bist?», fragte er.

Er fuhr das Notebook hoch und loggte sich mit seinen Zugangsdaten ein. Dankbarerweise hatte sein Kollege das PDF auf dem Desktop gespeichert, sodass wir nicht danach suchen mussten. Finn öffnete es mit einem Doppelklick. Er verfuhr genauso wie beim letzten Mal, durch eine Tastenkombination blinkte auf dem Bildschirm eine Suchleiste auf. Er tippte «Bernstein» ein und drückte auf Enter. Gespannt lehnte ich mich nach vorne.

Sein Name tauchte nirgendwo auf. Finn wiederholte die Suche sicherheitshalber ein zweites Mal.

Nichts. «Ihre Anfrage ergab o Treffer.» Er drehte sich zu mir um. «Die Liste geht bis einschließlich der letzten Fähre gestern Abend», sagte er.

«Demnach gibt es drei Möglichkeiten», schlussfolgerte ich. «Erstens: Er ist erst heute mit der Fähre von der Insel runter. Zweitens: Er ist noch hier. Oder drittens: Er hat Amrum auf einem anderen Weg verlassen.»

«Das werden wir herausfinden», sagte Finn. «Ich rufe am Fähranleger und bei der AmrumTouristik hier in Nebel an. Gleich wissen wir mehr ...»

«Haben Sie vielen Dank», verabschiedete sich Finn und legte auf. Er sah mich an, schürzte die Lippen und schüttelte den Kopf.

«Gar nichts?», fragte ich ungläubig. «Das kann nicht sein.»

«Ich bin auch irritiert. Aber die Kollegen vor Ort haben die Liste von heute und sogar von gestern mehrmals durchgeschaut. Da taucht kein Bernstein auf.»

«Und die AmrumTouristik hat auch nichts gefunden?»

«Nein. So wie's aussieht, hat dieser Kerl weder in einem Hotel noch in einer Pension oder einer anderen Unterkunft auf der Insel geschlafen.»

Eine Zeitlang schauten wir uns ratlos an.

Dass Niklas Bernstein sich auf Amrum aufgehalten hatte, stand fest. Dass er am Morgen nach dem Mord an Uwe Sturmfels versucht hatte abzuhauen, ebenfalls. In dem Moment, wo er vom Fähranleger weggefahren war, hatte sich seine Spur jedoch verloren.

Ich seufzte. «Wie kann das sein?», fragte ich. «Amrum ist nun wirklich keine große Insel. Er muss doch irgendwo untergebracht gewesen sein.»

«Dann hat er irgendwo privat geschlafen oder in seinem Auto, oder die Pension oder das Hotel hat schlicht die Kurtaxe noch nicht gemeldet. Aber ...» Plötzlich machte er ein Gesicht, als sei ihm ein Licht aufgegangen. Er streckte seinen Rücken durch. «Moment! Da fällt mir etwas ein ...» Wieder fing er an, den Papierwust auf dem Schreibtisch zu durchwühlen. «Hendrik hat das aufgeschrieben und irgendwo hier abgelegt ...» Er murmelte vor sich hin und schaute auf jedem einzelnen Zettel nach.

Ich sah ihm kurz zu, verlor jedoch schnell die Geduld. «Wovon redest du?»

«Da!» Er hatte eine Notiz gefunden und wedelte damit vor meinem Gesicht. «Wusste ich's doch, dass ich mich nicht geirrt habe.» Bevor ich sie lesen konnte, sprang er auf. «Komm, wir gehen schon mal raus. Jensen müsste gleich wieder da sein, dann schnappen wir uns das Auto. Das Essen muss warten.»

«Moment, nicht so schnell!» Ich hielt ihn an einem Zipfel seines Uniformhemds, das aus der Hose lugte, fest. «Was ist los? Was steht auf der Notiz?»

«Dass vor ein paar Tagen auf einer Wattwanderung ein Mann verschwunden und nicht mehr zurückgekommen ist.»

Augenblicklich verstand ich, warum er so aufgebracht war.

«Und die Beschreibung des Mannes trifft ziemlich genau auf Niklas Bernstein zu ...»

KAPITEL 23

urch das Watt!» Ich nickte. «Das ist es!»

Finn nickte. «Pro Woche findet mindestens eine Wattwanderung von Amrum nach Föhr statt. Manchmal sogar mehrere und zu unterschiedlichen Uhrzeiten.»

«Und du glaubst, dass es sich bei demjenigen, der neulich verschollen ist, um Bernstein gehandelt haben könnte?»

«Die Beschreibung passt auf ihn. Und laut Jensens Notiz», er tippte sich an die Hosentasche, «hat sich der Vorfall einen Tag nach dem Mord ereignet. Nehmen wir mal an, dass Bernstein nicht mehr auf der Insel ist, dann stellt das eine ziemlich gute Möglichkeit dar, wie er von hier weggekommen sein könnte.»

«Wie heißt der Mann, der die Wanderungen anbietet?»

«Dag Madsen. Er ist staatlich geprüfter Wattführer», antwortete Finn.

In diesem Augenblick kam Jensen mit dem Wagen um die Ecke. Er fuhr auf den Hof, und als Finn ihm zuwinkte, sah ich seinen fragenden Blick durch die Windschutzscheibe.

«Was ist los?», fragte er, als er ausstieg.

«Du kannst dich direkt wieder hinters Steuer setzen», antwortete Finn. «Wir müssen nach Norddorf zu Dag Madsen fahren.»

«Der Wattwanderer?» Jensen blieb abrupt stehen, sah zu Finn, dann zu Dolores und mir und schließlich auf die Tüte in seiner Hand. «Kann das nicht warten?»

«Leider nein.» Finn ging zur Beifahrerseite und deutete mir, dass Dolores und ich hinten Platz nehmen würden. «Los, wir erklären dir alles unterwegs.»

Fünf Minuten später waren wir schon an Dag Madsens Haus angekommen. Es hatte eine Holzfassade, die in einem erdigen Ton gestrichen war, und große Fenster mit weißen Rahmen, durch die man vermutlich einen tollen Blick auf das Wattenmeer hatte.

Wir stiegen aus, klingelten, warteten, klingelten ... Da öffnete Madsen die Tür. Mit seinen strubbeligen blonden Haaren und einem Kissenabdruck im Gesicht sah er sehr verschlafen aus. Ob er gerade einen frühen Mittagsschlaf gehalten hatte?

«Moin», sagte Finn. Jensen und ich grüßten ihn nickend.

«Moin», erwiderte Madsen. Er gähnte, kratzte sich am Kopf und wuschelte sich durch die Haare.

«Entschuldige, dass wir dich stören», sagte Finn. «Aber es ist wichtig.»

Madsen sah die beiden Polizisten an, dann mich. Als sein Blick auf Dolores fiel, die hechelnd neben mir saß, zogen sich seine Mundwinkel kurz nach oben.

«Und dafür braucht ihr Unterstützung von der Hundestaffel?»

Ich schmunzelte. Typisch friesischer Humor. Trocken wie ein Schwamm in der Wüste.

«Das sind Frau Scholle, eine Kollegin, und ihr Hund Dolores», erklärte Jensen.

Ich rechnete Jensen hoch an, dass er mich noch immer als Kollegin sah.

«Na gut, dann kommt mal rein, ihr vier.» Madsen trat einen Schritt zur Seite und machte eine einladende Geste. «Ich wollte sowieso gerade Tee kochen.»

«Danke», erwiderte Finn und ging voran.

Madsen führte uns in das in beruhigenden Blautönen und einem warmen Weiß gestrichene Wohnzimmer. «Ich bin gleich wieder da», entschuldigte er sich. «Nehmt schon mal Platz.» Bevor ich widersprechen konnte, verschwand er in der Küche.

Ich sah zu Finn und Jensen. Wenn es nach mir gegangen wäre, hätte ich Madsen das Foto unter die Nase gehalten und wäre wieder gegangen. Aber die beiden warteten geduldig auf ihren Tee, als hätten wir alle Zeit der Welt.

Wir setzten uns schließlich, und ich tippelte ungeduldig mit den Fingern auf der Tischplatte rum.

«Frau Scholle, in der Ruhe liegt die Kraft», sagte Jensen.

Ich sah ihn an, und dabei fiel mir plötzlich Susanne ein und wie aufgeregt sie oftmals war, wenn sie neue Hinweise überprüfte oder kurz davor stand, einen Fall zu lösen. Das konnte ich nun umso besser verstehen.

«Da hat er recht, Gaby», sagte Finn und lächelte mich an. «Auf ein paar Minuten kommt es jetzt auch nicht mehr an.»

Jensens Blick wanderte zwischen uns hin und her. «Was

ist hier eigentlich los? Warum seid ihr plötzlich so vertraut miteinander? Habe ich irgendwas verpasst?»

«Wieso, was meinst du?», fragte Finn.

Jensen schüttelte den Kopf. «Wie lang kennen wir uns jetzt, Finn?»

Da kam Madsen mit einem Tablett. Er stellte es auf den Beistelltisch vor dem Sofa und zeigte auf die Kanne, aus der Teedampf aufstieg.

«Bedient euch», sagte er.

Jensen übernahm das Eingießen. Gemeinsam tranken wir einen Schluck, und für einen Augenblick erfüllte Stille das Wohnzimmer.

«Also, was führt euch zu mir?», fragte Madsen. Er richtete sich auf, hob leicht die Augenbrauen und sah uns mit fokussiertem Blick an.

Finn stellte die Tasse ab. «Es geht um die Führung neulich, als dieser Mann verschwunden ist. Könntest du uns bitte noch mal erzählen, was genau passiert ist?»

Madsen nickte und fing vorne an.

«Die Wanderung ist bis auf den letzten Platz ausgebucht gewesen, vierundzwanzig Personen. Ich habe mich wie immer mit den anderen in der Fußgängerzone in Norddorf getroffen. Von dort sind wir zunächst nach Norden gelaufen, etwa drei Kilometer durch die Marsch und die Salzwiesen. Nach einer kurzen Pause an der Nordspitze sind wir zu der eigentlichen knapp sieben Kilometer langen Wanderung durch das Watt aufgebrochen. Zweieinhalb Stunden später sind wir in Dunsum auf Föhr angekommen.» Er machte eine kurze Pause. «Tja, und dort ist es uns dann aufgefallen.»

«Wie genau hast du es bemerkt?», fragte Finn.

«Beim Einsteigen in den Bus. Der sollte uns nach Wyk bringen, zur Rückfahrt nach Amrum mit der Fähre. Ich bin die Liste durchgegangen. Bis auf diesen Kerl waren alle da.» Er senkte seinen Blick und nestelte mit den Händen. «Ich weiß auch nicht, wie mir das ... Das ist noch nie passiert! Ich meine, ich sage den Teilnehmenden am Anfang immer, dass alle aufeinander achtgeben sollen. Aber trotzdem fühle ich mich verantwortlich.» Er zuckte mit den Schultern. «Ich war so vertieft in eine Unterhaltung mit einem interessierten Teilnehmer, dass ich einfach nicht bemerkt habe, dass dieser Mann abhandengekommen ist.»

Finn kramte die Notiz aus seiner Hosentasche. «Bei der Meldung des Vorfalls am Telefon hast du gesagt, es habe sich um einen Mann namens Jörg Winkler gehandelt.»

Madsen kratzte sich am Kopf und nickte. «So hat er sich mir vorgestellt.»

«Du hast mit ihm gesprochen?»

«Nur kurz, bei der Begrüßung in Norddorf. Darüber hinaus nicht. Der Kerl war sehr ...» Er durchforstete seinen Wortschatz nach dem passenden Begriff. «... verschlossen.»

«Ist dir sonst noch etwas an ihm aufgefallen?»

Madsen rieb sich die Stirn. Seine Augenbrauen zogen sich zusammen, und dazwischen bildete sich eine Falte. «Sein Verhalten war in der Tat ziemlich seltsam.» Er beugte sich ein Stück vor und stützte sich mit den Ellbogen auf die Oberschenkel. «Mein Eindruck war, dass er sich für die Wanderung überhaupt nicht interessiert hat.»

«Woran machst du das fest?»

«Nun, er hat ständig einen Abstand zu den anderen gehalten, und zwischendurch, wenn wir anhalten, kurz verschnaufen und ich gerne etwas erzähle, hat er nicht mal zugehört.»

Finn sah flüchtig zu mir herüber. Unsere Blicke trafen sich. Das passte alles zusammen.

Dann wandte er sich wieder Madsen zu. «Ich würde dir gerne ein Foto zeigen. Bitte sag mir, ob du darauf den Mann erkennst, der bei dieser Wanderung verschwunden ist.» Er holte den Ausdruck hervor, faltete ihn auseinander und legte ihn auf den Tisch.

Madsen nahm das Papier in die Hand. Er betrachtete es mit zusammengekniffenen Augen. Eine Zeitlang wanderte sein Blick über das Foto. Gespannt warteten die beiden Polizisten und ich auf eine Antwort.

Kurz darauf legte Madsen den Ausdruck zurück auf den Tisch.

«Das ist der Kerl», sagte er.

«Bist du dir sicher?», fragte Jensen.

«Bin ich. Die Augen, der Mund, das ist er.» Er tippte auf das Foto. «Und so buschige Augenbrauen habe ich bisher nur bei ihm gesehen ...»

In der Ruhe liegt die Kraft, dachte ich. Das hätten wir auch schneller rausfinden können. Aber der Tee war gut.

Im Hinausgehen warf ich einen Blick auf die Uhr im Flur, die vierzehn Uhr vierzehn anzeigte. Eigentlich ein Fall für einen Schnaps, dachte ich. Schnapszahl. Hier auf Amrum trank man in solchen Fällen wohl eher Köm. Kömzahl also.

«Und jetzt?», fragte Jensen, als wir zum Auto gingen. Leichter Wind war aufgezogen, der mir nun über das Gesicht strich.

«Dag Madsen hat keinen Zweifel, dass es unser Mann war, der auf Föhr», ich malte Anführungszeichen in die Luft, «verloren gegangen ist.»

Jensen nickte. «Ja, für mich steht die Sache auch fest. Aber was hilft uns das?» Er drehte seine Handflächen nach oben und breitete seine Arme aus. «Für einen Haftbefehl reicht das vorne und hinten nicht.»

Finn tippte sich an die Lippen. Nach einer Weile fiel ihm etwas ein. «Möglicherweise ist der auch gar nicht nötig.» Er verschränkte die Arme und sah uns erwartungsvoll an. Jensen schien ihm allerdings nicht folgen zu können. Ich hatte eine Vermutung, worauf er hinauswollte, doch bevor ich sie äußern konnte, sprach Finn weiter.

«Wenn Bernstein der Täter ist – wovon wir ausgehen –, dann war es mutmaßlich sein Ziel, unerkannt von der Insel runterzukommen. Das ist ihm gelungen, und da seitdem ein paar Tage vergangen sind, könnte es sein, dass er sich nun in Sicherheit wiegt.» Finn verschränkte die Arme, trommelte mit den Fingern auf seinen Oberarmen und schaute mit verkniffenen Augen zum Himmel. «Stellen wir uns für einen Moment vor, wir wären Bernstein. Wie würden wir uns verhalten?»

Ich sah zu Jensen hinüber, er zuckte mit den Schultern und guckte ratlos aus der Wäsche.

«Bernstein ist einer der stellvertretenden CEOs», fing ich an, laut zu denken. «Sturmfels, das Alphatier, ist tot. Es wäre denkbar, dass in dem Unternehmen nun ein Machtkampf um seinen Posten ausbricht – oder sogar schon ausgebrochen ist.»

Petersen runzelte die Stirn. «Sie meinen, das könnte Bernsteins Motiv gewesen sein?»

Ich zuckte mit den Schultern. «Er wäre nicht der Erste, der seinen Chef der eigenen Karriere wegen beiseiteschafft. Selbst wenn sein Aufenthalt auf Amrum sowie seine unbemerkte Flucht nach Föhr Zufälle wären, woran ich keine Sekunde lang glaube, kann Bernstein es sich nicht erlauben, keine Präsenz in der Firma zu zeigen. Er muss jetzt vor Ort sein. Sonst ist die Sache für ihn gelaufen.»

«In diesem Fall müsste Bernstein inzwischen wieder zurück in der Geschäftsstelle in Hamburg sein ...» Petersen kratzte sich mit einer Hand am Kinn. «Seine Spur verliert sich in Dunsum auf Föhr.»

«Einmal auf Föhr angekommen, hatte er leichtes Spiel», sagte ich. «Mit der Fähre zurück nach Dagebüll, von da mit einem Mietwagen, dem Zug oder – wenn er schlau vorgegangen ist – mit einer Mitfahrgelegenheit Richtung Süden. Kiel, Hamburg.»

Finn nickte.

«Und sein Auto?», warf Jensen plötzlich ein. Überrascht drehten wir uns zu ihm um. «Es muss doch noch irgendwo hier auf der Insel sein.»

Ein guter Hinweis, wie ich fand. «Gibt's auf Amrum einen großen öffentlichen Parkplatz, auf dem er den Mercedes abgestellt haben könnte?», fragte ich.

Jensen zeigte nach Westen. «Ja, hier in Norddorf, drüben im Halemwai, ganz in der Nähe von Behrendsens Haus, der Dünenparkplatz am Wäldchen. Er ist kostenlos und sehr beliebt bei Urlaubern, die ihre Fahrzeuge dort abstellen.»

Finn zückte den Fahrzeugschlüssel und öffnete per Fernbedienung die Verriegelung. «Na dann mal los», sagte er.

Im Schneckentempo tuckerten wir an den Autos entlang. Die Parkplätze im unteren Bereich waren allesamt belegt, Audi, BMW, Ford, Mazda, VW, aber kein Mercedes.

Wir folgten der leicht ansteigenden Kurve zum oberen Teil und schlängelten uns im ersten Gang durch die Reihen.

«Da ist er!», sagte Jensen. Er zeigte auf eine schwarze Limousine, sie stand auf einem Parkplatz in vorderster Linie zu den dahinter beginnenden Dünen. Petersen steuerte uns direkt ans Heck und stellte den Motor aus. Ich sah aus dem Fenster auf das Kennzeichen: HH–NB 1974. Hamburg, Niklas Bernstein, Geburtsjahr. Es passte alles zusammen.

Zur Sicherheit nahm Jensen trotzdem noch eine Halterabfrage vor. Kurze Zeit später klärte er uns auf, dass der Wagen – wie vermutet – auf unseren Tatverdächtigen zugelassen war.

Eine Weile sahen wir schweigend aus dem Fenster. Passanten schlichen an uns vorbei, Kinder linsten verstohlen hinein und winkten den beiden Polizisten aufgeregt zu. Dolores saß hechelnd vor der Scheibe und verfolgte sie mit ihrem Blick.

«Wir fahren zurück zur Polizeistation», sagte Finn. Er startete den Motor. «Ich rufe Krüger und Thomsen an. Sie müssen die weiteren Schritte gegen ihn einleiten …»

KAPITEL 24

Zwei Tage war es her, dass wir Bernsteins Wagen auf dem Parkplatz in Norddorf ausfindig gemacht hatten. Danach waren die beiden auf direktem Weg zur Polizeistation zurückgefahren. «Vielen Dank für Ihre Unterstützung, Frau Scholle», hatte Jensen sich verabschiedet. «Wir geben das an die Kollegen vom Festland weiter. Falls die Ihre Aussage benötigen, werden sie sich mit Ihnen in Verbindung setzen.»

Ich hoffte, dass nicht Jensen, sondern Finn die Lorbeeren für sich einstrich. Er hatte mir versprochen, sich sofort zu melden, falls er etwas von Krüger und Thomsen erfuhr.

Immer noch nichts!, hatte er mir gestern geschrieben.

Ich saß im Sand und schaute zum Meer hinunter. Neben mir lag Dolores, der Wind blies durch ihre Locken und verpasste ihr eine Sturmfrisur.

Mein Blick wanderte zu der Düne hinüber, in der sich der geheime Bunker befand. Was für ein Fund uns dort gelungen war! Ich konnte es immer noch nicht glauben. Wäre Dolores ein Mensch, hätte ich sie gebeten, mich zu kneifen, so unwirklich war es für mich, was uns in die Hände gefallen war. Und das nur dank Dolores' Spürnase. Ich streichelte sie und sagte: «Du findest zwar keinen Trüffel, Schatz, aber dafür Leichen und Schätze.»

Was für ein Erlebnis! Unsere Bunkersuchaktion hätte eine Szene aus einem Abenteuerfilm sein können. Zwischendrin war ich mir wie eine weibliche Indiana Jones vorgekommen. Gaby Scholle und die Jägerin der verlorenen Walgebisse, schoss es mir durch den Kopf.

Es gab da ein paar Fragen, die mir einfach keine Ruhe ließen: War Sturmfels etwa gar nicht wegen Rensches Haus nach Amrum gekommen? Warum hatte er all die Jahre das Elfenbein in dem Bunker belassen? Immerhin handelte es sich um Artefakte von immensem Wert, die entweder seine oder Mariska Pannkoks Vorfahren gesammelt hatten. Ich brauchte keine Glaskugel, um zu erahnen, dass darüber nun ein Streit entbrennen würde.

Laut dem Zeugen war Sturmfels außerdem mit der Harpune aus dem Museum geflüchtet. Für mich lag es auf der Hand, dass er das Erbstück in der Mordnacht ebenfalls zum Bunker bringen wollte. Nur dass er dort nicht angekommen ist, weil er unterwegs seinem Mörder begegnete.

War es wirklich Bernstein gewesen? Was hätte er neben der etwaigen Nachfolge bei der Firmenleitung für ein Motiv haben können, seinen Vorgesetzten bei STORMROCK aus dem Weg zu räumen? Hatte er die Tat geplant? Oder hatte er womöglich ebenfalls von dem Bunker in den Dünen gewusst und Sturmfels daher verfolgt? Fragen über Fragen.

Unklar blieb auch, was mit den Gegenständen geschehen würde. Mir ging eine Aussage von Jensen durch den Kopf, die er gemacht hatte, nachdem wir ihn in den Bunkerfund eingeweiht hatten: «Wenn diesem Schweinehund tatsächlich der ganze Krempel gehört hat», hatte er gesagt, «dann kann bald die halbe Insel das Erbe unter sich aufteilen. So viele Frauen, wie der verführt hat.»

Der Wind wurde stärker. Ich sah zum Himmel, am Horizont entdeckte ich eine vereinzelte dunkle Wolke. Sie bewegte sich mit beachtlicher Geschwindigkeit auf uns zu. Es würde nicht mehr lange dauern, bis es anfing zu nieseln.

«Lass uns gehen, Schatz», sagte ich zu Dolores, «wir machen es uns zu Hause gemütlich.»

Im Haus angekommen, schaute ich zunächst wieder nach Ahabs Pantoffeln, er war zu Hause. Was er wohl gerade trieb? In den letzten beiden Tagen hatte er sich etwas zurückgezogen. Gestern hatte ich ihn gefragt, ob er mich zu einem Strandspaziergang begleiten wolle, aber er hatte abgelehnt. Er habe ein neues Schiffsmodell, das er zusammenbauen wolle, hat er gesagt. Was in ihm vorging, wusste ich nicht. Aber ich spürte, dass er allein sein wollte. Also ließ ich ihm seine Ruhe, auch wenn es mir schwerfiel.

Ich war gerade oben angekommen, da klingelte mein Handy. Es war Susanne.

«Moin», sagte ich und ging nach oben.

«Ich kriege die Krise, Gaby», legte sie sofort los. «Manchmal kommt es mir vor, als würden für jede Akte, die wir bearbeitet haben, unmittelbar zwei neue reinschneien. Aber du bist ja bald zurück, dann kehrt endlich wieder Ordnung ein.»

«Erinnere mich nicht daran, es gefällt mir gerade sehr gut hier», sagte ich, schloss die Tür auf und setzte mich an den Küchentisch.

«He, beim letzten Mal hast du mir versprochen, dass du wieder zurück nach Wiesbaden kommst. Ich hoffe, du hältst dich dran!»

Ich lachte. «Keine Sorge, das tue ich.»

Susanne atmete erleichtert aus. «Dann bin ich beruhigt.» Es raschelte im Hintergrund. Ich sah meine Freundin vor Augen, wie sie an ihrem Schreibtisch saß und in ihrem Chaos versank. «Ist etwas Spannendes passiert, seitdem wir das letzte Mal telefoniert haben?»

«Und wie!»

Nun tischte ich ihr alles auf, was ich zuvor verschwiegen hatte. Die Einzelheiten, wie ich auf Bernsteins Spur gekommen war, schmückte ich etwas aus, vielleicht, weil ich zugegebenermaßen auch ein bisschen stolz war. Ich erzählte ihr von dem Mann, der über meine Füße gestolpert war und mich an die gleiche Situation auf der Fähre erinnert hatte. Von dem Logo, das mich zur Webseite von STORMROCK und somit direkt zu dem Foto geführt hatte, dem Video vom Fähranleger, der Befragung von Dag Madsen, dem Wattwanderer, dem Mercedes auf dem öffentlichen Parkplatz …

«Nicht schlecht, Frau Kommissarin», sagte Susanne und klang beeindruckt. Ich kannte sie gut, sie schürzte bestimmt die Lippen. «Vielleicht sollten wir dich beim K11 demnächst auch noch stärker in die Ermittlungen einbinden?» Ihr Augenzwinkern kam sogar durch die Leitung bei mir an.

«Das war noch nicht alles», antwortete ich.

Die Geschehnisse im Bunker hauten Susanne vollends von den Socken.

«Du hast recht, das ist wirklich wie in einem Indiana-Jones-Film!», sagte sie. «Gut, dass dir nichts passiert ist!» Sie holte kurz Luft. «Aber eigentlich muss ich dir ja die Ohren lang ziehen! Du willst einfach nicht auf mich hören, was?» Sie lachte.

Sie hatte recht. Sie hatte mich mehrfach gebeten, dass ich mich aus der Sache raushalten sollte. Aber was sollte ich machen, es war einfach passiert.

«Ich gelobe Besserung», versprach ich.

«Ach, versprich lieber nichts, was du nicht halten kannst. Ich kenne dich, käme jetzt der nächste Mörder um die Ecke, würdest du dich gleich wieder in die Ermittlungen stürzen.»

«Damit könntest du richtigliegen. Aber ich hoffe, dass in Sachen Mord und Totschlag jetzt Schluss ist auf Amrum.»

«Das hoffe ich auch. Apropos: Haben die Kollegen diesen Bernstein denn schon geschnappt?»

«Das weiß ich nicht. Ich habe seit zwei Tagen nichts gehört.»

«Na, dann ruf sie an und frag nach!»

«Moment! Eben willst du mir noch auf die Finger hauen, weil ich mich nicht rausgehalten habe, und jetzt soll ich genau das Gegenteil tun?»

«Jetzt ist es sowieso zu spät. Wenn schon einmischen, dann richtig.»

Ich schmunzelte. «Mache ich», sagte ich.

Ich legte auf, ging zum Fenster und sah raus auf die Dünen. Den Ausblick würde ich vermissen, wenn ich wieder in Wiesbaden war. Da klopfte es plötzlich an meiner Wohnungstür.

Dolores spitzte die Ohren. Ahab war es also nicht, ihn hätte sie mit einem Schwanzwedeln begrüßt.

«Moin», begrüßte mich Frau Krüger. «Ich dachte, ich komme mal auf einen spontanen Besuch vorbei.»

«Ach, das ist ja nett», sagte ich. «Kommen Sie doch rein.» Und gleich ratterten meine Gedanken. Spontan war der Besuch sicher nicht.

«Wie geht es Ihnen, Frau Scholle?»

«Gut. Die Ruhe in den letzten Tagen hat gutgetan. Es war ja doch viel Aufregung zuletzt.»

«In der Tat. Sie beide haben es sich redlich verdient. Wann fahren Sie zurück nach Wiesbaden?»

«Wie geplant, also in zehn Tagen. Um ehrlich zu sein, möchte ich darüber aber nicht nachdenken.»

«Ihnen gefällt's so gut auf Amrum?»

Ich nickte.

«Das verstehe ich.»

«Frau Krüger ...» Ich tippelte mit den Fingern auf der Tischplatte. «Sie sind doch bestimmt nicht hier, weil Sie mit mir plauschen wollten. Schießen Sie schon los. Was gibt es Neues in Sachen Bernstein?»

Sie lachte, dann räusperte sie sich. «Um es kurz zu machen: Der Richter hat gerade einen Haftbefehl gegen Niklas Bernstein erlassen. Er wird in diesem Augenblick zur Untersuchungshaft dem Gefängnis überstellt.»

Ich atmete tief durch. Das waren sensationelle Neuigkeiten! Auch wenn ich Bernstein für verdächtig gehalten hatte, war ich nicht davon ausgegangen, dass die Polizei ihn so schnell dingfest machen würde.

«Wie haben Sie ihn überführt?», fragte ich gespannt.

«Ach, das war gar nicht so schwer», antwortete Krüger. «Unter anderem dank der Vorarbeit, die die Kollegen auf Amrum und Sie geleistet haben. Thomsen und ich sind zur Geschäftsstelle von STORMROCK gefahren. Da haben wir ihn dann angetroffen und befragt.»

«Und er hat Ihnen die Tat einfach so gestanden?»

«Nun, eine Weile hat seine Fassade schon gehalten. Aber mit der Aussage von Herrn Madsen, dem Überwachungsvideo vom Fähranleger und den E-Mails, die die Kriminaltechnik auf Sturmfels' Notebook gefunden hat, ist er mächtig ins Schwimmen geraten.»

Ich runzelte die Stirn. «E-Mails?»

Sie brummte zustimmend. «Sturmfels hat Bernstein erpresst, das geht aus den E-Mails eindeutig hervor. Er muss im Besitz diverser Unterlagen gewesen sein, die beweisen, dass sein Stellvertreter in verbotene Insidergeschäfte an der Börse verwickelt war. Tja, allerdings muss es Sturmfels nicht genügt haben, Bernstein einfach nur vor die Tür zu setzen. Er hat wohl die Chance gewittert, sich an dem Vermögen, das Bernstein durch die Insidergeschäfte ergaunert hat, zu bereichern.» Sie trank einen Schluck. «Wir wissen allerdings noch nicht, wo diese Beweise abgeblieben sind. Bisher haben wir weder bei STORMROCK noch in Sturmfels' Villa in Blankenese etwas gefunden.»

Der Bunker, wurde es mir mit einem Mal klar. Ob er dort die Unterlagen aufbewahrte? War er also aus mehreren Gründen nach Amrum gekommen? Um die Harpune zu stehlen und die Beweise gegen den aufstrebenden Bernstein zu verstecken?

«Danach brauchte es nur noch einen kleinen Schubs», erzählte Krüger weiter. «Ihm fehlt ein Alibi, und nachdem wir ihm eine Strafmilderung für sein umfassendes Geständnis in Aussicht gestellt haben, ist er eingeknickt. Wir müssen seine Aussage natürlich noch prüfen, aber weder Thomsen noch ich zweifeln an seiner Version.»

«Ich weiß nicht, was ich sagen kann. Ich bin ehrlich überrascht.» Ich sah zur Decke und wischte mir übers Gesicht. «Hat Bernstein Ihnen auch erzählt, wie er vorgegangen ist?»

«Er hat uns einen detaillierten Ablauf beschrieben.» Krüger holte tief Luft, als würde eine längere Ausführung folgen. «Demnach habe Bernstein erst kurz vor Sturmfels' Abreise von diesen Unterlagen erfahren. Aus den E-Mails wissen wir, dass Sturmfels ihn nicht nur aus der Firma drängen wollte, sondern es auch auf dessen gesamtes Aktienvermögen abgesehen hatte. Er hat ihm ein Ultimatum gestellt. Die Mobilfunkdaten stützen Bernsteins Aussage, dass er daraufhin eisern versucht hat, seinen Vorgesetzten zu erreichen. Es ist ihm nicht gelungen.»

«Deshalb ist er ihm nach Amrum hinterhergereist», schlussfolgerte ich. Das Puzzle fügte sich in meinem Kopf zusammen. Mit einem Mal passten alle Teile ineinander. «Dann wollte Bernstein ihn gar nicht umbringen?»

«Das behauptet er zumindest. Er schwört, dass er ohne Tötungsabsicht auf die Insel gekommen sei. Er habe ihn lediglich zur Rede stellen wollen. Dabei sei es zum Streit gekommen. Sturmfels habe gedroht, Bernstein mit der Harpune zu töten.»

«Hm. Also will er auf Notwehr hinaus?»

«Das vermuten wir auch. Aber das zu entscheiden, ist nicht mehr unsere Aufgabe. Wir haben den Fall an die Staatsanwaltschaft übergeben, die können sich jetzt damit rumschlagen.»

«Und das Boot?», fragte ich weiter. «Warum hat Sturmfels im Boot gesessen? Die beiden sind wohl kaum zusammen zum Angeln rausgefahren.»

«Gute Frage, das habe ich mich auch gefragt. Bernstein behauptet, dass die Tat sich weiter südlich vom Fundort am Strand ereignet habe. Im Streit seien sie immer näher ans Wasser gekommen, und nachdem er Sturmfels erstochen habe, habe er ihn in einer Kurzschlussreaktion in das Boot gesetzt, es aufs Wasser hinausgeschoben und den Wellen überlassen. Durch die Strömung muss es dann schnell weiter nach Norden abgetrieben sein, wo Sie es schließlich gefunden haben.»

«Das erklärt, warum wir keine Schuhspuren gefunden haben», sagte ich.

«Ganz genau. Schade, dass Sie nicht bei uns in Flensburg arbeiten, Frau Scholle. Sie würden das Team bereichern.»

«Danke.» Ich freute mich über das Kompliment.

«Ich wollte mich auch noch mal bei Ihnen bedanken. Ohne Ihre Hinweise wären wir dem Täter möglicherweise nie auf die Spur gekommen.»

«Nochmals danke. Ich habe gerne geholfen.»

«Wenn Sie irgendwann in der Nähe von Flensburg sein sollten, schauen Sie doch mal bei uns vorbei. Ich würde mich freuen. Und Thomsen auch. Von ihm soll ich Sie herzlich grüßen.»

«Herzlich?» Ich lachte.

«Seine Worte!», erwiderte sie. «Glauben Sie's mir oder nicht. Machen Sie's gut, Frau Scholle. Viel Spaß noch auf Amrum.»

«Den werden wir haben.»

Sie ging. Und ich blieb voller Stolz über unseren Ermittlungserfolg zurück.

Bernstein hatte gestanden. Der Harpunentod war aufgeklärt; nachher würde ich die Auflösung in meinem Heft notieren. Als Letztes hatte ich aufgeschrieben, dass Finn, Jensen und ich den Mercedes auf dem Parkplatz gefunden hatten, und davor hatte ich die Ergebnisse der Befragung von Dag Madsen, dem Wattläufer, eingetragen. Doch eine Sache erledigte ich sofort. Ich schlug die Seite auf, auf der ich Frerks Steckbrief notiert hatte, und schrieb mit großen Druckbuchstaben darunter:

UNSCHULDIG! ER IST EINER VON DEN GUTEN.

Dann rief ich Dolores, ging mit ihr nach unten und klopfte an seine Tür.

«Komm rein, Bot!»

Er trug die gleiche Kleidung wie an dem Tag, an dem wir uns kennengelernt hatten, und erinnerte mich wieder an Moby Dicks Ahab, aber an eine freundliche Version.

«Sie haben Bernstein verhaftet», sagte ich. Ich hatte ihm noch am selben Tag alles erzählt, angefangen von dem Zusammenstoß auf der Fähre, Bernsteins misslungener Flucht am Morgen nach der Tat und der geglückten übers Watt.

Er nickte. «Sehr gut! Darauf stoßen wir an.»

«Mit Tee?», fragte ich.

«Champagner!»

Kurze Zeit später saßen wir in seiner Küche am Tisch.

«Auf dich, Bot!», sagte er und hielt mir das Glas entgegen. «Ohne dich wäre der Fall nicht so schnell gelöst worden.»

«Auf uns!», erwiderte ich und stieß mit ihm an.

Wir tranken und schwiegen einen Moment. Ich fragte mich, warum gerade ausgerechnet er, dieser herbe Seebär mit dem Köm, mit Champagner anstoßen wollte. Aber diese Frage hatte nur eine kurze Halbwertszeit, sie hielt genau drei Schlucke durch.

Da sagte er: «Was hältst du davon, wenn wir deinen restlichen Aufenthalt dazu nutzen, dass ich dir die Insel mal von oben bis unten zeige?» Er sah mich an. «Ganz ohne Mörder jagen.»

«Darüber würde ich mich sehr freuen», sagte ich. «Und was wir in diesem Urlaub nicht schaffen, holen wir in meinem nächsten nach. Normalerweise reise ich nicht gerne zwei Mal an denselben Ort. Wegen Amrum werde sogar ich zur Wiederholungstäterin! Aber auf jeden Fall werde ich erst mal zu deiner Tochter gehen.» Ich wuschelte durch Dolores' Fell. «Vielleicht ändere ich meine Haarfarbe. Was hältst du von einem schicken Honigblond?»

«Nein, Bot», sagte Ahab. «Du bist genau richtig so. Das Weiß in deinem Haar steht dir.»

«Danke.» Ich freute mich über sein Kompliment. Vor allem aber auch darüber, dass alles am Ende so gut ausgegangen war.

Ich seufzte.

«Geht es dir gut, Bot?»

Mein Herz klopfte etwas schneller, und das lag nicht nur

am Champagner. Das Leben war zu kurz, um wichtige Dinge zu verschweigen. «Ich werde das alles hier vermissen, wenn ich wieder in Wiesbaden bin. Die Insel, die Dünen, das Meer. Und dich auch.»

Er lächelte mich an. «Und ich dich.»

Wieder hielt er mir das Glas entgegen. «Aber wir werden uns ganz sicher wiedersehen. Und erst mal bist du ja auch noch hier.»

«Das stimmt!»

Wir stießen noch einmal an.

«Was machen wir heute?», fragte Ahab.

Ich sah aus dem Fenster. Zwischen den Wolken blitzte die Sonne hindurch. «Na, die Insel erkunden! Und vielleicht endlich mal mein Rad holen, das noch vor der Blauen Maus steht.»

«Guter Plan!», sagte Frerk. «Wann wollen wir los?»

Dolores wedelte mit dem Schwanz. «Ja, dich nehmen wir natürlich auch mit, Schatz», sagte ich.

Sie lief zur Tür und stellte sich schwanzwedelnd davor.

Ich schüttelte den Kopf. «Nicht so eilig, Schatz.»

Da begriff ich, dass sie sich anscheinend gar nicht auf den angekündigten Spaziergang gefreut hatte. Sie musste das gehört haben, was ich nun aus dem Fenster erkannte: An der Straße vor dem Haus hielt ein Wohnmobil.

«Was ist los, Bot?», fragte der Käpt'n. «Siehst du Gespenster?»

«Nicht ganz», antwortete ich.

Das Gespenst war mein Mann.

Rolf war nach Amrum gekommen.

Käpt'n Ahabs Friesenkekse
mit gebräunter Butter

Der Käpt'n backt immer größere Mengen, weil die Kekse
so schnell weggefuttert sind und sich auch prima zum Ver-
schenken eignen. Sie schmecken immer. Auch im Sommer.

750 g Mehl
500 g Butter
250 g Puderzucker
1 Ei – getrennt in Eigelb und Eiweiß
2–3 Esslöffel Zucker, fein
2 TL Meersalz, nicht zu grob

Die Butter in einer Pfanne bräunen. Sie ist fertig, wenn sich
erste kleine braune Krümelchen am Pfannenboden bilden.
Dabei aufpassen, dass sie nicht verbrennt, das geht dann
ganz schnell. Abkühlen lassen, damit sie wieder fest wird.
Das dauert etwas, weswegen Ahab die Butter schon am
Morgen bräunt, wenn er vorhat, am Abend zu backen.

Nun das Mehl, den Puderzucker, die Butter und das Eigelb
zu einem Teig kneten und 1 Stunde kühl stellen.
    Den Ofen auf 160 Grad Umluft einstellen.

Den Teig in 8 Stücke teilen, Rollen im Durchmesser von etwa 3 cm formen (je nachdem, wie groß die Kekse sein sollen).

Das Eiweiß mit der Gabel etwas aufschlagen.

Die Rollen damit bestreichen und rundherum mit dem feinen Zucker bestreuen. Ahab nimmt braunen, weil er den Geschmack sehr mag. Hagelzucker, wie manch andere Insulaner ihn nehmen, kommt für ihn nicht infrage: Er hasst es, wenn er auf die großen Zuckerstücke beißt.

Rolle in etwa 0,5 cm dicke Scheiben schneiden.

Diese auf ein mit Backpapier belegtes Blech setzen, mit einer Prise Meersalz bestreuen und etwa 12 Minuten backen.